La Secte

DU MÊME AUTEUR

Série de l'inspecteur Mike Donner

1. *Emorata – Pour quelques grammes de chair*, TheBookEdition, 2014
2. *Eunoto – Les noces de sang*, TheBookEdition, 2017
3. *Ilmoran – L'avènement du guerrier*, TheBookEdition, 2010
4. *Ilayok – Le berceau de la folie*, TheBookEdition, 2011
5. *Ilpayiani – Le crépuscule massaï*, TheBookEdition, 2012

Série du procureur Jemsen

1. *Le Miroir des âmes*, Slatkine & Cie, 2018; Le Livre de poche, 2019
2. *L'Ombre du renard*, Slatkine & Cie, 2019; Le Livre de poche, 2020
3. *L'Engrenage du mal*, Slatkine & Cie, 2020; Le Livre de poche, 2021
4. *Brume rouge*, Slatkine & Cie, 2022; Le Livre de poche, 2023
5. *Les Larmes du lagon*, Slatkine & Cie, 2022; Le Livre de poche, 2024
6. *Les Extradées*, Rosie & Wolfe, 2024; Rosie & Wolfe Poche, 2025

   En collaboration avec Marc Voltenauer:

7. *Ultimatum*, Istya & Cie, 2024

Diptyque du confinement

1. *Restez chez vous*, Slatkine & Cie, 2020
2. *Le Calendrier de l'après*, Slatkine & Cie, 2020

Titres indépendants

La Septième Vigne, TheBookEdition, 2013
Les Bouches, TheBookEdition, 2015; Le Livre de poche, 2025
Horrora Borealis, TheBookEdition, 2016; Le Livre de poche, 2018
Heresix, Slatkine & Cie, 2021; Le Livre de poche, 2022
Le Philatéliste, Rosie & Wolfe, 2023; Rosie & Wolfe Poche, 2024

NICOLAS FEUZ

La Secte

– ROMAN –

ROSIE & WOLFE

Case Postale, 1211 Genève 3

info@rosiewolfe.com
www.rosiewolfe.com

Distribution en tant qu'importateur :
Interforum, 92 avenue de France, 75013 Paris, France
(*contact.clientele@interforum.fr*)

ISBN 978-2-88973-083-4

« À défaut de pardon, laisse venir l'oubli. »

Alfred de Musset

Prologue

VERCORS, NUIT DU 15 AU 16 DÉCEMBRE 1995

L'homme prend conscience qu'il vient d'un élément de la vie et qu'il va vers une autre dimension. La mort apparaît à ce moment-là comme l'étape ultime de la croissance personnelle.

La parole des grands maîtres de l'Ordre résonnait dans l'esprit de Jean-Pierre tandis que, dans l'obscurité, la voiture traversait discrètement Saint-Pierre-de-Chérennes. Au centre d'une ligne imaginaire tracée entre Grenoble et Romans-sur-Isère, la petite bourgade retirée des hauts plateaux du Vercors dormait paisiblement. Ses quatre cents habitants ignoraient qu'au cœur des ténèbres, seize personnes s'apprêtaient à rejoindre la lumière d'une étoile.

Jean-Pierre jeta un coup d'œil dans le rétroviseur central et fut rassuré de voir les phares des trois véhicules qui le suivaient. Sur la banquette arrière, sa femme Marie-France et ses fils Aldwin, quatre ans, et Gurval, deux ans, s'étaient assoupis. À sa droite, perdu dans ses pensées, Patrick fixait la route qui serpentait maintenant à travers une forêt. Le conducteur posa une main bienveillante sur la cuisse du passager et sentit les vibrations de la peur.

— Sirius n'est qu'une escale, dit Jean-Pierre pour tenter de le rassurer. Nous irons sur Jupiter, comme prévu.

— Alors, Vénus tombe à l'eau ? soupira Patrick. Moi, j'ai l'impression qu'on va d'abord aller sur Vénus.

— Je m'en fous. L'essentiel, c'est d'aller où on doit aller.

— Je pense donc qu'on ira d'abord sur Vénus. Parce que d'ici que Jupiter soit prêt, ça va prendre du temps.

— On verra sur le moment.

Jean-Pierre et Patrick étaient tous les deux inspecteurs de la police nationale.

Même au cœur des ténèbres, la forêt des Coulmes demeurait belle et austère, peuplée de hêtres et de résineux. La cime des arbres se découpait dans la clarté de la lune.

Les quatre voitures aux plaques suisses et françaises se garèrent côte à côte sur le parking du Faz, un petit terre-plein au bord de la route, recouvert d'une fine pellicule de neige. Les seize occupants descendirent sans dire un mot ; l'air glacial envahit aussitôt leurs poumons. À plus de mille mètres d'altitude, ils avaient tout prévu et s'étaient habillés en conséquence, vêtements chauds et bottes d'hiver.

Parmi eux se trouvaient Christiane, une psychothérapeute genevoise chez qui ils s'étaient réunis de nombreuses fois ces derniers temps, André, un architecte vaudois, Édith, l'épouse d'un ancien champion de ski français, son fils prénommé Patrick lui aussi, sa compagne Ute et leur fille Tania, six ans. Comme tous les autres, ils étaient issus d'un milieu social plutôt élevé et dotés d'un certain intellect. Des gens ordinaires, *normaux* dirait-on ; ceux qui se considéraient comme tels comprendraient d'autant plus mal ce qui allait se passer cette nuit. Pour tenter de rassurer le public face à l'inexplicable, les médias parleraient immanquablement des méandres tourmentés de la folie humaine ou utiliseraient des termes similaires. Mais peu importait dans l'esprit de Jean-Pierre et des autres membres de l'Ordre, car les ignorants ne connaîtraient jamais la sérénité ni la plénitude totale de l'âme.

Pendant que son collègue prenait le matériel dans le coffre, Jean-Pierre s'approcha d'André, qui vérifiait une dernière fois le plan de l'étoile, gribouillé sur un bout de papier. Ils mémorisèrent l'emplacement de chacun en fonction des initiales indiquées, puis André jeta le plan sur le siège conducteur et verrouilla sa voiture.

Les seize élus laissèrent les affaires superflues dans les véhicules, puis ils se dirigèrent en file indienne vers un petit sentier qui grimpait à travers la forêt. La lune éclairait faiblement le chemin, seul le bruit de la neige crissant sous leurs pas troublait le silence.

Ils marchèrent durant une bonne vingtaine de minutes, peut-être un peu plus avec les trois enfants qui, parfois, les ralentissaient. Mais ce n'était pas grave, le temps ne comptait pas.

Dans les bois, à l'abri des arbres dénudés aux troncs recouverts de mousse, leurs pieds foulèrent un lit de feuilles mortes tantôt glacé, tantôt humide, parsemé de souches désordonnées qui formaient des ombres inquiétantes. Ils arrivèrent enfin dans une petite clairière isolée en forme de cuvette, « le puits de l'Enfer », où l'ange de la mort les attendait.

Jean-Pierre s'approcha de l'ange vêtu de noir et cagoulé, qui portait dans son dos un étrange harnachement. Il était arrivé dans la clairière par ses propres moyens et par un autre chemin.

— Tout est en ordre ? demanda le policier.

— Oui, répondit l'ange.

— Nous ne bénéficierons peut-être pas de la même charge thermique que dans un chalet. Et s'il n'y a pas de dématérialisation des corps par le feu purificateur, il n'y aura pas de transit.

— Ne t'inquiète pas, mon frère. Tu peux partir en paix.

Jean-Pierre le remercia, puis retourna auprès de son collègue qui affichait un certain malaise.

— Quelque chose ne va pas? demanda-t-il à Patrick.

— Si, ça va, mais...

— Mais quoi?

— Je ne pourrai pas le faire.

— Tu renonces au voyage?

— Bien sûr que non. J'en suis, évidemment. Mais pas dans le rôle que tu m'as assigné.

Patrick baissa la tête, un peu honteux. Juste à côté, André avait entendu leur conversation. Il s'approcha et murmura:

— Je peux le faire à sa place.

— Tu en es sûr? demanda Jean-Pierre.

— Certain, répondit l'architecte vaudois.

— Dans ce cas, qu'il en soit ainsi. Patrick, tu remets ton arme à André. Distribuez les médicaments. Que chacun en prenne suffisamment puis rejoigne la position qui lui a été indiquée.

Au pied d'un arbre, Patrick avait déposé un jerricane de six litres et un sac à dos. Avec André, ils sortirent les neuroleptiques et en donnèrent à chaque personne, en même temps qu'un sac en plastique transparent. Pour les trois enfants, le matériel fut remis aux deux mères. Marie-France s'approcha de son mari, qui manipulait discrètement son arme de service.

— Je sais qu'on a manqué le transit de l'année dernière, lui chuchota-t-elle à l'oreille, mais je ne suis pas sûre qu'Aldwin et Gurval soient prêts pour ça. Ne pourrait-on pas leur donner une chance de nous rejoindre plus tard?

— Tu sais bien que non, répondit Jean-Pierre sur un ton péremptoire. Quand on part pour Sirius, on n'abandonne pas les enfants, on les prend avec soi.

Résignée, Marie-France rejoignit ses bambins, les embrassa tendrement et leur fit ingurgiter les sédatifs avec un peu d'eau. Puis elle enfila un sac en plastique sur leur tête et les fit s'allonger à côté d'elle. Elle s'appliqua ensuite le même traitement, se coucha sur le dos et regarda le ciel. À travers le film transparent, au-delà des branches des arbres, elle distinguait à peine la lune et les étoiles.

Patrick, le second policier, avait rejoint les autres, déjà couchés sur le dos, les pieds dirigés vers le centre du cercle, la tête vers l'extérieur. Les quatorze élus formaient un astre, un soleil éclairant de ses feux la noirceur d'une terre en péril.

Jean-Pierre et André se dirigèrent vers le sac à dos et en sortirent deux pistolets 22 long rifle, ainsi que des munitions. Ils remplirent leurs poches de veste de cartouches, puis, s'accroupissant tour à tour vers chaque frère et sœur, ils vérifièrent rapidement que les neuroleptiques avaient produit leur effet.

Les quatorze élus semblaient dans un état de somnolence assez profond. Alors, les deux exécutants commencèrent par les enfants. André se chargea de la petite Tania, Jean-Pierre de l'un de ses fils. Une balle dans le front de chacun.

Le claquement sec des .22 LR résonnait encore dans la forêt quand un évènement inattendu se produisit. Ces premiers coups de feu tirèrent les deux mères de leur léthargie. Peut-être avaient-elles volontairement renoncé aux somnifères ou diminué la dose, pour accompagner de manière consciente leurs enfants durant le transit et s'assurer que le voyage se passerait bien. Mais l'une et l'autre avaient négligé un facteur humain contre lequel aucune mère ne pourrait lutter : le mouvement de révolte inné, provoqué par l'exécution de son enfant.

La réaction de Jean-Pierre et d'André fut immédiate. Le premier frappa violemment sa femme d'un coup de crosse en plein visage, le second en fit de même avec Ute, l'atteignant à la mâchoire. Les deux mères s'effondrèrent, assommées.

Les exécutants reprirent méthodiquement leur besogne, éliminant d'abord le troisième enfant, puis les onze adultes.

Tous eurent droit au même traitement : une balle dans la tête, puis une ou deux dans le cœur. Les pistolets ne tiraient qu'un seul coup à la fois, les deux hommes tirèrent vingt-sept balles au total et durent donc recharger autant de fois. Durant tout ce temps, plus aucun élément extérieur ne vint perturber la détermination de Jean-Pierre et d'André.

Ils recouvrirent ensuite les corps avec du bois, versèrent dessus le contenu du jerricane d'essence et y mirent le feu. Puis ils délaissèrent les 22 long rifle et s'équipèrent des deux revolvers de la police nationale.

Dans le sac à dos, ils prirent deux bouteilles de white-spirit et s'arrosèrent de liquide inflammable. Puis ils montèrent sur le bûcher et retournèrent les calibres .38 contre eux, une balle dans la bouche chacun. Et leurs corps basculèrent dans les flammes.

L'ange noir, qui s'était jusque-là tenu à l'écart du processus de transit, s'avança vers le centre de la petite clairière en forme de cuvette et attendit que le feu purificateur fasse son œuvre. Quelque part dans le massif du Vercors l'attendait un complice, au volant d'un véhicule 4x4 équipé d'une radio. Mais l'ange n'avait pas besoin de l'appeler pour le moment, l'autre savait que la mission prendrait du temps.

Au bout de la nuit, l'ange se rendit compte que, comme le craignait Jean-Pierre, le bois disposé sur les corps et l'effet de mèche des vêtements ne suffiraient pas. Il avait donné sa parole au policier et il la tiendrait. On l'avait engagé pour ce travail, c'était son devoir, vis-à-vis de son collègue et vis-à-vis de l'Ordre.

Alors, l'ange s'empara du lance-flammes qu'il portait dans son dos. Il dirigea le bec de l'arme vers l'amas de corps en combustion, pressa la gâchette et, dans un déluge de feu accompagné d'un sifflement strident, il raviva le foyer.

Première partie

Le chant du Gazex

1

Canton du Valais, aujourd'hui

Dans le val de Nendaz, au cœur du domaine skiable des 4 Vallées, l'aube baignait les sommets alpins de lueurs pastel. Durant la nuit, une neige abondante avait recouvert le paysage d'un manteau immaculé. Les reliefs s'étaient adoucis, le vent avait modelé des dunes et des congères aux formes étranges et capricieuses.

Depuis un point surélevé, à équidistance entre le départ des remontées mécaniques de Siviez et le bec de la Montau, Rachel Fournier surveillait le secteur avec des jumelles.

En contrebas, la Printse, rivière qui prenait sa source aux glaciers du Grand Désert et du Mont-Fort à près de trois mille mètres d'altitude, avait pratiquement disparu sous des cascades de glace saupoudrées d'or blanc. Ses eaux étaient captées par le barrage hydroélectrique de Cleuson, puis relâchées par les vannes de l'installation et alimentées en aval par de nombreux torrents, avant de se jeter dans le Rhône.

Sur les versants à mi-hauteur, les pistes balisées formaient un labyrinthe blanc au milieu des forêts chargées de neige.

De l'autre côté du val, les premiers rayons du soleil

faisaient scintiller la station supérieure de la télécabine du Plan du Fou et la face est du mont Gond, qui dévoilait ses premières coulées comme un avertissement de la montagne aux skieurs imprudents : le danger d'avalanche avait atteint son degré le plus élevé.

Rachel dirigea ses jumelles vers les sommets au-dessus d'elle, plus vierges et plus sauvages que ceux d'en face. À chaque fois qu'elle observait ce secteur, la pisteuse éprouvait une rare sensation de solitude, dans le sens positif du terme. Elle vivait seule depuis cinq ans et avait mis du temps à se reconstruire, mais désormais, sa nouvelle existence lui plaisait.

Elle aimait, l'hiver, écouter les sons de la nature et profiter du silence que seuls le crissement de ses pas et les manifestations de son corps – sa respiration, les battements de son cœur – troublaient. Vingt-cinq ans plus tôt, elle avait fui la grande ville et son cortège de bruits, de stress et de pollution. Elle avait fui son nom aussi, et son mari lui en avait donné un nouveau, à la consonance plus locale. Ici, tout le monde savait qui était Rachel Fournier, même si elle n'était pas native de la région et même si personne ne connaissait vraiment son passé.

La Nendette d'adoption avait bénéficié d'une formation auprès de son mari, un des meilleurs guides des 4 Vallées. Ils croyaient tous deux maîtriser la montagne et ses pièges, jusqu'à ce que, cinq ans plus tôt, cette même montagne prenne la vie d'Antoine. Une coulée mortelle dans le secteur de la Rosablanche. La montagne ne connaissait ni la pitié, ni de règles absolues. Elle demeurait imprévisible.

En cinq ans, Rachel s'était reconstruite à sa manière, principalement à la force de sa volonté, même si elle n'avait pas échappé à une psychothérapie encore toute récente. Ce qu'elle détestait par-dessus tout ? Devoir quitter sa montagne une fois par semaine pour retourner à la ville et suivre les séances avec sa psychiatre, dans son cabinet à Sion.

Pour soigner son âme et son cœur, Rachel préférait de loin randonner en peaux de phoque ou à pied, entre son refuge et son secteur de travail, et observer de temps en temps, été comme hiver, un troupeau de bouquetins. Une inspiration pour les sens, l'impression de toucher la sérénité.

La radio de la pisteuse crépita. Elle laissa pendre ses jumelles à son cou et retira un gant, exposant ses doigts à l'air glacial du matin, puis pressa le bouton de l'intercom.

— Rachel, j'écoute.

— Salut ma belle, c'est Gaétan. T'es où?

— Secteur Combatseline. Qu'est-ce qui se passe?

— Un des Gazex du Greppon Blanc ne répond pas. Tu peux aller voir?

La pisteuse soupira.

— Attends un instant.

Rachel lâcha la radio et reprit les jumelles. La face ouest du Greppon était encore dans l'ombre du soleil levant, mais on devinait le gros tube métallique qui sortait de la montagne, avec son bec recourbé et sa bouche. Juste en dessous, une grande plaque de neige fraîche et instable menaçait de dévisser. Sa trajectoire probable traversait deux téléskis parallèles et une piste balisée, passage obligé de la liaison entre Siviez et le secteur Veysonnaz-Thyon-Les Collons.

La journée s'annonçait radieuse. Les skieurs allaient déferler en masse pour profiter de la poudreuse fraîchement tombée durant la nuit, d'autant plus qu'une dégradation de la météo était annoncée pour la nuit suivante, et que cela durerait probablement plusieurs jours.

Rachel reprit la radio.

— Tu peux pas envoyer l'hélico?

— Non, ma belle, répondit son interlocuteur. Il est déjà occupé sur d'autres versants et il vient juste de commencer le grenadage. Il y a pas mal de coulées à déclencher là-bas. Ce sera plus rapide si tu y vas.

— Plus rapide? s'exclama Rachel. Tu rigoles? J'en ai au moins pour quarante minutes.

— Pas grave. Tu y arriveras avant l'ouverture des pistes, c'est tout ce qui compte. Ce n'est probablement qu'un problème avec les bouteilles de gaz. Vérifie les connexions et rappelle-moi.

La pisteuse mit le temps annoncé pour rejoindre le Gazex proche du pic du Greppon Blanc. Elle avait contourné les zones où les plaques de neige lui paraissaient instables et était arrivée en nage au sommet. Elle ouvrit sa veste, apprécia l'air froid qui s'engouffrait sous ses vêtements et mordait sa peau en sueur. Elle profita quelques secondes de la vue, distingua la forme d'un hélicoptère dans le ciel au-dessus du Plan du Fou, de l'autre côté du val, et entendit le bruit lointain des charges. Puis elle retira ses skis et les planta dans la poudreuse avec ses bâtons.

L'exploseur, aussi appelé *dragon*, se trouvait à quelques mètres de Rachel. De la paroi rocheuse émergeait son solide tube en acier, coudé à son extrémité et ouvert en aval au-dessus du manteau neigeux. Il était relié sous terre à un abri technique, une sorte de container en tôle muni d'une porte, dans lequel on stockait les deux gaz nécessaires à l'explosion.

La pisteuse connaissait le système. À la belle saison, on utilisait l'hélicoptère pour l'entretien des Gazex et le renouvellement des bouteilles de gaz, un mélange d'un tiers de propane pour deux tiers d'oxygène. Grâce à un logiciel GSM, on pouvait commander à distance le dispositif en envoyant ce mélange dans le canon et en déclenchant le tir par un système de dépression.

D'ordinaire, le responsable de tir était la seule personne habilitée à connaître les codes d'accès et à utiliser l'appareil, mais Rachel avait su convaincre Gaétan de lui faire confiance. Et il lui arrivait de remplacer son chef durant ses congés.

Elle se dirigea vers l'abri en tôle et dégagea la neige devant la porte pour l'ouvrir. Ceci fait, elle regarda à l'intérieur: tout avait l'air en ordre, du moins au premier coup d'œil. Les bouteilles étaient à leur place et aucune odeur suspecte ne s'échappait du local. Par précaution, Rachel alluma l'application Lampe de poche de son téléphone à l'extérieur de l'abri, afin d'éviter de produire une étincelle. *A priori*, elle ne risquait rien, mais elle se rappelait toujours cette mise en garde, dont elle ignorait si elle était une *fake news*: ne jamais utiliser son téléphone portable à proximité du pistolet d'une pompe à essence quand on faisait le plein de sa voiture.

Rachel pénétra dans l'abri et vérifia, l'une après l'autre, les connexions de chaque bouteille de gaz avec le système. Tout était normal. Le problème venait peut-être du dispositif de mise à feu qui se trouvait sur le tube. Cet examen nécessitait qu'elle grimpe sur le conduit métallique et rampe jusqu'à la boîte de contrôle. L'idée ne l'enchantait guère, surtout en plein hiver, avec ses vêtements amples. L'ouverture de la boîte impliquerait qu'elle retire ses gants et le métal devait être gelé.

Rachel était sur le point de communiquer ses constatations à Gaétan par radio, quand son attention fut attirée par un étrange objet posé sur le sol, contre la paroi intérieure de l'abri. Elle dirigea le faisceau de sa lampe pour l'éclairer et éprouva une étrange sensation en l'identifiant, comme une soudaine bouffée de chaleur qui traversait son corps. L'objet était accompagné d'une feuille de papier, sur laquelle figurait un texte manuscrit. On aurait dit une écriture ancienne, comme celle des livres moyenâgeux, mais parfaitement déchiffrable et compréhensible. Rachel le lut.

Quand la pisteuse ressortit de l'abri, elle souriait, radieuse. Elle rayonnait et même le soleil, qui venait d'apparaître sur la crête, n'aurait pu rivaliser. Jamais Rachel ne s'était sentie aussi bien, aussi légère, comme si elle venait d'apprendre la meilleure des nouvelles que sa vie, jusqu'ici plutôt chaotique, ne lui avait jamais apportées.

Elle ignora un nouvel appel radio de Gaétan et marcha, comme un automate, jusqu'au tube du Gazex.

La pisteuse contourna l'ancrage de l'engin dans la roche, puis descendit sur le manteau neigeux sans prendre de précautions. Par chance, la plaque ne céda pas sous son poids. Elle ne réfléchissait même plus au danger, ne le voyait plus. Ou plutôt, elle s'en moquait. Parce que, devant elle, elle ne voyait qu'un visage : celui de son mari Antoine qui l'invitait à la rejoindre sur l'étoile où il l'attendait depuis cinq longues années.

Sereine, Rachel s'allongea sur le dos, dans la neige. Juste au-dessus d'elle apparaissait un large trou noir. La pisteuse ne voyait pas la bouche du dragon qui s'apprêtait à cracher ses flammes, mais seulement la forme de Sirius. Depuis l'étoile, Antoine lui souriait. Il lui tendait les bras en signe de bienvenue et lui répétait une phrase : *« Au cœur des ténèbres passera une lumière. »*

Rachel éprouvait une sensation de liberté qu'elle n'avait jamais connue. Elle prit son téléphone, ouvrit l'application GSM du Gazex et appuya sur la commande de tir.

2

Tous les matins durant la saison de ski, Gaétan Revaz commençait son travail quand il faisait encore nuit. Il n'avait que quarante ans, mais comme beaucoup d'habitants du val, il cumulait déjà les rituels comme s'il en avait vingt de plus. Un vieux garçon pour les uns, un vrai Nendard pour les autres.

La journée débutait à 4 heures 30. Gaétan ne traînait jamais au lit. Douche rapide, combinaison noir et rouge estampillée du logo de la station, deux cafés serrés accompagnés d'une banane, puis dix minutes de route jusqu'à l'étable de son père, à Planchouet. Là, il donnait un coup de main pour la traite du matin, flattait la vingtaine de vaches d'Hérens qui ruminaient dans les box et buvait un troisième café. Par principe, il refusait toujours le verre d'abricotine ou de williamine que son père lui tendait, puis il reprenait le volant de son 4x4 jusqu'à Siviez.

Ce matin, la route était mauvaise en raison des précipitations de la nuit. Les chasse-neige œuvraient sans relâche depuis des heures, mais ils priorisaient les axes principaux entre la vallée du Rhône et les villages d'altitude. Les routes secondaires attendraient leur tour.

Gaétan appréciait cette arrivée nocturne sur le grand parking de Siviez encore désert. L'afflux des skieurs ne débuterait que dans l'heure précédant l'ouverture des installations.

Enchâssé au fond du val, Siviez était un cul-de-sac. Malgré ses rares immeubles des années 1970, immondes verrues dans le paysage alpin, et ses quelques chalets typiques, on ne pouvait qualifier Siviez de village, mais plutôt de hameau. Véritable carrefour des 4 Vallées donnant accès aux secteurs de Nendaz, de Veysonnaz, de Thyon-Les Collons et de Verbier, l'endroit fourmillait de monde en hiver et était réduit à l'état de ville fantôme en été, comme beaucoup d'autres stations de ski valaisannes. Des bleds paumés du Far West, où les seuls mouvements étaient ceux des virevoltants, ces herbes sèches roulant sur le sable, emportées par le vent.

Sauf qu'ici, ce matin, le désert était celui de l'or blanc, et les coups de feu isolés d'un vieux Colt remplacés par les déflagrations lointaines des charges explosives entraînant le déclenchement préventif des avalanches.

Gaétan gara son pick-up Ford Ranger sous la passerelle qui reliait les télésièges et la télécabine menant respectivement à Combatseline, Tortin et Plan du Fou. Sur un grand panneau destiné aux skieurs, en marge du nom de chaque remontée mécanique, un alignement de points rouges lumineux indiquait qu'elles étaient toutes fermées. Le thermomètre affichait une température négative. Le grand parking était coupé en deux par la Printse, dont le ruissellement régulier entre la roche et la glace constituait le seul bruit de fond au cœur de la nuit, entre deux détonations sourdes résonnant dans le néant.

Après un bref passage par l'atelier d'entretien et de réparation des dameuses où il salua un collègue mécanicien, Gaétan rejoignit son bureau, une pièce austère dotée d'une vieille table en bois, de deux bancs du style de ceux qu'on trouve dans les manifestations publiques, de quelques armoires métalliques destinées à ranger les habits et le matériel, d'un rack pour les chaussures et d'un établi à outils transformé qui accueillait un ordinateur et plusieurs écrans constamment allumés.

Gaétan retira sa veste, la posa sur le dossier de la chaise placée devant l'établi, puis s'assit. La fenêtre de son bureau donnait côté Combatseline. On distinguait le bas de la piste, deux canons à neige et les câbles du télésiège qui s'évanouissaient dans l'obscurité. Vers les sommets, un faible halo aux teintes vaguement rosées laissait deviner la ligne de crête, entre le bec de Montau et le Greppon Blanc.

Même si Gaétan la connaissait par cœur, il passa rapidement en revue, par acquit de conscience, la check-list de son secteur pour le déclenchement préventif des avalanches. Ce matin, ses collègues de Thyon et de Verbier étaient en avance, mais ce n'était pas inhabituel. Pour faire son travail correctement, Gaétan devait tenir compte des moyens techniques à disposition, des zones à sécuriser en priorité, de l'aptitude à desservir plusieurs points de tir voisins, de la durée d'exécution et des coûts. Les conditions météorologiques pouvaient aussi jouer un rôle dans ses choix, mais ce matin, le ciel était parfaitement dégagé et le vent de la nuit était tombé. La météo n'était pas un problème. Tous les moyens techniques pouvaient être employés, du minage manuel par les pisteurs au grenadage par hélicoptère, en passant par l'utilisation des Catex, des Gazex et des avalancheurs.

Gaétan passa la première demi-heure à coordonner l'intervention des pisteurs et de l'hélicoptère. Puis il déclencha, l'un après l'autre, le tir des Gazex qui se trouvaient sur le versant ouest du secteur. De son bureau, il apercevait au sommet de la montagne les flammes furtives, comme celle d'un chalumeau qu'on aurait allumé un dixième de seconde, puis il entendait en écho, avec un décalage de plusieurs secondes en raison de la vitesse du son, le bruit des explosions. Mais il faisait encore trop sombre pour distinguer l'avalanche ou la voir sur les webcams de la station.

Tout fonctionna parfaitement, jusqu'au bug du Gazex du Greppon Blanc. Gaétan insista plusieurs fois, redémarra le logiciel pour s'assurer que ce n'était pas un problème informatique, puis il appela Rachel Fournier par radio.

Gaétan connaissait Rachel depuis plus de vingt ans. Ils avaient suivi leur formation ensemble. À l'époque, elle était une des premières femmes à être acceptées dans l'univers très masculin et machiste des remontées mécaniques, qui plus est dans un canton qui n'était pas réputé pour être à l'avant-garde du changement des mentalités dans ce domaine. Mais Rachel avait montré une ténacité et un caractère à toute épreuve, même si elle conservait une part d'ombre et ne parlait pas volontiers de son passé, esquivant la plupart du temps toute question à ce sujet.

Gaétan savait qu'elle était originaire du canton de Fribourg, qu'elle avait grandi à Genève et qu'elle n'avait plus de famille. Il n'avait jamais insisté pour en savoir plus. Comme son père et son grand-père avant lui, comme Rachel aussi, Gaétan était un taiseux.

À l'époque de la formation, Gaétan était probablement tombé amoureux de Rachel. Il n'était toutefois pas sûr de la signification de ce sentiment, parce qu'on ne le lui avait jamais expliqué, si tant est qu'on puisse expliquer l'amour à un enfant. La seule chose qu'il savait, c'est qu'il avait ressenti pour elle une attirance hors du commun, mais n'avait jamais osé le lui avouer.

Et un beau jour, Rachel s'était mise en couple avec Antoine Fournier. Ils s'étaient mariés, mais aucun enfant n'était né de leur union, probablement parce qu'ils n'en voulaient pas. Antoine à cause de sa passion pour la montagne, qu'il avait transmise au fil des années à son épouse. Et Rachel, peut-être en raison de son passé. C'est du moins ce que Gaétan s'était imaginé.

Cinq ans plus tôt, quand une avalanche avait emporté

Antoine dans le secteur de Rosablanche, Gaétan avait sorti sa dépouille de la coulée. Depuis, il s'était rapproché de Rachel et l'avait aidée à surmonter cette épreuve. Non pas comme un prétendant, il n'aurait jamais osé, mais comme un ami. Gaétan avait toujours été un vrai saint-bernard pour ses proches pris dans la tourmente.

Au cours de sa vie, Gaétan avait connu quelques femmes, la plupart du temps des aventures sans lendemain. Comme tout le monde ou presque, il avait des pulsions sexuelles. Mais ces expériences n'avaient pas déclenché chez lui le début d'un sentiment comme celui qu'il avait éprouvé à l'époque pour Rachel. Avec le temps, Gaétan s'était fait à l'idée que, peut-être, il était incapable d'aimer, que l'amour avec un grand A était réservé à une élite et que lui n'en faisait définitivement pas partie.

Gaétan regarda sa montre. Presque une heure s'était écoulée depuis son appel radio à Rachel. Elle lui avait dit qu'il lui faudrait quarante minutes pour monter jusqu'au Greppon Blanc. Elle connaissait la montagne par cœur et savait mesurer les temps de parcours avec précision. Elle devait être parvenue au Gazex depuis une quinzaine de minutes, avait eu largement le temps de vérifier les connexions, voire au besoin de réparer le système de mise à feu. Ou au moins de le prévenir si elle n'y arrivait pas.

Gaétan appela une nouvelle fois Rachel, mais n'obtint en retour qu'un crépitement dans la radio. Il insista sans succès, puis regarda par la fenêtre de son bureau. En raison de la distance, il était impossible de voir quoi que ce soit, même si le jour s'était levé. Il se dirigea vers une armoire métallique, prit une paire de jumelles et retourna à la fenêtre. Au moment où il réglait la vision sur le Gazex, il n'eut que le temps de voir la flamme, puis la plaque de neige se fendre et commencer à glisser. Le bruit de l'explosion parvint à ses oreilles, tandis que l'avalanche avait déjà gagné du terrain.

Il attrapa sa radio et tenta un nouvel appel à Rachel, mais cette fois, il n'obtint en retour qu'un lourd silence. Même le crépitement avait disparu.

Un mauvais pressentiment envahit aussitôt son esprit et il appela son collègue mécano pour lui demander de préparer une motoneige.

Gaétan parvint dans le secteur du Greppon Blanc en un temps record. Il gara la motoneige sur un replat à mi-hauteur des deux téléskis parallèles, au bas de la coulée qui avait à moitié recouvert la piste.

Gaétan savait que le temps était compté, que les chances de survie dans une avalanche de neige poudreuse dépendaient de plusieurs facteurs. Plus une victime était profondément ensevelie, plus la pression de la neige l'écrasait, moins elle avait d'air à respirer et plus il faudrait de temps pour la dégager. Au-delà de trois mètres de profondeur, les chances de survie étaient infimes.

Gaétan savait aussi que Rachel était équipée d'un système Recco. Son réflecteur se trouvait dans sa veste, un transpondeur passif doté d'une diode et d'une antenne, ne nécessitant aucune batterie ni mise en route pour fonctionner, offrant ainsi une durée de vie illimitée. Grâce à son détecteur émettant un signal radar directionnel, Gaétan pourrait la localiser assez précisément dans la coulée.

Il fixa sous ses bottes une paire de raquettes, s'équipa d'une pelle à neige et d'une sonde, puis se dirigea vers la coulée sans quitter des yeux l'écran de son détecteur. L'appareil pouvait localiser le réflecteur de Rachel avec une portée de quatre-vingts mètres en surface et de vingt mètres en profondeur. Plus le détecteur se rapprochait du réflecteur et plus l'intensité du signal se renforçait.

Gaétan remonta la coulée sur une trentaine de mètres, puis il s'arrêta. Le signal le situait à la verticale du réflecteur et indiquait une profondeur d'un mètre vingt.

Gaétan posa le détecteur dans la neige, prit la sonde, la déplia, puis enfonça l'extrémité dans la neige de manière franche. Il s'y prit à plusieurs reprises, jusqu'à ce que la sonde marque un changement brutal de profondeur, associé à la sensation de toucher un corps mou. Il laissa la sonde en place, descendit d'un bon mètre dans la coulée et se mit à creuser à l'horizontale avec la pelle. On ne creusait jamais à la verticale du point de touche, car la couche de neige était plus épaisse et plus difficile à dégager. Tout sauveteur le savait.

Il fallut à Gaétan une bonne dizaine de minutes d'un effort intensif, de mouvements frénétiques mais précis, pour lui permettre d'apercevoir enfin la couleur d'un vêtement. Et pendant ce laps de temps qui lui parut interminable, Gaétan se revoyait en train de creuser à la recherche du corps d'Antoine. Il priait intérieurement pour que le résultat ne soit pas le même, pour que Rachel soit encore en vie. Mais il savait déjà que, si ce n'était pas le cas, il appellerait quand même les secours pour un transport du corps en hélicoptère jusqu'à l'hôpital de Sion.

Le personnel médical n'était pas censé déplacer et transporter un cadavre. C'était la règle. Mais les règles étaient faites pour être transgressées, et dans ce genre de situation c'était monnaie courante. Éviter de déclarer un décès sur les lieux d'un accident revenait à éviter à la police, au procureur de permanence et au médecin légiste de se déplacer. Une économie de temps et d'argent pour tout le monde.

Gaétan abandonna la pelle, se mit à quatre pattes dans le trou qu'il avait creusé et utilisa ses mains pour dégager les restes de neige autour du corps. Mais très vite, la neige changea de couleur et devint rouge. Quand Gaétan fut confronté à l'horreur de la situation, il comprit que cette fois, il n'avait pas le choix. Tremblant de nervosité, il se débarrassa de ses gants, sortit son téléphone et appela la police.

3

En quinze ans de police judiciaire, dont trois à la brigade d'observation, l'inspecteur valaisan Isaac Moret avait appris la patience. Dans un monde où tout filait à vive allure, cette vertu se faisait de plus en plus rare.

Depuis l'aube, Isaac surveillait discrètement une villa située rue de l'École à Grimisuat, une petite commune de quatre mille habitants au-dessus de Sion. *Selon une source fiable*, comme on l'écrivait usuellement dans les rapports pour éviter de dévoiler le nom d'un indic, *cette maison familiale serait le théâtre d'un va-et-vient suspect de personnes peu fréquentables.* Les soupçons restaient vagues, l'accusation peu précise, mais Isaac ne négligeait jamais son instinct. L'instinct du flic. Parmi ses collègues, il était un des derniers dinosaures à s'y fier sans trop se poser de questions. Et jusqu'ici, ça lui avait plutôt réussi.

Depuis qu'il avait installé sa planque dans une voiture banalisée de la PJ, avec une bonne vue sur l'entrée principale de la villa, l'inspecteur n'avait pas décollé les fesses de son siège. Il avait avalé un petit pain sec de la veille et un cacao froid, fumé quelques cigarettes sans jamais ouvrir la vitre côté conducteur et uriné dans une bouteille en plastique vide.

Sur ce coup-là, Isaac n'avait voulu aucun binôme. D'ailleurs, il n'avait même pas parlé de son initiative à sa hiérarchie. Son chef n'aurait pas manqué de lui faire remarquer que cette observation ne remplissait pas les conditions du code de procédure pénale, ni celles, préventives à des fins de sécurité publique, de la loi valaisanne sur la police cantonale.

Mais pour Isaac, ce n'était pas important. Il était un loup solitaire, un bon flic, et depuis la mort de sa fille, ses supérieurs fermaient les yeux sur certains de ses caprices.

Ce matin-là pourtant, pas question pour Isaac de fermer les yeux. Son regard demeurait inlassablement braqué sur cette porte, à se demander qui allait finir par arriver ou repartir. Depuis l'aube, il n'avait vu personne, mais il avait acquis la conviction que la propriétaire de la maison était chez elle. Les lumières de l'étage et du rez-de-chaussée étaient allumées.

La météo du jour s'annonçait sans surprise. Un soleil radieux au-dessus de la mer de brouillard, une purée de pois opaque pour les gens qui habitaient dans la vallée du Rhône. La limite du voile gris flirtait avec l'altitude de Grimisuat, entre huit et neuf cents mètres.

Un temps maussade comme l'humeur d'Isaac depuis qu'il avait perdu Éléa. Un voyage qu'il avait offert à sa fille et dont elle n'était jamais revenue. Trois ans de souffrance, de culpabilité, de reproches déguisés aussi. Et l'amour d'un couple qui s'était petit à petit désagrégé sur la tombe de leur unique enfant.

Sur l'autel de l'absence de communication, Isaac avait fini par tromper Sabine. Il était tombé amoureux d'une autre. Ou du moins l'avait-il cru dans les premières semaines de cette relation adultère. Sa conviction s'était effritée avec le temps. Isaac avait vécu trois mois avec le poids du mensonge sur la conscience, puis il s'était petit à petit réveillé de sa léthargie, de cette passade pendant laquelle il était devenu un autre que personne ne reconnaissait, ni sa femme, ni sa famille, ni ses amis. Pas même lui.

Récemment, il avait tout avoué à Sabine. Se sentant trahie, elle s'était effondrée, l'avait accusé de tous les maux puis s'était recluse dans le néant, comme elle l'avait déjà fait trois ans plus tôt à la mort d'Éléa. Elle avait mis son mari à la porte séance tenante. Et depuis, ils ne se parlaient plus, n'avaient plus aucun contact, sauf par des amis communs interposés quand Isaac devait récupérer des effets personnels que Sabine retrouvait au compte-goutte dans la maison et qu'elle jetait en vrac dans des sacs-poubelle. Tout un symbole. Sabine était une femme blessée, mutilée même, la vie s'en était cruellement chargée à deux reprises.

Une voix d'outre-tombe résonna soudain dans la voiture de la PJ.

Papa, je t'en supplie, aide-moi…

Papa, je t'aime…

Papa, j'ai peur…

Papa…

Isaac plongea précipitamment la main dans la poche de son pantalon, sortit son téléphone et répondit. Il détestait quand sa sonnerie, un message enregistré, allait plus loin. Il ne supportait pas la suite mais prenait quand même le risque de l'entendre à chaque appel qu'il recevait, s'il n'était pas assez réactif. Ni son entourage ni ses collègues ne comprenaient pourquoi il s'infligeait ce supplice depuis trois ans.

— Moret, s'annonça-t-il un peu sèchement.

— Salut Isaac, c'est Gaétan.

La voix de son meilleur ami trahissait un étrange malaise.

— C'est urgent ? demanda l'inspecteur. Parce que là, je peux pas trop te parler. Je peux te rappeler dans une heure ?

— Non, coupa son interlocuteur. C'est effectivement urgent. T'es à Sion ?

— Oui.

Le mensonge n'en était pas vraiment un. Isaac se trouvait à dix minutes du chef-lieu.

— T'es au bureau ?

— Non, c'est mon jour de congé. Mais vas-y, je t'écoute.

— Tu peux monter à Siviez ?

— Maintenant ?

— Oui, tout de suite.

— Qu'est-ce qui se passe ?

Gaétan résuma la situation à son ami policier, jusqu'à la découverte du corps dans la coulée de neige.

— J'entends tout ça, répondit Isaac en continuant d'observer la porte d'entrée de la villa. Une avalanche, une pisteuse emportée qui n'a pas survécu. C'est dramatique et je suis de tout cœur avec toi, mais tu n'as qu'à mettre en œuvre la procédure habituelle. Demande que le corps soit héliporté à l'institut médico-légal de Sion et Martina s'en chargera.

— Je ne peux pas.

— Pourquoi ?

— Parce que cette fois, je ne crois pas que les secours accepteront de jouer le jeu. Il faut que tu viennes sur place.

Isaac soupira.

— Mais pourquoi moi ? Je te l'ai dit, je suis en congé. Appelle la centrale et l'officier de permanence déléguera des enquêteurs.

— Je préférerais que ce soit toi.

Isaac n'insista pas. Gaétan et lui avaient un lien de confiance particulier, ils s'étaient entraidés à de nombreuses reprises par le passé, quand l'un ou l'autre traversait une passe difficile. Lorsque Isaac avait eu besoin de lui, après la mort d'Éléa puis dans le cadre de sa séparation d'avec Sabine, Gaétan avait toujours répondu présent.

L'inspecteur jeta un dernier coup d'œil à la villa, rien n'avait bougé. La situation ne changerait probablement pas aujourd'hui. Il reviendrait.

Il tourna la clé de contact, démarra la voiture et prit la direction de Sion tout en restant en ligne avec son ami.

— OK, donne-moi trente minutes.

— Parfait. Je t'attendrai sur le parking, sous la passerelle près des caisses. On montera ensemble en motoneige.

Le policier sourit tristement. L'hélicoptère aurait assurément été beaucoup plus rapide pour rejoindre directement le lieu de l'avalanche depuis la vallée. Son ami le savait, mais jamais il n'aurait proposé ce moyen de transport à Isaac. Celui-ci aurait refusé de monter à bord d'un tel engin, en raison de la phobie qu'il avait développée trois ans plus tôt.

— Encore une chose, reprit Gaétan. Je sais que t'es habitué à pas mal d'horreurs, avec ton job. Mais là, c'est vraiment pas beau à voir.

4

Par la fenêtre du car postal qui la conduisait à Siviez, Ana Bartomeu regardait le décor alpin sans vraiment le voir. Elle n'écoutait pas les conversations des skieurs qui s'extasiaient déjà, dans un brouhaha ambiant, sur la magnifique journée au soleil et dans la poudreuse qui les attendait. Le regard perdu dans la neige qui recouvrait les sommets, elle voyait défiler dans son esprit, comme un film en accéléré, les six dernières années de sa vie. Une descente aux enfers, un tunnel affreusement sombre dont elle espérait voir bientôt le bout.

Ana était inspectrice à la police judiciaire genevoise, en arrêt maladie depuis plus d'un an. Elle avait vécu de belles années à la brigade des Stups, flashé sur sa jeune collègue Lucille, quitté mari et enfants pour se lancer tête baissée dans une idylle de quelques mois, avant que Lucille ne disparaisse sans prévenir ni laisser de traces. L'IGS avait débarqué et donné un grand coup de balai dans la brigade. Ana était passée entre les mailles du filet, on l'avait simplement mutée à la Crim'. C'était surtout sur le plan privé qu'elle avait payé les pots cassés.

Son mari avait coupé définitivement les ponts avec elle, ses enfants refusaient de la voir et même de lui parler. Ils l'avaient tout simplement dégagée de leur vie : la pire des sanctions pour une mère. Une peine qui durait depuis six ans et dont Ana se demandait, encore aujourd'hui, si elle la purgerait à perpétuité.

Ses enfants étaient majeurs. Paola, vingt et un ans, avait pris son indépendance et vivait avec son copain. Luis, vingt ans, habitait encore chez son père. Même s'ils avaient probablement acquis une certaine maturité, ils ne lui avaient jamais pardonné d'avoir détruit la famille sur un coup de tête, pour un coup de foudre qui, par nature, ne pouvait être qu'éphémère.

Après la disparition de Lucille, Ana s'était complètement laissée aller dans la solitude et la malbouffe. Elle avait pris trente kilos, fait deux infarctus et frôlé la mort lors du second. À l'hôpital, elle s'était sentie partir. Ou plutôt laissée partir, parce qu'à l'époque, elle imaginait la mort comme une délivrance. Le moniteur avait affiché un tracé plat, l'alarme avait retenti, le personnel médical s'était précipité dans sa chambre. Ana avait cru distinguer une lumière blanche au bout du tunnel, la délivrance tant attendue, avant de se rendre compte qu'il s'agissait en réalité des tubes néons de la salle de réveil. Les médecins l'avaient opérée en urgence, l'avaient sauvée, la vie lui avait donné une seconde chance. Pas ses enfants.

Sa convalescence avait été très longue. Après l'hôpital, Ana avait connu une phase de réadaptation à la clinique Le Noirmont, dans le Jura. Elle avait dû réapprendre à vivre, à guérir son corps et son esprit. Un interminable chemin de croix, d'autant plus pour une fille de la ville pour qui se retrouver au cœur des Franches-Montagnes, plateau rural à l'extrême opposé du mode de vie urbain, constituait une épreuve supplémentaire. Aux yeux d'Ana, qui n'aimait pas le ski, les vallées reculées des Alpes valaisannes représentaient un peu le même choc des cultures.

À la gare de Sion, Ana avait pris un premier car postal

pour Nendaz, traversé quelques villages insignifiants et subi d'interminables virages avant de changer de car à proximité du départ d'une télécabine. La route qui la menait maintenant à Siviez n'était pas moins sinueuse, mais on ne distinguait plus l'asphalte, recouvert par une fine couche blanche tassée par les lames des chasse-neige. Un paysage hivernal qui rappelait à Ana la dernière affaire dont elle s'était occupée et qui avait failli avoir sa peau : celle du tueur que les médias suisses et français avaient baptisé « le Philatéliste ».

Sur le grand parking de Siviez, la première chose que fit Ana en sortant du car fut de s'allumer une cigarette. Elle ne fumait pas à l'époque, n'avait jamais fumé avant ses infarctus, mais depuis une année, elle faisait des efforts pour perdre du poids. Dix kilos, c'était un début. Mais selon les critères médicaux, elle entrait toujours dans la catégorie des personnes obèses. Un facteur de risques pour ses artères malades et son cœur fragile, auquel elle ajoutait un autre : celui de la nicotine et du goudron qui encrassaient ses poumons. Mais elle n'avait rien trouvé d'autre que la cigarette pour compenser le manque de nourriture qui la torturait encore.

Ana en avait parlé à sa psychiatre, qui avait essayé différentes thérapies avant de se résoudre à l'envoyer ici. « La solution de la dernière chance », lui avait dit et répété la doctoresse Humair. De guerre lasse, Ana avait fini par accepter.

Tandis que les skieurs se pressaient vers les caisses de la station et les portiques des remontées mécaniques, Ana savourait les bouffées de tabac en profitant des rayons du soleil. La chaleur de l'astre peinait à compenser la température négative et Ana tremblotait, malgré ses vêtements d'hiver, son écharpe, ses gants et son bonnet. À ses pieds, une grosse valise que le chauffeur du car venait de sortir de la soute. Ce séjour à la montagne promettait d'être long.

Les voitures envahissaient déjà le parking, des agents de sécurité aiguillaient les conducteurs vers les secteurs encore disponibles, des files d'attente se formaient. L'attention d'Ana fut attirée par l'arrivée de deux voitures de la gendarmerie valaisanne, suivies d'une ambulance. Les véhicules d'intervention contournèrent les files et remontèrent jusqu'au départ des installations. Jusque-là, Ana aurait peut-être conclu à un accident d'une certaine gravité, comme une collision entre deux skieurs. Mais son instinct professionnel contredit sa première impression, quand elle remarqua un quatrième véhicule qui suivait les trois autres. Une voiture banalisée conduite par un inspecteur de la police judiciaire valaisanne qu'elle connaissait. Or, la PJ ne se déplaçait pas pour un simple accident de ski.

Tout en finissant calmement sa cigarette, Ana observa de loin le ballet des policiers et des ambulanciers qui discutaient entre eux dans une zone en retrait des caisses et du public. La scène lui rappela des expériences similaires qu'elle avait vécues à Genève, sur des lieux d'homicides. Elle les imagina en train de faire un point de la situation et de décider des premières mesures.

À la fin de la discussion, l'inspecteur Moret s'éloigna du groupe et passa devant Ana, qui l'interpella.

— Salut Isaac.

Le policier valaisan s'arrêta et la regarda. Il marqua un temps d'hésitation, puis lui demanda, un peu gêné :

— Bonjour. Excusez-moi, mais… on se connaît ?

La question fit sourire Ana, quand elle réalisa qu'ils ne s'étaient pas vus depuis six ans. Physiquement, elle avait beaucoup changé.

— C'est moi, répondit-elle, Ana, Ana Bartomeu, de la PJ de Genève. J'étais aux Stups à l'époque. Tu te rappelles l'affaire Nitrox ?

Une ampoule s'alluma dans le cerveau d'Isaac, les souvenirs firent surface. Comment aurait-il pu oublier

Nitrox? Une opération intercantonale d'une ampleur inhabituelle pour le Valais. Un des plus gros trafics de drogue touchant Verbier, organisé par des dealers genevois et lyonnais. L'analyse des eaux usées de la station huppée du Val-de-Bagnes démontrait des pics de consommation de cocaïne, de méthamphétamine et d'ecstasy durant la saison de ski, tout particulièrement à la période des fêtes de fin d'année. Sur le plan mondial, durant la saison hivernale, Verbier était en tête des localités où on consommait le plus de produits stupéfiants par habitant.

— Purée! s'exclama Isaac. Ana! Pardonne-moi, mais tu...

— J'ai grossi, tu peux le dire. Et vieilli aussi.

Isaac reconnut aussitôt son franc-parler parfois déstabilisant.

— Non, ce n'est pas ça, mentit-il. Je suis sur une affaire un peu particulière, tu comprends? Mon esprit...

— ... est ailleurs, je sais. C'est normal. C'est quoi, comme affaire?

Isaac retrouva ses réflexes professionnels.

— Tu sais que je ne peux rien te dire.

— Arrête ce charabia, le provoqua Ana en rigolant. Je suis flic, moi aussi. Je suis tenue au même secret que toi.

— T'es ici pour le travail?

— Non.

— Alors, tu n'es pas là en tant que flic. Fais comme tous ces gens qui arrivent: profite de ta journée de ski, amuse-toi!

— Je ne suis pas venue pour skier. Je suis ici pour un stage de remise en forme. Du moins, c'est comme ça qu'on me l'a vendu.

— Où ça?

— Je ne sais pas exactement. Dans un refuge perdu au milieu de nulle part. Secteur du Grand Désert, si j'ai bien compris. On sera cinq ou six participants, mais je ne les connais pas. La gardienne du refuge vient me chercher ici pour m'y conduire.

— En hélico ?

— Certainement pas. Plus probablement avec un véhicule à chenilles, genre dameuse. Bon, et de ton côté ? Comment va Sabine ?

Ana savait qu'elle s'aventurait sur un terrain glissant. Elle avait appris par les médias et par un de ses collègues genevois que l'inspecteur Moret avait perdu sa fille dans un accident d'hélicoptère trois ans plus tôt. Elle vit le visage d'Isaac se refermer.

— Sabine n'existe plus.

Entendant la réponse tranchée, Ana comprit qu'une nouvelle fois, elle avait mis les pieds dans le plat.

— Tu veux dire que… ?

— Non, coupa sèchement Isaac. Elle n'est pas morte, du moins pas à ma connaissance. Mais elle n'existe plus pour moi. Nous sommes séparés et je ne veux plus jamais entendre parler d'elle.

— Pardonne-moi, dit Ana. Je ne le savais pas.

— Tu ne pouvais pas le savoir. Bon, allez, le boulot m'attend. Mon contact est arrivé, il faut que je te laisse. Salut.

Ana le regarda s'éloigner et rejoindre un employé de la station. Physiquement, Isaac Moret lui rappelait son père à l'approche de la quarantaine. Un cancer avait emporté Esteban Bartomeu une quinzaine d'années plus tôt. Ce souvenir fit remonter en elle d'autres cicatrices du passé. Elle luttait contre un accès de tristesse et venait de rallumer une cigarette quand une voix féminine la tira de ses pensées :

— Tu es Ana ?

5

Gaétan arrivait sur sa motoneige au bas de la piste de Combatseline. Isaac le vit et traversa le parking, tout en pensant à Ana. Sur le moment, il ne l'avait pas reconnue. Et même en cherchant dans sa mémoire, il n'aurait probablement pas pu la reconnaître, car elle avait beaucoup changé. La prise de poids, sans doute. Isaac avait le souvenir d'une belle femme, si tant est que la beauté extérieure puisse se définir selon les critères assez arbitraires de la société à un instant T. Une réminiscence du monde patriarcal en voie de disparition, même si un bouleversement des mentalités requérait du temps, probablement une ou deux générations.

Certains détails de l'opération Nitrox lui revenaient en tête, comme l'arrogance de ces jeunes dealers friqués qui se croyaient dans *Scarface* ou *Le Parrain*, alors qu'ils n'étaient que des voyous sans aucune classe. Ils dépensaient leur argent sale sans discrétion dans des voitures de luxe, au casino et dans l'immobilier.

De manière générale, Isaac détestait Verbier et Crans-Montana pour leur côté bling-bling, ces immondes défilés de manteaux de fourrure de grandes marques, compétition malsaine et pathétique de tous les instants. Isaac leur préférait mille fois l'authenticité et le côté familial de plus petites stations de ski, comme Champéry, Ovronnaz ou Nendaz.

Isaac n'associait pas Ana seulement à l'opération Nitrox, qui commençait à dater. Il se souvenait aussi d'une Infopol plus récente, qui remontait à l'hiver dernier. La police genevoise avait émis une diffusion nationale au sujet de l'envoi de colis postaux à travers le pays et la France voisine. Tous les cantons romands avaient été touchés par les actes du Philatéliste, sauf le Valais. Parce que, contrairement aux autres, le Valais disposait de son propre centre postal de tri des colis à Vétroz.

Lors de la conversation, Ana avait déstabilisé Isaac en lui posant une question sur Sabine. Sur le moment, il s'était demandé comment elle connaissait son épouse. En traversant le parking, il venait de se rappeler qu'à la fin de l'opération Nitrox, il avait invité ses collègues valaisans et genevois chez lui pour une raclette. Ana avait rencontré Sabine à cette seule occasion. Lors de la soirée, elles avaient sympathisé.

Isaac s'approcha de Gaétan qui était en train de retirer son casque. Après l'avoir salué, il lui demanda :

— Ça s'est passé où, exactement ?

— Secteur du Greppon Blanc. Mais tu ne peux pas venir comme ça.

Gaétan désignait les vêtements de ville d'Isaac.

— J'ai ce qu'il faut dans la voiture, répondit ce dernier. T'as un casque pour moi ?

— Je vais en chercher un à l'atelier pendant que tu te changes. On se retrouve ici ?

— OK, donne-moi trois minutes.

Isaac troqua son manteau, son jean et ses baskets contre une combinaison de ski et des chaussures de montagne. Il glissa dans les poches de sa veste une paire de gants et un bonnet, tartina son visage de protection solaire et prit dans la voiture ses lunettes de soleil.

Gaétan l'attendait sur la motoneige, son casque déjà sur sa tête. Il en tendit un autre à Isaac.

— Ils sont équipés d'un système radio, dit-il. On pourra se parler pendant la montée.

Isaac enfila le casque et rabaissa la visière. Ils firent un test-micro, constatèrent que ça fonctionnait, puis Gaétan démarra l'engin. Le policier monta à cheval derrière lui et s'agrippa à sa taille.

— T'es prêt? demanda le conducteur.

— Tu peux y aller.

La motoneige prit rapidement de la vitesse et fila vers les sommets sur un côté de la piste, afin d'éviter tout danger pour les skieurs. La piste suivait en grande partie la ligne du télésiège.

— Tu m'as dit que ce n'était pas beau à voir? demanda Isaac.

— Pas trop, non.

— Ça ressemble à quoi?

— Je préfère que tu te fasses ta propre opinion sur les lieux.

Leurs voix résonnaient dans le casque, mais ils s'entendaient parfaitement en dépit du bruit du moteur.

— Et la météo? demanda Isaac.

— Elle devrait tenir jusqu'à ce soir, répondit Gaétan. Mais une nouvelle dégradation est annoncée pour cette nuit, avec une tempête de neige et des vents violents qui pourraient durer au moins deux jours.

— Il va falloir travailler vite.

— Mes gars sont déjà sur le coup.

La motoneige parvint au croisement de deux pistes, puis sur un replat constitué d'une petite section d'un chemin forestier plus étroit. Le conducteur dut ralentir en raison d'une forte concentration de skieurs à cet endroit. Puis l'engin reprit de la vitesse dans la dernière ligne droite en direction de la gare supérieure du télésiège et du restaurant de Combatseline.

— L'avalanche est partie comment? Ta collègue faisait du hors-piste?

— Non. C'est le tir du Gazex qui a provoqué la coulée. J'en suis sûr, j'ai pu l'observer aux jumelles, puis sur les webcams de la station. J'avais demandé à Rachel d'aller vérifier le système, car il dysfonctionnait. Rachel est une pro, jamais elle ne se serait aventurée sur la plaque. On pourra vérifier ses traces montantes, mais je mettrais ma main à couper qu'elle a contourné le secteur à risques. Elle connaît les lieux comme sa poche.

— Dans ce cas, pourquoi a-t-elle été emportée par l'avalanche?

— Je ne me l'explique pas. D'après l'ordinateur, c'est elle qui a déclenché la mise à feu avec son téléphone. C'est donc insensé qu'elle ait pu se trouver sur la plaque ou dans la trajectoire de la coulée à ce moment-là. Elle connaît la montagne et ses dangers, jamais elle n'aurait pris un tel risque. Ce serait vraiment une erreur de débutante et Rachel n'en est pas une. C'est d'ailleurs pour ça que je l'avais autorisée à utiliser le logiciel et que je lui avais donné les codes d'accès des Gazex. Normalement, seul le responsable de tir est habilité à le faire. C'est-à-dire moi.

— Et c'est pour ça que tu m'as appelé, moi et pas un autre flic? Pour te couvrir en cas de besoin? T'as peur d'avoir fait une connerie?

— Pas du tout. Je n'ai aucun problème avec ma conscience. Tu sais très bien pourquoi je t'ai appelé.

Isaac s'en doutait depuis le départ. Gaétan le savait fragile, non seulement depuis la mort de sa fille Éléa, mais aussi depuis qu'il avait trompé Sabine et qu'elle l'avait mis à la porte. Son ami cherchait n'importe quel prétexte pour lui changer les idées, occuper son esprit et canaliser ses émotions sur d'autres sujets que la mort de sa fille et le départ de la femme qu'il avait perdue. Même si Isaac clamait à qui voulait l'entendre qu'il avait tourné la page Sabine, Gaétan savait que c'était faux.

La motoneige parvint au sommet de Combatseline, contourna le restaurant et la gare du télésiège, puis fila le long d'un chemin à flanc de montagne, qui menait au bas de la piste du Greppon Blanc, à mi-hauteur des deux téléskis parallèles. Le secteur avait été fermé aux skieurs en raison de l'avalanche.

— Est-ce qu'il a pu y avoir un problème avec le mélange gazeux? demanda Isaac. L'explosion a peut-être été plus forte que prévu et ça a pu surprendre ta collègue?

— Je ne pense pas, répondit Gaétan. L'explosion que j'ai vue avec les jumelles était tout à fait standard. Le décrochage de la plaque aussi. Les quantités de gaz libérées par les vannes sont prédéterminées, évaluées avant le début de la saison afin que les Gazex soient autonomes tout au long de la période hivernale. Le mélange se réalise à la base du tube et le système de mise à feu induit ensuite automatiquement l'explosion. Je te l'ai dit: ce que j'ai vu m'a paru tout à fait normal et mon ordinateur n'a révélé aucun dysfonctionnement de ce côté-là.

— Dans ce cas, quel était le problème initial avec ce Gazex?

— La commande de tir ne répondait pas.

— Est-ce qu'il y avait déjà eu un premier tir ce matin, avant l'arrivée de Rachel sur les lieux?

— Non. Sinon, la plaque serait partie du premier coup. Il faut compter quinze minutes pour déclencher un second tir. C'est le temps minimum nécessaire pour le remplissage des cuves de propane.

Ils arrivèrent au bas de l'avalanche, descendirent de l'engin, retirèrent leur casque et le remplacèrent par leur bonnet. Puis ils s'équipèrent de raquettes et Gaétan emmena Isaac vers le corps. Un peu partout dans la coulée, des pisteurs sondaient la neige.

— Vous craignez d'autres victimes ? demanda Isaac.

— *A priori* non, répondit Gaétan. À moins qu'une autre personne se trouve là-dessous sans système Recco. Les installations étaient fermées au moment où l'avalanche est partie et aucun autre membre de mon personnel n'est porté manquant. Il existe certes toujours la possibilité d'un randonneur nocturne, mais ça paraît assez peu probable en raison de l'absence de traces dans le secteur.

— Dans ce cas, vous cherchez quoi ?

— Le reste du corps.

Gaétan s'arrêta vers un endroit qu'il avait balisé, où la neige avait été remuée. Du fond d'un trou à moitié dégagé émanait une discrète odeur de chair brûlée. Isaac comprit tout de suite pourquoi son ami n'avait pas fait appel aux secouristes de la vallée pour un transport du corps en hélicoptère jusqu'à l'hôpital de Sion. Ce n'était pas un corps, mais seulement la moitié d'un tronc humain déchiqueté, recouvert de lambeaux d'habits déchirés, à moitié noircis et maculés de sang.

6

Ana regardait Isaac Moret s'éloigner sur le parking. Elle luttait contre la réapparition, dans son esprit, de cette figure paternelle surgie d'outre-tombe et dont les traits ressemblaient étrangement à ceux de l'inspecteur valaisan, quand une voix féminine l'interpella dans son dos :

— Tu es Ana ?

Elle se retourna et se retrouva face à une femme qu'elle ne connaissait pas, petite, maigre, peut-être un peu chétive, dont les gestes semblaient trahir une certaine nervosité. Après réflexion, Ana abandonna l'idée de « chétive » pour celle de « sportive de l'extrême ». Le genre de femme qu'on aurait pu croire fragile au premier regard, mais dont la chair comprise entre la peau et les os était constituée de muscles, sans aucune trace de graisse. Le miroir inversé d'Ana, qui dans son esprit classa la nouvelle venue au rayon montagnarde aguerrie, le genre qui devait passer son temps à enchaîner les dénivelés, entre peaux de phoque et raquettes en hiver, et ultra-trail à la belle saison.

— C'est moi, répondit l'inspectrice genevoise. Et vous êtes ?

— Gaïa ! répondit la boule de nerfs en tendant énergiquement la main pour la saluer. Ici, en Valais, le tutoiement est de mise. Donc, autant t'y mettre tout de suite. Où sont tes affaires ?

Ana désigna la grosse valise noire.

— Bien, reprit Gaïa en saisissant le volumineux bagage. T'es la dernière arrivée, donc ne traînons pas. Tu ne voudrais pas faire attendre les autres, hein ?

— Ça dépend, sourit Ana, prise au dépourvu par tant de familiarité.

— Ça dépend de quoi ?

— S'ils sont sympas ou non.

— Ce n'est pas à moi d'en juger. Moi, je ne suis qu'une exécutante.

— Une exécutante ?

— La gardienne du refuge. Tous les gens qu'on m'envoie pour un stage de remise en forme en haute montagne présentent forcément un problème à la base. Sinon, ils ne seraient pas là. Ce problème peut être d'ordre physique ou psychologique, voire les deux à la fois la plupart du temps. Je dois composer avec le caractère, les forces et les faiblesses de chacun. C'est mon boulot. Ce n'est pas toujours facile, surtout les premiers jours du stage, mais j'ai l'habitude. C'est la quatrième fois que j'accueille une volée de brebis égarées.

— De brebis égarées ? s'étonna Ana.

— Pardonne-moi, répondit Gaïa en la précédant sous la passerelle. Ici, c'est le Valais. On a une propension plus élevée que dans d'autres cantons à recevoir une éducation catholique assez stricte. Je ne suis pas très croyante pour autant, quoi qu'en disent certains bibelots décoratifs que tu verras au refuge, mais je conserve des réflexes qui remontent à l'enfance.

Ana afficha un petit sourire en coin.

— Je ne me considère pas comme une brebis égarée. Éventuellement une personne malade qui a besoin de se reprendre en main, mais ça s'arrête là.

— Tous les citadins disent ça. Mais quand tu vis constamment dans une grande ville, tu perds forcément le sens des réalités et des priorités de la vie. Le stress et la pollution brouillent ton esprit et t'injectent de la merde dans le cerveau. À tel point qu'à force, tu ne t'en rends même plus compte.

Gaïa prétendait ne pas juger les autres, mais à l'évidence, c'était plutôt mal parti.

Au bas de la piste de Tortin, la gardienne du refuge chargea la valise dans un véhicule assez spécial. On aurait dit un minibus pour le transport de personnes, monté sur des chenilles. Une sorte de dameuse avec un grand habitacle, mais sans lame à l'avant, ni fraise à l'arrière.

— Je te présente mon *snowcat*, annonça Gaïa.

— Les anglicismes sont aussi une pollution de l'esprit, ironisa Ana.

— Comment veux-tu que je l'appelle ? Il paraît qu'au Québec, on dit une autoneige. Et tu peux m'appeler 2G si tu ne trouves pas ça moche. C'est mon surnom, mais je le déteste.

— Pourquoi 2G ?

— Parce que mon nom est Gaïa Glassey. Et que je vis sans wifi, sans Internet et sans réseau de téléphonie mobile ou presque. Bref, à l'âge de pierre, comme la 2G.

— Glassey, c'est un nom d'ici, non ?

— Oui, un nom cent pour cent nendard, pour une nana cent pour cent nendette. Ça te pose un problème ?

— Pas du tout.

— Dans ce cas, bienvenue dans mon *snowcat* et en route pour le grand enfer blanc.

Gaïa alluma le moteur et le monstre d'acier se mit en marche. Elle ne put éviter de suivre la piste de ski sur une certaine distance, mais après les derniers immeubles de la station, elle bifurqua à gauche et suivit un chemin dans la forêt. Les arbres aux branches qui pliaient sous le poids de la neige formaient un long tunnel blanc, étincelant sous les rayons du soleil.

— Sinon, point de vue santé, comment tu vas ? demanda la gardienne.

— Ça pourrait être pire. T'as pas eu accès à mon dossier ?

Gaïa éclata de rire.

— Tu rigoles ? Et le secret médical ?

— Je pensais que ma psy en était automatiquement déliée à ton égard. C'est du moins ce qu'elle m'a expliqué quand nous avons parlé de ce stage.

— Eh bien, elle s'est plantée. Je n'ai aucun contact direct avec les médecins ou les psys qui envoient leurs patients ici. Tout passe par l'intermédiaire d'une agence. De toute façon, je ne suis pas toubib. J'ai quelques notions de base en matière de secourisme d'altitude, j'ai aussi une pharmacie d'urgence au refuge, mais mes compétences dans ce domaine s'arrêtent là. C'est qui, ta psy ?

— La doctoresse Michèle Humair.

— À Genève ?

— Oui.

— Jamais entendu parler. Ton problème, c'est la bouffe, j'imagine ?

— Entre autres. J'ai fait deux infarctus.

— Liés à ton surpoids ?

— En partie, probablement. Et au stress des grandes villes, comme tu dis.

— C'est une évidence. Ton cœur est réparé ?

— Les médecins m'ont dit qu'un troisième infarctus était hautement improbable, mais le risque zéro n'existe pas. J'ai perdu un peu de poids, mais pas assez à leur goût.

— Et tu fumes.

— Je me suis mise à fumer, effectivement.

— Je t'ai vue en griller une, tout à l'heure, sur le parking.

— La cigarette coupe ma sensation de faim.

Gaïa tourna la tête vers Ana et reprit son rôle de sergent-major.

— Eh bien, je te préviens : dans le refuge, les règles sont strictes. Ni drogue, ni alcool, ni tabac. Quand on arrive, je fouille ta valise, que ça te plaise ou non. Si j'y trouve quoi que ce soit qui contrevient au règlement, je le détruis. Je ne tolère que la clope, mais c'est moi qui gère les doses journalières et il est strictement interdit de fumer à l'intérieur. Seulement dehors. Et avec la tempête qui s'annonce pour cette nuit, bonne chance ! Les animaux de compagnie ne sont pas non plus les bienvenus, mais à voir ta valise, je suppose que tu n'y as pas planqué un hamster.

— J'ai un chat, sourit Ana. Mais pas avec moi, évidemment. C'est dommage, il s'appelle Lucifer. Il aurait pu se sentir chez lui, dans le grand enfer blanc.

— T'en as fait quoi ?

— Ça fait une année que je ne l'ai pas vu. Il est en pension à Neuchâtel, chez une charmante dame qui travaille comme greffière au ministère public.

— C'est très bien. Qu'il y reste une semaine de plus, ça ne changera pas grand-chose pour lui. Et inutile d'essayer de téléphoner à cette dame pour prendre de ses nouvelles.

— Parce que tu vas aussi confisquer mon téléphone ?

— Inutile, ricana Gaïa. Là-haut, il n'y a aucun réseau. Comme je te l'ai dit, pas de wifi, ni d'Internet. Pas de télévision non plus, ni de radio. On est totalement coupés du monde. Le seul lien avec l'extérieur, c'est un téléphone fixe. Mais il est verrouillé et je suis la seule à en détenir le code.

Le *snowcat* filait inlassablement dans le paysage enneigé, entre forêts et espaces à découvert. Gaïa expliqua à Ana qu'elles allaient bientôt entamer la montée vers le barrage de Cleuson, puis longer le lac gelé du même nom, avant de gagner la haute montagne et les glaciers.

— Encore un truc, reprit la gardienne. Il paraît que t'es flic, c'est vrai ?

— Oui.

— T'as ton arme de service avec toi ?

— Bien sûr que non. On me l'a temporairement retirée durant mon arrêt maladie. Sur conseil de ma psy.

Gaïa émit un petit sifflement.

— Parce qu'en plus, t'es suicidaire ?

— Non, répondit Ana. Je n'ai jamais eu ce genre d'idées noires. En revanche, il est vrai que, quand j'ai touché le fond, parce que j'ai perdu une amie et que mes enfants ne me parlent plus depuis six ans, il m'est arrivé de prier pour que mes problèmes cardiaques m'emportent loin de ce monde. Finalement, mon cœur ne l'a pas entendu de cette oreille. J'ai raconté tout ça à ma psy, mais je n'aurais peut-être pas dû.

— Au contraire, tu as bien fait. Parce que jamais je n'aurais toléré une arme au refuge.

— À propos de flics, rebondit Ana, tu sais ce qui s'est passé à Siviez ce matin ?

Gaïa haussa les épaules.

— Paraît qu'il y a eu une avalanche du côté du Greppon Blanc et qu'une pisteuse est décédée. Mais je connais pas les détails.

7

Après une heure de recherches dans la coulée, les pisteurs-secouristes aux ordres de Gaétan avaient retrouvé deux autres parties du corps. Isaac avait appelé ses collègues de la Section d'identité judiciaire – la SIJ, comme on l'appelait en Valais – mais il savait qu'ils mettraient un certain temps à arriver sur les lieux. L'évolution de la météo l'inquiétait, il connaissait les prévisions, mais il savait aussi qu'en haute montagne, tout pouvait changer très vite. Il avait donc pris sur lui la décision d'extraire les restes humains de la neige, puis de les regrouper à l'endroit de la première découverte, sans attendre la police scientifique. Avant cela, il avait fixé chaque lieu en le photographiant sous différents angles, puis en y plantant un petit drapeau de balisage. L'idée était d'obtenir une vue d'ensemble de la coulée et de l'emplacement exact de chaque partie du corps, afin de pouvoir reconstituer, dans toute la mesure du possible, la cinétique de l'avalanche depuis son déclenchement.

Après avoir coordonné la suite des recherches, Gaétan s'approcha d'Isaac qui prenait de nouvelles photos de la victime partiellement recomposée.

— *A priori*, dit l'inspecteur, il manque deux pièces

du puzzle : la tête et la jambe gauche avec une partie du bassin.

— Espérons qu'on n'aura pas à attendre le dégel du printemps pour les retrouver, répondit Gaétan. Mes gars poursuivront le sondage de manière méthodique jusqu'à la tombée de la nuit, s'il le faut.

Isaac désigna la dépouille d'un geste du menton.

— Tu crois que c'est ta collègue ?

— J'en ai peur. En tout cas, ce sont les restes d'une femme, sa combinaison est la même que la mienne et, comme je te l'ai dit, seule Rachel manque à l'appel. Ajoute à cela le fait qu'elle était sur place au moment du tir du Gazex et ça ne laisse plus beaucoup de place au doute.

— J'en conviens. Je suis navré pour toi. Tu as une idée de ce qui a pu se passer ?

— Pas plus que tout à l'heure. Pourtant, j'en ai vu, des corps ensevelis sous des avalanches de poudreuse ou broyés par des avalanches de neige mouillée. Je peux te dire que même si tu ajoutes des pierres et des arbres emportés dans le glissement, ça ne provoque jamais ce genre de lésions. Et puis, il y a ces marques de brûlures. Je ne vois qu'une explication logique : Rachel devait se trouver sous la bouche du dragon au moment de l'explosion. Mais encore une fois, ça n'a aucun sens. À moins que quelqu'un ait déposé son corps à cet endroit.

— Et dans ce cas, conclut Isaac, nous serions en présence d'un homicide volontaire, meurtre ou assassinat. Je suis ton raisonnement. Tout comme toi, l'hypothèse de l'accident me paraît peu probable. Et celle du suicide ?

Gaétan soupira.

— L'idée m'a effleuré l'esprit, je l'admets, mais ça ne tient pas la route non plus. Rachel a toujours conservé une part d'ombre, c'est vrai, notamment en ce qui concerne son passé et les raisons de son déménagement en Valais, mais je la connais depuis vingt-cinq ans. Elle a traversé une période difficile après la mort de son mari il y a cinq ans, mais elle a réussi à surmonter cette épreuve. Ces derniers temps, elle allait bien, son moral était bon.

— Peut-être en apparence seulement ?

— Non. Elle n'a jamais hésité à se confier à moi quand elle sentait venir une rechute.

— OK, je t'entends. Et tu m'as dit qu'elle connaissait bien la technique des Gazex ?

— Bien sûr. Elle savait reconnaître les caractéristiques de chaque manteau neigeux, elle maîtrisait toutes les techniques permettant le déclenchement préventif d'une avalanche et savait choisir celle qui produirait la meilleure onde de choc en fonction de la situation. Elle a reçu une formation, réussi les examens et suivi des entraînements réguliers. Elle connaissait par cœur le guide de minage « tirs d'avalanches ». Elle était rompue au lancer manuel de charges explosives et savait qu'on obtient une bien meilleure efficacité lorsque l'explosion se produit deux ou trois mètres au-dessus du manteau neigeux plutôt qu'à l'intérieur. Elle maîtrisait l'utilisation des Catex, des avalancheurs et des Gazex. Elle avait même participé à des opérations de l'armée, qui utilise des tubes roquettes et des lance-mines pour faire partir les avalanches en haute montagne. Rachel était une artificière expérimentée.

Isaac n'en doutait pas. Il regardait le corps disloqué, qui lui rappelait ceux qu'il avait découverts, deux ans plus tôt, sur le site du crash d'un avion de tourisme au fond d'une vallée reculée. Une intervention urgente dans le cadre de son service de permanence, avant que l'affaire ne soit reprise par la police judiciaire fédérale et le Ministère public de la Confédération. Un accident classique, hélas trop fréquent, provoqué par un pilote non entraîné au vol en zone montagneuse. Le malheureux était entré dans une vallée étroite avec une trajectoire directe en direction du col, sans tenir compte des performances de son avion ni de l'altitude d'entrée dans la vallée, ce qui ne lui avait laissé ni le temps de gagner l'altitude nécessaire pour franchir le col, ni l'espace disponible pour faire demi-tour.

Gaétan tira Isaac de ses pensées.

— T'as des nouvelles de tes collègues de la SIJ ?

— Ils sont en route. Le procureur de permanence aussi. Et la légiste doit me rappeler pour me faire savoir si elle vient sur place ou si elle attend le corps à l'institut médico-légal.

— Qui est la légiste ?

— Martina, évidemment. Qui veux-tu que ce soit ? Il n'y en a pas cent mille, en Valais.

— Je sais, soupira Gaétan. Mais je dois aussi te rappeler que c'est en partie à cause d'elle si Sabine et toi avez rompu.

— Ce n'est pas à cause d'elle, répondit sèchement Isaac. C'est à cause de moi.

— N'empêche, si tu espères un jour reconquérir ta femme, tu devrais peut-être couper tout contact avec Martina. Tu ne crois pas ?

Isaac afficha un sourire amer.

— Comment veux-tu que je rompe tout contact avec la seule légiste du Valais ? Ça fait partie de mon job. Et puis, je n'en ai plus rien à foutre, de Sabine !

Un lourd silence plana. Gaétan le brisa, attentif à conserver un ton calme.

— Toi-même, tu ne crois pas un mot de ce que tu dis. Tu es encore dans l'émotionnel de la séparation. C'est ta colère qui s'exprime et elle n'est jamais bonne conseillère. Dois-je te rappeler que le secret du bonheur réside dans le contrôle des émotions ?

Gaétan répétait souvent cette phrase à Isaac. Ce dernier avait toujours pu compter sur son ami durant les lourdes épreuves qui avaient jalonné sa vie. Gaétan avait été le premier intervenant sur les lieux de l'accident qui avait coûté la vie à Éléa. Il n'avait rien pu faire pour la sauver, elle était morte sous ses yeux. Lui aussi devait, encore aujourd'hui, digérer ces images d'une violence inouïe. Malgré son propre fardeau, Gaétan avait toujours été présent pour soutenir Sabine et Isaac durant leur très longue période de deuil. Comme il l'était encore aujourd'hui dans le cadre de la séparation du couple, sans jamais prendre parti ni pour l'un ni pour l'autre, alors que Sabine et Isaac ne se parlaient plus.

La situation était difficile aussi pour Gaétan, qui les voyait se déchirer et souffrir chacun de leur côté après tant d'années d'un amour fusionnel. Il se sentait impuissant, car au fond de lui, il savait qu'une réconciliation était improbable.

Sabine ne pardonnait pas à Isaac de l'avoir trompée alors qu'elle était encore fragilisée par la mort de leur fille et peinait à ne pas le considérer comme responsable de ce décès. Et Isaac ne pardonnait pas à Sabine de refuser de lui accorder une seconde chance, en dépit des promesses qu'il lui avait faites. Le serpent qui se mord la queue. L'impasse.

Quand Sabine avait annoncé à Isaac, au terme d'une période de réflexion, que la rupture était sans appel, il lui avait écrit une lettre incendiaire dans un accès de colère, puis un SMS très succinct: *Dégage définitivement de ma vie.* Ensuite, il l'avait bloquée sur toutes les applications, avait effacé son numéro de téléphone de ses contacts, détruit tous les objets qui la rappelaient à lui et supprimé de la mémoire de son téléphone et de celle de son ordinateur toutes les photos sur lesquelles Sabine apparaissait. Plus encore, toutes celles qui lui rappelaient des vacances ou la villa familiale. Il se souvenait de cette journée entière qu'il avait passée, dans son petit appartement à Sion, à visionner des milliers de photos les unes après les autres, et à répéter inlassablement à haute voix « Disparais, connasse ! » à chaque fois qu'il détruisait un souvenir du passé. Comme si Sabine n'avait jamais existé.

Isaac avait raconté cela à Gaétan, qui n'avait pas approuvé sa réaction et lui avait dit qu'un jour, il regretterait amèrement d'avoir effacé ces photos. Isaac lui avait répondu

« peut-être », mais que, sur le moment, ça lui avait fait du bien.

Le contrôle des émotions n'était pas le fort d'Isaac. L'amour et la haine ne se trouvaient pas chacun au bout d'une ligne droite, mais formaient un cercle dont les extrémités se touchaient.

Isaac était à nouveau perdu dans ses pensées, quand la sonnerie de son téléphone le rappela au moment présent.

Papa, je t'en supplie, aide-moi…

Papa, je t'aime…

Papa, j'ai peur…

Papa…

Et cette fois, le message enregistré, qui provenait d'outre-tombe et faisait office de sonnerie, se poursuivit dans un hurlement à glacer le sang.

8

Le *snowcat* avait contourné les contreforts du barrage de Cleuson par un long chemin forestier qui grimpait en zigzags, puis il avait longé le lac gelé. Le bruit du moteur diesel concurrençait le cliquetis lancinant des chenilles et perturbait le silence qui régnait d'ordinaire dans cette vaste étendue blanche. Partout de la neige, ponctuée çà et là par de gros rochers isolés et les falaises des sommets.

À l'intérieur de l'habitacle, Gaïa et Ana ne parlaient plus. La conductrice restait concentrée sur le tracé non balisé à flanc de montagne, qui devenait de plus en plus étroit. Le moindre écart à droite entraînerait une collision avec la roche, et à gauche, un plongeon dans le vide.

Plus haut encore, le lac du Grand Désert avait complètement disparu sous la poudreuse tombée durant la nuit. Ana ne l'aurait pas remarqué si la gardienne du refuge ne le lui avait pas indiqué. Tout au plus devinait-on quelques taches bleu-gris, qui laissaient supposer que l'eau glacière tentait de se frayer un chemin à travers la couche de neige.

Le *snowcat* continua de grimper en direction du glacier du Grand Désert et de la Rosablanche, un sommet alpin culminant à plus de trois mille trois cents mètres d'altitude.

Grâce à leur couleur bleutée encore accentuée par le soleil, on distinguait les crevasses et les séracs.

À la vue de ce paysage hors du temps, Ana comprit ce que Gaïa avait voulu dire par « grand enfer blanc ». On se serait cru au cœur du Sahara ou sur la lune, mais dans un décor hivernal extrême, comme l'Antarctique ou le pôle Nord. Aucune trace de civilisation alentour, pas âme qui vive. *Pas un chat*, se dit Ana avec une petite pensée pour Lucifer.

Malgré le soleil, le thermomètre du *snowcat* indiquait moins treize degrés.

Bâti au bord d'un promontoire rocheux, le refuge surplombait la plaine du Grand Désert. La falaise juste en dessous de la cabane de montagne était recouverte de glace, on aurait dit une large cascade gelée dont les eaux figées se mariaient avec le glacier en contrebas. Au jugé, une chute d'une bonne centaine de mètres.

Gaïa gara le *snowcat* devant le bâtiment aux épais murs de pierres et aux fenêtres à petits carreaux. De la fumée sortait d'une cheminée au centre du toit en ardoise.

— On chauffe au bois, annonça la gardienne. J'espère que t'es pas frileuse.

Ana ne répondit pas. Elle regardait le refuge sous toutes les coutures, devinait que la vieille structure des années 1970 n'avait pas été régulièrement rénovée, que les sources de déperdition de chaleur devaient être très nombreuses et elle imaginait déjà qu'en pleine tempête, tout devait craquer.

À côté du bâtiment principal se trouvait une remise un peu délabrée, de la taille d'un box de garage pour deux ou trois voitures.

— Ça, dit Gaïa qui avait remarqué qu'Ana s'y intéressait, c'est la réserve de bois et de nourriture. Notre garde-manger, en quelque sorte. Donc, pas touche.

En raison de son surpoids, Ana se sentit personnellement visée par la remarque, mais elle s'abstint de réagir.

— De toute façon, reprit la gardienne, c'est comme le téléphone fixe, je suis la seule à connaître le code de la serrure électronique.

Les deux femmes sortirent du *snowcat*. Ana sentit immédiatement le froid mordre sa peau. Elle avait envie d'une cigarette, mais y renonça. Elle n'aspirait qu'à une chose : entrer au plus vite se mettre au chaud. Gaïa prit la valise et la précéda jusqu'à la porte.

Dans le vestibule, un portemanteau mural, une série de chaussures alignées sur des serpillières posées sur le plancher, un petit meuble en bois et, au-dessus, un crucifix cloué contre le vieux lambris en bois foncé.

Le vestibule donnait directement dans une grande pièce qui faisait office à la fois de cuisine et de salle à manger. Dans un coin, un ancien poêle en fonte, dans lequel brûlaient quelques bûches. Autour de la table centrale, quatre personnes attendaient en buvant du thé.

— Ah enfin ! s'exclama la seule femme du groupe en voyant Gaïa et Ana franchir la porte. On a failli attendre.

— Calme-toi, Alix, dit la gardienne.

La réaction ne se fit pas attendre.

— Que je me calme ? Mais ça fait plus de deux heures que je me coltine ces trois abrutis et que je me farcis leurs discours misogynes, paranos et complotistes. Y en a marre, à la fin !

— Vous pourriez rester polie, mademoiselle, répondit obséquieusement un des hommes, qui affichait un curieux accoutrement pour un refuge de montagne : un complet veston-cravate désuet aux couleurs dépareillées.

— Et d'un, aboya Alix, c'est pas « mademoiselle », c'est « madame » ! Et de deux, c'est « Tu pourrais rester polie ». T'as déjà oublié la règle, ici ?

— Désolé, madame, mais nous n'avons pas gardé les vaches ensemble.

— Ça suffit! intervint la gardienne. Vous n'êtes pas là pour régler vos comptes, mais pour partager une semaine de cure à la montagne. Et je ne compte pas passer mon temps à faire la police, ni la maîtresse d'école.

Gaïa se tourna vers Ana et lui fit signe d'avancer à ses côtés, puis elle reprit:

— Laissez-moi vous présenter celle que nous attendions pour commencer ce stage: Ana Bartomeu. Ana vient de Genève et elle aura tout le loisir de vous expliquer les raisons de sa présence ici parmi nous. Mais je vous demande de l'accueillir comme il se doit.

Les quatre autres la saluèrent. La gardienne désigna la femme en premier et continua:

— Ana, je te présente Alix Jordan. Tout comme toi, elle est genevoise à la base, mais elle vit depuis plusieurs années au Locle, dans le canton de Neuchâtel.

Ana n'avait pas besoin d'en savoir plus à ce stade. Elle connaissait Alix de longue date, même si cette dernière ne l'avait pas reconnue en raison de son changement physique. Et c'était beaucoup mieux ainsi, car Alix appartenait au monde de la toxicomanie depuis son adolescence. Du temps où elle était encore à la brigade des Stups, Ana l'avait arrêtée et interrogée à de nombreuses reprises. Elle avait le souvenir d'une petite peste qui ne collaborait que très rarement avec la police, seulement quand elle était en état de manque et qu'elle trouvait le moyen de marchander une information importante contre une libération immédiate. Vu les traits marqués de son visage, qui la vieillissaient d'au moins dix ans, il paraissait évident qu'Alix n'avait jamais arrêté de consommer des drogues dures.

— Lui, poursuivit Gaïa en désignant l'un des deux hommes qui s'étaient tus jusqu'à présent, c'est Alexandre Van Dijk. Il vient également de Genève.

— De Collonge-Bellerive, corrigea Alexandre en tendant la main à Ana pour la saluer. Mais il est vrai que la précision n'est pas l'apanage des femmes.

Ana ne releva pas la remarque. Le nom de Van Dijk lui disait vaguement quelque chose, mais elle n'arrivait pas à le rattacher à une famille ou à un évènement particulier. Elle avait elle-même habité Collonge-Bellerive, quand elle vivait encore avec son ex-mari et ses enfants, mais ça remontait à six ans. Son ex-mari travaillait dans la finance. Peut-être le lien était-il là ?

— Ensuite, dit la gardienne, voici Arno Melly, de Lausanne.

Ana ne le connaissait pas.

— Bienvenue dans notre petite communauté sectaire, lança l'homme en lui serrant la main avec un large sourire.

— Ne prête pas trop d'importance aux remarques d'Arno, intervint Gaïa. Il a tendance à voir le mal partout. Je te présente enfin Robin Trembley. Si j'ai bien compris, actuellement parisien, mais originaire de Genève lui aussi.

— Tout à fait, répondit l'homme un peu vieille France qui avait bataillé verbalement avec Alix. Je vous souhaite la bienvenue parmi nous, chère madame Bartomeu.

Quand Ana lui tendit la main pour le saluer, il retira la sienne pour éviter le contact.

— Navré, s'excusa-t-il poliment. Contrairement à M. Van Dijk ici présent, je n'ai rien contre les dames, *a fortiori* si elles sont charmantes comme vous. Mais j'ai pour habitude de ne serrer la main de personne. Avec tous ces microbes qui courent, vous imaginez ? Dans le TGV de Paris, hier, j'étais pris entre deux feux : d'un côté, un enfant qui toussait tout le temps, et de l'autre, un voisin qui transpirait par tous les pores et sentait affreusement des dessous-de-bras. Ces individus n'avaient strictement rien à faire en première classe. C'est une chance que je ne sois pas tombé malade.

— C'est bien connu, intervint Arno. La SNCF collabore

avec de grandes multinationales pharmaceutiques en mettant à leur disposition le réseau ferroviaire pour disséminer de nouveaux virus à travers la France et l'Europe. Rapide et efficace.

— Sauf quand il y a des grèves, rigola Alexandre en se moquant de lui.

— De toute façon, dit Alix, personne n'aura le temps de tomber malade, ici. Parce que, cette nuit, le Monstre du Valais viendra tous nous chercher dans notre sommeil et nous emportera dans les limbes de l'oubli.

9

Le hurlement d'Éléa s'arrêta quand Isaac décrocha. Il échangea quelques mots avec son interlocutrice, puis il raccrocha et annonça :

— C'était Martina. Elle part à l'instant de l'hôpital de Sion et vient ici avec l'hélico. Comme ça, après le constat sur place, le corps pourra être directement rapatrié à l'institut pour l'autopsie.

Isaac remarqua le regard réprobateur de Gaétan et ajouta :

— Quoi ? Tu ne vas quand même pas me reprocher de parler avec la légiste ?

— Ce n'est pas ça, répondit son ami. Et tu le sais. Pourquoi conserves-tu cet enregistrement ?

— Parce que c'est le seul souvenir que j'ai de la voix de ma fille.

— Peut-être, mais c'est morbide. Que tu le conserves, c'est une chose. Mais que tu l'utilises comme sonnerie de ton téléphone…

— C'est comme ça, coupa Isaac.

— Quand vas-tu arrêter de te punir pour la mort d'Éléa ?

— Jamais.

La réponse était sans appel.

— Bon, reprit Isaac, l'hélico va atterrir à Combatseline.

Tu peux aller chercher Martina avec la motoneige pour la conduire jusqu'ici ?

— Oui, répondit Gaétan à contrecœur. J'en profiterai pour remonter avec une luge. Comme ça, on pourra redescendre la dépouille à l'hélico après le constat. Et toi, qu'est-ce que tu comptes faire en attendant ?

Isaac regardait le sommet du Greppon Blanc, en direction du Gazex et du départ de l'avalanche. Il resta de longues secondes sans rien dire, comme s'il était à nouveau perdu dans ses pensées. Puis il demanda soudain :

— Comment va Sabine ?

La question ne surprit pas vraiment Gaétan. Il avait l'habitude. Depuis que le couple ne se parlait plus, il jouait les intermédiaires, sans rapporter systématiquement à l'un tout ce que l'autre lui confiait. Gaétan triait volontairement les informations en fonction de son ressenti, pour conserver la confiance de chacun et ne pas les blesser inutilement.

— Ça va, répondit-il laconiquement. Tu sais ce que c'est… Les montagnes russes… Elle passe certains jours à pleurer. Et d'autres, elle parvient à occuper son esprit grâce au travail.

— Ouais, murmura Isaac. Je sais, c'est dur.

— Elle est blessée, elle se sent trahie par tes mensonges.

— Je sais, répéta Isaac avec un certain agacement dans la voix. Inutile de me renvoyer ma faute dans la gueule à chaque conversation. Je vis déjà avec ça tous les jours.

— Dans ce cas, pourquoi agis-tu comme si elle était responsable ? C'est quand même toi qui l'as trompée, bordel.

— Mais elle ne fait aucun effort pour essayer de comprendre pourquoi c'est arrivé…

Gaétan n'insista pas. Il connaissait bien son ami et savait quand il ne fallait pas remuer le couteau dans la plaie.

— Bon, dit Isaac comme si le dernier échange n'avait jamais existé. C'est pas tout ça, mais je suis inquiet. Les prévisions météo sont vraiment mauvaises et avec la tempête de neige qui s'annonce pour cette nuit, il y a urgence à sauvegarder les traces.

Il pointa son index en direction du Greppon Blanc et reprit :

— Je vais aller voir là-haut si je trouve quelque chose. Si le proc' de perm' et la SIJ arrivent en mon absence, tu les accueilles et tu leur expliques la situation. Mes collègues de la Scientifique sauront quoi faire, Martina aussi. Ils n'ont pas besoin de moi.

Isaac parvint au sommet une trentaine de minutes plus tard, transpirant et soufflant comme un bœuf. Depuis la mort de sa fille, il s'était complètement laissé aller et sa condition physique en avait largement pâti. Il avait abandonné le sport pour se plonger à fond dans le travail. Et tenter d'oublier. Mais oublier Éléa était évidemment impossible. Aujourd'hui, son nouveau challenge était d'oublier Sabine, mais pour l'instant, ça ne marchait pas non plus.

En attendant de retrouver son souffle, Isaac jeta un coup d'œil à la fracture du manteau neigeux, là où la plaque avait dévissé, tout autour de la bouche de l'exploseur. Le tube d'acier émergeant de la paroi rocheuse était à sa place, *a priori* rien n'indiquait un dysfonctionnement dans le sens d'une détonation inhabituellement forte qui aurait pu l'endommager.

Gaétan lui avait expliqué qu'à proximité de chaque Gazex se trouvait un abri dans lequel on stockait les bouteilles d'oxygène et de propane, et que ce genre d'abri pouvait alimenter jusqu'à dix exploseurs. Ceux-ci étaient reliés à la réserve par deux canalisations souterraines, une pour chaque gaz. L'abri était également équipé d'une station météo et d'un sismomètre permettant de déterminer si une avalanche s'était déclenchée ou non après le tir.

Isaac repéra l'abri en question, une sorte de container en tôle ondulée. Tandis qu'il s'en approchait, il remarqua dans la neige une seule série de traces de pas qui se dirigeaient vers le local puis en revenaient pour retourner vers l'exploseur. Les traces disparaissaient ensuite à la limite supérieure de la fracture, au niveau du tube d'acier. Si Rachel était bien la victime, elle était seule sur les lieux, comme Gaétan l'avait prédit. Et, pour une raison inconnue, elle était descendue sur la plaque avant le tir.

Devant la porte de l'abri, la neige avait été dégagée. Isaac n'eut aucun mal à l'ouvrir. À l'intérieur, le local était plongé dans la pénombre, mais la luminosité extérieure et la réverbération du soleil sur la neige suffisaient à y voir clair.

Isaac ne connaissait rien au dispositif, mais les bouteilles de gaz étaient bien là, stockées à la verticale dans un rack posé au centre de la pièce. Elles occupaient pratiquement tout l'espace disponible.

L'attention d'Isaac fut immédiatement attirée par un objet et une feuille de papier abandonnés sur le sol de l'abri, juste devant la porte. Jamais Rachel n'aurait pu ignorer leur présence. C'était même probablement elle qui les avait déposés ou lâchés à cet endroit avant de ressortir.

Isaac les ramassa et constata que l'objet était une statuette grossièrement sculptée dans du bois noirci. On aurait dit que la figurine portait un masque de carnaval, une représentation miniature d'une *Tschäggättä*.

En bon Valaisan, Isaac connaissait la légende des *Tschäggättä*, un mot que l'on pouvait traduire par « sorcières », « femmes simples d'esprit » ou « êtres étonnants », des personnes monstrueuses dont on disait jadis qu'elles erraient la nuit et déversaient de la cendre sur la tête de leurs victimes. Les origines de la légende demeuraient obscures, on parlait tantôt de brigands déguisés en monstres, d'opposants à la politique valaisanne du XVIe siècle, de lutte contre les mauvais esprits ou encore de retour des morts parmi les vivants.

Isaac glissa la statuette dans la poche de sa veste, puis il s'intéressa à la feuille de papier, sur laquelle figurait un texte manuscrit à l'écriture ancienne, mais parfaitement lisible. Isaac le lut et reconnut aussitôt un extrait du premier livre de la Bible : la Genèse.

Au commencement, Dieu créa les cieux et la terre.

La terre était informe et vide : il y avait des ténèbres à la surface de l'abîme, et l'esprit de Dieu se mouvait au-dessus des eaux.

Dieu dit : Que la lumière soit ! Et la lumière fut.

Dieu vit que la lumière était bonne ; et Dieu sépara la lumière d'avec les ténèbres.

Dieu appela la lumière jour, et il appela les ténèbres nuit. Ainsi, il y eut un soir, et il y eut un matin : ce fut le premier jour.

10

Après le bénédicité, Gaïa et les cinq résidents avaient partagé un repas en commun dans le réfectoire du refuge. Au terme du déjeuner, chacun avait été invité à se présenter de manière un peu plus détaillée, plus intime aussi, sans toutefois aborder le vif du sujet : la raison de sa participation à ce stage. Ana s'était limitée à dire qu'elle travaillait comme fonctionnaire pour l'État de Genève et avait volontairement tu le fait qu'elle était policière, non seulement à cause d'Alix, mais aussi des trois autres, qu'elle ne connaissait pas et qui ne lui inspiraient pas vraiment confiance. Au fil de la discussion, Ana avait compris que si certains étaient arrivés au refuge sur une base volontaire, d'autres y avaient été contraints par une décision de justice. Le seul point commun entre eux était leur âge : entre quarante et cinquante ans.

Ana avait rapidement cerné la problématique d'Alix Jordan, la seule qu'elle connaissait déjà du temps de la brigade des Stups. Une addiction aux drogues dures, dans le sens d'une polytoxicomanie, ce qui devenait de plus en plus la règle dans le milieu. Cocaïne, crack, héroïne, amphétamine, méthamphétamine et MDMA : tout y passait. On s'adaptait aux produits qu'on trouvait sur le marché en fonction de leur disponibilité, de leur prix et de leur pureté. Des critères régis par la loi de l'offre et de la demande.

Le cas d'Alexandre Van Dijk était plus flou. Ana avait compris qu'il habitait, tout comme elle à l'origine, à Collonge-Bellerive, une commune assez huppée du canton de Genève. Six ans plus tôt, Ana avait dû quitter la luxueuse villa familiale quand son ex-mari, qui travaillait dans la finance, l'avait mise à la porte. Et elle s'était retrouvée dans un petit appartement miteux à Versoix, sur l'autre rive du Léman, seule avec son chat, sa dépression, des tonnes de malbouffe dans les placards et le frigo, à regarder de ridicules émissions de télé-réalité.

Ana avait beau chercher dans les méandres de sa mémoire, elle ne trouvait pas d'où elle connaissait le nom de famille Van Dijk. Elle passait en revue dans son esprit les nombreux contacts de son ex-mari ou les prévenus qu'elle avait côtoyés durant sa carrière, mais rien n'y faisait. Le nom Van Dijk demeurait un mystère. Elle avait en revanche relevé les théories patriarcales et antiféministes qui transpiraient du discours d'Alexandre. À l'évidence, il était misogyne.

Arno Melly était peut-être celui qui inspirait le plus de sympathie à Ana. Assez ouvert, il parlait volontiers de lui et de ses problèmes. Son défunt père avait été un grand reporter, connu à travers la Suisse romande et toute la francophonie. Dans les années 1990 et au début des années 2000, Boris Melly avait travaillé pour des journaux et des magazines d'envergure nationale, comme *L'Hebdo*, *L'Illustré*, *Le Matin* et *Le Temps*. Il s'était fait un nom grâce à son travail d'investigation fouillé et méticuleux. Nombre de ses articles avaient été traduits dans la presse alémanique ou repris par des médias français, belges ou québécois.

Arno ne s'en cachait pas, il avait grandi dans l'ombre de son père et, pour tenter de briller aux yeux de ce dernier, il s'était lancé lui-même dans des enquêtes souvent rocambolesques.

Avant le repas, Gaïa avait dit de lui qu'il avait tendance à voir le mal partout. La situation était en réalité pire que cela : Arno Melly était un complotiste au sens maladif du terme. Mais ce qui le rendait touchant aux yeux d'Ana, c'était qu'il s'en rendait compte, l'assumait et parvenait même à rire de lui-même.

Restait le plus étrange de tous : Robin Trembley. À l'aide de son accoutrement datant de la moitié du siècle passé, l'homme revendiquait son appartenance à une certaine bourgeoisie, qu'elle fût genevoise ou parisienne. Et le vocabulaire qu'il employait, qu'il fût naturel ou forcé, parachevait le côté détestable et arrogant du personnage.

En fin d'après-midi, Gaïa avait décrété une heure de quartier libre. Ana en avait profité pour prendre possession de sa chambre à l'étage. La fenêtre donnait côté falaise. Le ciel était voilé et le vent s'était levé. Du glacier en contrebas et du paysage dans son ensemble, on ne distinguait plus vraiment les reliefs.

La pièce correspondait à une chambre typique d'un chalet de montagne. Entièrement boisée, avec un grand lit, un oreiller et une couette de couleurs beige et rouille aux motifs alpins, deux tables de nuit, une descente de lit en peau de vache, une armoire, un fauteuil de lecture et un abat-jour. Au mur, au-dessus de la tête de lit, on avait accroché un crucifix.

Au ras du plancher qui craquait par endroits sous les pas, une petite grille diffusait la chaleur du poêle. Une discrète odeur de feu se mêlait à celle des boiseries.

Si la chambre affichait de prime abord un côté accueillant, Ana ressentit assez vite une certaine oppression, qu'elle identifia comme un début de claustrophobie. Passer une semaine dans cet endroit isolé, avec cinq inconnus, n'aurait rien d'une sinécure.

Ana posa sa valise sur le lit et l'ouvrit, puis elle rangea ses vêtements dans l'armoire et posa sa trousse de toilette sur une table de nuit. La chambre n'était équipée ni d'une salle de bains ni de W.-C. privatifs. Il ne fallait pas rêver. Comme Gaïa l'avait rappelé au terme du repas, le refuge n'était pas un hôtel. Pour les commodités, il fallait partager. Et les règles strictes de la vie communautaire correspondaient plus à celles d'une école de recrues que d'un camp de vacances.

Au moment où Ana alignait ses chemises dans la penderie, le plancher craqua. Elle tourna la tête et aperçut, dans l'encadrement de la porte restée ouverte, une silhouette féminine. Appuyée contre le montant, Alix la dévisageait de la tête aux pieds, mi-amusée, mi-intriguée. Complexée par son poids, Ana se demanda si ce sourire en coin avait un lien avec la taille de ses chemises, qui atteignait trois fois la corpulence squelettique de la toxicomane anorexique.

— On se connaît? demanda Alix.

— Pas que je m'en souvienne, répondit Ana.

— Pourtant, c'est étrange. J'ai l'impression de t'avoir déjà vue.

Ana tenta de botter en touche.

— Peut-être qu'on s'est croisées dans la rue à Genève.

— Me prends pas pour une conne, répondit Alix sur un ton légèrement agressif.

— Je ne te prends pas pour une conne.

— Genève, c'est grand. Et une petite voix me dit que toi et moi, nous ne fréquentions pas les mêmes endroits.

Bien sûr que si, pensa Ana, *mais nous n'étions pas dans le même camp.*

Elle se rappelait les longues observations policières aux abords du Quai 9, l'espace d'accueil et de consommation mis en place par l'association Première Ligne pour réduire les risques liés aux drogues. Un lieu d'injection pour les héroïnomanes, qui attirait les dealers comme des vautours autour de bêtes sauvages à l'agonie. Plus récemment, le

Quai 9 avait connu une période difficile, avec le retour en force du crack qui faisait des ravages dans les rangs des cocaïnomanes.

— En tout cas, mentit Ana, ton visage ne me dit rien.

Elle décida de changer de sujet et reprit:

— C'est quoi, cette histoire de monstre qui viendrait nous chercher dans notre sommeil pour nous emporter dans les limbes de l'oubli?

Alix rigola.

— Le Monstre du Valais? Rien du tout, une connerie. Je ne sais plus qui, d'Alexandre, d'Arno ou de Robin, a raconté cette histoire à dormir debout. Mais comme t'as pu le remarquer, ils sont un peu paranos, surtout Arno et Robin. D'après ce que j'ai capté, c'est une ancienne légende valaisanne, née de rumeurs dans les alpages. Un lynx ou un loup qui, au siècle dernier, décimait les troupeaux durant la nuit. On en parlait avec les trois connards juste avant ton arrivée, et c'est un peu par provocation que j'ai dit ça tout à l'heure. Mais tu peux dormir tranquille.

— Tranquille? sourit Ana. J'en doute. Avec la tempête qui s'annonce... Si ça se trouve, on ne pourra pas sortir du refuge durant toute la semaine.

— T'inquiète. T'as entendu ce qu'a dit 2G à midi? Nous pouvons tenir au moins dix jours avec la réserve de nourriture et de bois pour le chauffage. Et perso, ça me va de ne pas trop mettre le nez dehors, je déteste le froid. Comme t'as pu le remarquer, j'ai la peau sur les os.

— C'est vrai que je n'ai pas ce problème, ironisa Ana. Même si je suis quand même un peu frileuse. Tu la trouves comment, Gaïa?

— 2G, tu veux dire? C'est un vrai cheval.

— J'aurais plutôt dit un sergent-major à l'armée.

— Parce que t'as fait l'armée?

Ana comprit qu'elle ne devait pas faire trop d'allusions qui risqueraient de dévoiler son métier. La police n'était certes pas l'armée, même si la formation des aspirants revêtait un côté très militaire à l'académie de Savatan.

— Non, répondit-elle. Bien sûr que non. Tu m'imagines sur un terrain d'exercice, en tenue d'assaut, avec mon physique ?

Alix éclata de rire.

— Pas trop, effectivement. Ton problème à toi, c'est la bouffe, hein ?

— Entre autres choses.

— T'en fais pas, tu vas pas crever de faim, ici.

— Gaïa m'a dit qu'elle était la seule à connaître le code de la réserve.

— Ça, c'est vrai en théorie. Mais comme pour toutes les autres règles strictes qu'elle cherche à nous imposer, il existe des moyens de les contourner. Fais-moi confiance, j'ai passé ma vie à mentir et à tricher.

Alix prêchait une convaincue, Ana avait eu l'occasion de la voir à l'œuvre à de nombreuses reprises. Le mensonge et la tricherie faisaient partie intégrante du monde de la toxicomanie.

— Mais si tu sors en douce au milieu de la nuit pour te rendre à la réserve, conclut Alix d'un air étrangement sérieux, fais quand même gaffe au Monstre.

11

À Siviez, l'après-midi touchait à sa fin. Les installations de ski avaient fermé leurs portes, le grand parking s'était vidé. D'abord voilé par un ciel devenu légèrement brumeux au fil des heures, le soleil avait fini par disparaître derrière les sommets alpins. L'ombre envahissait de nouveau le val de Nendaz.

La température avait chuté drastiquement. Sur les crêtes, le vent s'était levé, transportant sur de courtes distances la neige poudreuse dans les airs, en tourbillons turbulents. Des rideaux blancs prolongeaient l'arête en diagonale vers le ciel. Le phénomène érodait le manteau, la neige soufflée depuis les bosses et les crêtes remplissait les combes et les ravins. Des congères surplomberaient bientôt les versants sous le vent, et l'on verrait apparaître des *sastrugi*, véritables écailles de neige durcie modelées par la tempête. La stratification du manteau et sa stabilité s'en trouveraient modifiées par la formation de nouvelles plaques. Gaétan surnommait le vent « l'architecte des avalanches ».

— Je peux renvoyer les gars chez eux? demanda-t-il à Isaac.

— Bien sûr. Non sans les remercier de ma part et de celle de mes collègues, parce qu'ils ont fait un sacré bon boulot.

Les pisteurs avaient retrouvé les parties manquantes du corps, la tête et une jambe, ce qui avait permis de le reconstituer complètement. Le visage était difforme, mais Gaétan avait reconnu Rachel Fournier.

L'ADN confirmerait. Un inspecteur scientifique de la Section d'identité judiciaire avait effectué un prélèvement sur le corps et deux autres sur le volant et le pommeau de vitesse de la voiture de la victime. D'ordinaire, la SIJ préférait une brosse à dents ou une brosse à cheveux pour la comparaison, mais Gaétan avait dit que le domicile de Rachel était trop éloigné et difficilement accessible à cette heure tardive de la journée. Il avait en revanche indiqué où se trouvait la voiture de Rachel, dans un box de garage qu'elle louait à l'année à Siviez, un véhicule qu'elle n'utilisait pratiquement jamais, sauf pour se rendre dans la vallée du Rhône quand la vie l'y contraignait.

Le procureur de permanence avait quitté les lieux pour retourner à son bureau du ministère public à Sion. Il avait ouvert une instruction pour déterminer les causes et les circonstances du décès, puis demandé à Isaac d'établir au plus vite un premier rapport de constat.

Quant à Martina Scherer, la légiste, elle avait déjà regagné l'hôpital de Sion en hélicoptère, avec le corps de la victime réparti dans plusieurs petits sacs mortuaires, pour éviter au maximum la détérioration de chaque morceau. Elle procéderait à l'autopsie le lendemain matin, à l'institut médico-légal.

À son retour du sommet, Isaac avait aidé les secouristes à emballer les différentes parties du corps. Il avait ensuite nettoyé ses gants dans la neige, mais il sentait encore l'odeur ferreuse du sang frais et celle de la chair brûlée. Ses narines, ou peut-être sa mémoire olfactive, devaient en être imprégnées.

Quand Gaétan revint sur le parking après avoir pris congé de son équipe, Isaac sortit de la poche de sa veste la statuette sculptée dans du bois noirci et la lui montra.

— Qu'est-ce que c'est? demanda Gaétan.

— Une mini-*Tschäggättä*.

— Ça, je le vois. Mais ce n'est pas encore carnaval. Où as-tu trouvé ça?

— Dans l'abri du Gazex.

— Qu'est-ce que ça faisait là-haut?

— Je n'en sais rien.

— Tu crois que ça peut avoir un lien avec le décès de Rachel?

— Je l'ignore. Mais ce que je sais, c'est que les *Tschäggättä* symbolisent notamment le retour des morts parmi les vivants. Et à côté de cette figurine, j'ai aussi trouvé ça.

Isaac tendit la feuille de papier avec le texte biblique à Gaétan, qui le lut.

— On dirait les premiers versets de la Genèse, commenta ce dernier.

Isaac confirma.

— Mais quel est le lien avec la *Tschäggättä* et la mort de Rachel?

— Aucune idée. Ce qui est sûr en revanche, c'est que Rachel n'a pas pu ignorer la présence de ces deux objets dans l'abri du Gazex. Elle les a même probablement touchés, puis relâchés sur place. La feuille de papier recouvrait en partie une de ses traces de pas.

— Tu crois que cette histoire de ténèbres et de lumière pourrait…?

— Je ne tire aucune conclusion à ce stade, coupa Isaac. C'est plus que troublant, je sais, mais ce qui m'inquiète le plus, dans l'hypothèse de l'intervention d'un tiers dans le décès de Rachel, c'est que le texte s'arrête au premier jour. Or, dans la Genèse, il y a six jours, si l'on fait abstraction du dimanche où Dieu s'est reposé après la création du monde.

— Tu crains qu'il y ait d'autres morts?

— Je ne sais pas... Ce n'est qu'une intuition. Rachel aurait très bien pu déposer elle-même ces objets à cet endroit pour des raisons personnelles, une sorte de lettre d'adieu à la signification obscure. Mais ça ne colle pas avec ce que tu m'as dit tout à l'heure.

— Je confirme: Rachel n'avait pas d'idées suicidaires. Mais dans la montée vers le Greppon, on ne voyait qu'une trace de peaux de phoque dans la neige. Et tu m'as dit que sur place...

— ... il n'y avait aussi qu'une seule série de traces de pas, je sais. Ces objets ont très bien pu être déposés dans l'abri la veille, avant les chutes de neige de la nuit dernière.

Isaac sortit un autre papier de la poche de sa veste et le tendit à Gaétan en reprenant:

— Dans la voiture de Rachel, la SIJ a trouvé ceci sur le siège passager: une facture de la doctoresse Raphaëlle Bertrand. Qu'est-ce que tu peux me dire à ce sujet?

Gaétan parcourut rapidement le document, puis haussa les épaules et répondit:

— Rachel m'avait dit qu'elle voyait de temps en temps une psy à Sion. Une thérapie en relation avec le décès de son mari.

— Tu sais si cette psy lui a prescrit des médicaments?

— Pas à ma connaissance. Rachel m'a toujours dit qu'elle était anti-médocs.

— OK, je contacterai la doctoresse Bertrand demain matin à la première heure pour savoir ce qu'il en est. Et l'autopsie nous renseignera aussi sur ce point.

— Je n'en doute pas, mais Rachel répétait tout le temps qu'elle préférait soigner ses douleurs par des randonnées en montagne plutôt qu'avec la chimie. Et je la croyais. En tout cas, ces derniers temps et jusqu'à l'appel radio de ce matin, elle me donnait l'impression d'aller bien.

Isaac remercia son ami pour l'aide qu'il lui avait apportée tout au long de la journée et ils se saluèrent. Isaac marchait en direction de sa voiture quand Gaétan le rattrapa et lui demanda :

— Qu'est-ce que tu fais ce soir ?

Isaac lui sourit.

— Tu viens de me filer plein de boulot. Je vais d'abord passer au bureau pour enregistrer toutes les photos que j'ai prises sur les lieux, puis je vais attaquer la rédaction du rapport de constat pour le proc'. Il en a besoin pour établir sa propre paperasse, le mandat d'autopsie, celui pour mes collègues de la SIJ et j'en passe. Ce qui est fait n'est plus à faire. Ensuite, je vais dormir, parce que cette journée m'a tué. Et toi ?

— Comme d'hab. Je vais donner un coup de main à mon père à l'étable, puis je vais rentrer chez moi et regarder un film ou une série sur Netflix. Mais avant ça, je vais passer un petit coup de fil à Sabine pour savoir comment elle va. Tu veux que je lui passe un message ?

— Non, répondit Isaac. Je n'ai plus rien à lui dire.

Gaétan prit un air un peu gêné.

— Tu sais que je suis ton ami, que je t'aime et que jamais je ne te jugerai. Mais là, franchement, tu as vraiment déconné avec ta lettre incendiaire et ton dernier SMS. C'était pas très malin de ta part, pas très classe non plus. Tu lui as fait peur.

Isaac faillit s'étrangler.

— Peur ? Mais pourquoi ?

— Elle ne te connaissait pas sous cet angle-là. Maintenant, elle craint tes réactions.

— Mes réactions ? Mais c'est le monde à l'envers, bordel ! C'est elle qui m'a écrit, après un délai de réflexion que je lui avais accordé, que la rupture était définitive. Puis elle m'a bloqué partout, sur WhatsApp, sur les réseaux sociaux et même mon numéro de téléphone. Je suis d'ailleurs étonné qu'elle ait reçu mon dernier SMS.

— Tu sais comment sont les femmes. Elle a probablement changé d'avis sur le blocage. N'empêche, elle a fait ça pour se protéger.

— Moi aussi, j'ai écrit cette lettre et ce SMS pour me protéger.

— Je te crois. Tu es blessé, elle est blessée. La mort d'Éléa vous a anéantis. Cette douloureuse épreuve aurait dû vous rapprocher, elle vous a éloignés. Et c'est triste de vous voir vous déchirer ainsi, après toutes ces années de bonheur. Mais c'est quand même toi qui l'as trompée.

— J'en suis conscient, tu me le rappelles assez souvent. Mais c'est elle qui refuse aujourd'hui de me donner une seconde chance, alors que je lui ai spontanément tout avoué et qu'elle n'aurait pas pu découvrir la vérité par elle-même. Donc, si tu veux vraiment lui passer un message de ma part, tu peux la rassurer: jamais je ne lui ferai le moindre mal physiquement et jamais je ne chercherai à la recontacter de quelque manière que ce soit. Ni en passant chez elle à l'improviste, ni en lui écrivant. Plus jamais. Elle n'a strictement aucune raison d'avoir peur de moi. Mais si elle craint que je la raye définitivement de ma vie et que j'efface toute notre histoire de ma mémoire, alors tu peux lui dire ceci: aussi longtemps qu'elle n'entrouvrira pas la porte à une seconde chance, elle n'existera plus pour moi.

— Elle pourrait le prendre comme un chantage affectif.

— Peut-être, mais au stade où j'en suis, je m'en fous complètement. Je me suis déjà fait à l'idée de reconstruire ma vie. J'ai détruit tous les objets, j'ai effacé toutes les photos, tous les messages qui la reliaient à moi. Si elle persiste dans sa décision de rupture définitive, elle n'a qu'à l'assumer jusqu'au bout. Dans ce cas, qu'elle ne cherche plus jamais à me contacter. Et si nos chemins devaient se croiser à l'avenir par hasard, elle n'a qu'à changer de trottoir. Parce que, de mon côté, je l'ignorerai purement et simplement. Elle n'existe plus.

— Ce n'est pas un peu excessif?

— Probablement, mais c'est comme ça. Tu peux penser que je suis une tête de cochon, ça m'est égal. Je suis d'ordinaire un mec assez flexible, mais sur ce coup-là, jamais je ne reviendrai sur ma décision. J'en fais même une affaire de principe. Parce que, après les belles années que nous avons vécues en couple, elle et moi, jamais elle ne pourrait devenir une simple amie. Même par courtoisie. Si tu trouves que ma réaction est excessive et que je manque de classe, je m'en bats les couilles.

Gaétan fut profondément attristé par les propos émotionnels et démesurés d'Isaac, mais il comprit une nouvelle fois que ça ne servait à rien d'insister.

Deuxième partie

Un cortège de démons

12

Canton du Valais, aujourd'hui

Chaque soir, avant de s'endormir, Ana affrontait ses démons. Les anxiolytiques prescrits par sa psychiatre ne produisaient pas d'effet immédiat et la thérapeute refusait d'augmenter les doses, malgré les symptômes que sa patiente lui décrivait depuis plus de six mois : peine à trouver le sommeil, réveils fréquents en pleine nuit, sensation de faim, envie d'une cigarette, intense fatigue le matin.

Ana revoyait surtout les fantômes de son enfance. Éducation à la dure par ses parents, un couple d'ouvriers portugais fraîchement installés en Suisse. Sa mère ne s'était jamais intégrée, son père s'était toujours exprimé dans un français approximatif. Il ne parlait cette langue que lorsqu'il y était contraint par les circonstances, comme lors des réunions exigées par la direction de l'école en raison du comportement d'Ana. Peu commode, Esteban Bartomeu n'avait jamais soutenu sa fille, ni devant les professeurs, ni devant les autres membres de la famille qui l'accusaient souvent de mentir pour couvrir ses frasques d'adolescente. Quand Esteban était décédé quinze ans plus tôt d'un cancer, Ana avait déjà coupé tout contact avec le reste de sa famille portugaise. Un moindre mal à ses yeux.

Malgré ce peu de soutien familial, Ana n'avait pas si mal tourné puisqu'elle avait intégré l'école de police, réussi ses examens de brevet et rejoint la Grande Maison, comme on l'appelait à Genève. Elle avait été gendarme, puis inspectrice à la PJ. Au fil de sa carrière, elle avait travaillé dans toutes les brigades, sauf une : les Mœurs. Elle avait toujours refusé cette affectation en raison des abus sexuels intrafamiliaux qu'elle avait elle-même subis dans son enfance. Sa hiérarchie avait compris et respecté son souhait.

Vingt-deux ans plus tôt, elle avait rencontré son futur mari lors d'une présentation du monde bancaire à la brigade financière, dont elle faisait alors partie. Elle avait flashé sur le conférencier et réciproquement. De leur union étaient nés deux enfants, Paola et Luis. Au fil du temps, l'amour au sein du couple s'était étiolé et, six ans plus tôt, Ana avait connu une crise de la quarantaine dévastatrice qui lui avait coûté son mariage et sa relation avec ses enfants. Puis Lucille, son grand amour, avait disparu, et ses seuls vrais amis et collègues, Mitch et Morin, étaient décédés l'hiver précédent. Ana était seule.

Depuis son deuxième infarctus, sa vie se résumait à un long parcours du combattant, entre l'hôpital, la clinique de réadaptation, le cabinet de sa psychiatre et, maintenant, cet étrange stage de remise en forme dans un refuge de haute montagne, perdu au milieu de nulle part.

En dépit du bruit de la tempête de neige qui sévissait depuis le début de la soirée, faisant vibrer les plaques d'ardoise du toit et trembler les volets de sa chambre, Ana finit par s'assoupir.

Elle voguait entre un sommeil léger et un début de rêve lucide lorsqu'un grincement du plancher la réveilla. Elle ouvrit les yeux. La chambre était plongée dans le noir. À tâtons, elle chercha son téléphone sur la table de nuit, prit l'appareil et alluma l'écran. Il affichait 2 heures du matin. Ana n'imaginait pas avoir somnolé si longtemps. Peut-être avait-elle quand même dormi, malgré son ressenti. Elle déverrouilla le mode avion qu'elle avait l'habitude d'enclencher quand elle se couchait et constata que Gaïa avait raison : à toute heure du jour et de la nuit, aucun réseau dans le secteur.

À l'extérieur, le vent violent ne faiblissait pas, toujours les mêmes vibrations et claquements. Ana imagina la couche de poudreuse qui avait dû s'accumuler au fil des heures, comme un piège qui se refermait sur les occupants du refuge.

Le grincement se répéta dans le couloir, juste derrière la porte de sa chambre. Quelqu'un marchait très lentement, faisant suivre chaque pas d'un long arrêt pour éviter de faire du bruit.

Ana pensa d'abord que Gaïa ou un des résidents se rendait aux toilettes de l'étage, mais elle douta rapidement de cette hypothèse. Pourquoi quelqu'un marcherait-il avec autant de précautions s'il s'agissait juste d'assouvir un besoin naturel et parfois pressant ?

Ana passa rapidement en revue les quatre autres résidents dans son esprit – Alix, Alexandre, Arno et Robin – et se dit qu'un tel comportement relevait peut-être de la problématique psychique de l'un d'eux, une manifestation particulière d'une forme aiguë de paranoïa.

Le grincement se répéta une nouvelle fois, mais fut cette fois suivi de bruits de pas plus rapides, comme si la personne dans le couloir avait soudainement fait demi-tour. Ana entendit des craquements qu'elle reconnut : les marches de l'escalier qui menait au rez-de-chaussée, le bruit d'une porte qu'on ouvre, le souffle du vent qui s'engouffre à l'intérieur, puis le claquement de la porte qu'on referme.

Toujours allongée dans son lit, Ana fronça les sourcils. Ce manège nocturne n'avait aucun sens. Sauf si un résident, comme elle à ce moment précis, avait éprouvé l'envie irrésistible d'une cigarette, ce qui serait étonnant : à ce qu'elle en savait, elle était la seule fumeuse du chalet.

Ou si, autre hypothèse, un intrus venu de l'extérieur était subitement ressorti.

Les paroles d'Alix résonnaient encore dans l'esprit d'Ana : *Parce que cette nuit, le Monstre du Valais viendra tous nous chercher dans notre sommeil et nous emportera dans les limbes de l'oubli.*

Ana savait que toute légende repose sur une part de vérité. Mais à quoi pouvait bien ressembler ce monstre ? À cette altitude, dans ce décor de glace et cette tempête de neige, certainement pas à un lynx ou un loup. Au demeurant, ces bêtes sauvages n'ouvraient pas les portes, ni ne les refermaient. Et elles se contrefichaient du bruit que faisaient leurs pattes sur un plancher.

Comprenant qu'elle ne se rendormirait pas de sitôt, Ana décida d'en avoir le cœur net. Elle tâtonna à nouveau sur sa table de nuit pour trouver l'interrupteur de sa lampe de chevet et pressa le bouton. Mais l'ampoule ne s'alluma pas.

S'éclairant avec la lampe de son téléphone, elle se leva, marcha vers l'interrupteur principal situé à côté de la porte et l'actionna. Mais le plafonnier resta éteint lui aussi. Ana pensa immédiatement à une coupure de courant.

Elle retira sa chemise de nuit et s'habilla à la hâte. Elle prit son paquet de cigarettes et son briquet pour le cas où elle tomberait inopinément sur Gaïa et devrait lui fournir une explication, puis elle ouvrit la porte de sa chambre. Le couloir de l'étage était plongé dans l'obscurité.

Ana dirigea le faisceau de son téléphone vers les portes des cinq autres chambres : toutes fermées. À une extrémité du couloir, l'escalier qui descendait au rez-de-chaussée, et à l'autre, les portes de la salle de bains et des W.-C., côte à côte. Celle des W.-C. était à moitié ouverte et, par l'entrebâillement, Ana distingua une faible lueur vacillante et légèrement bleutée, comme si quelqu'un s'éclairait au moyen de l'écran de son téléphone.

Ana s'approcha prudemment, pas à pas et sur la pointe des pieds, veillant à faire le moins de bruit possible. Elle longea le couloir au plus près du mur, pour éviter les grincements du plancher. Quand elle atteignit la porte des W.-C., elle s'immobilisa, tendit l'oreille et perçut comme un léger frottement contre du bois. Lentement, elle poussa la porte, qui s'ouvrit en silence.

Une silhouette se tenait debout, les deux pieds sur le rebord de la cuvette des toilettes et les deux bras tendus vers une ouverture dans le plafond.

13

Après son départ, Isaac Moret avait suivi le programme qu'il avait annoncé à son ami Gaétan : il avait regagné Sion, s'était rendu au siège de la police cantonale valaisanne, avenue de France, et avait passé toute la soirée dans son bureau. Il avait transféré de son téléphone à son ordinateur toutes les photographies prises sur les lieux de l'avalanche, puis rédigé et signé le rapport de constat destiné au ministère public.

Mais ensuite, Isaac n'était pas rentré chez lui. La soirée était bien entamée et il n'avait aucune envie de se retrouver seul dans son appartement vide, à ruminer sa situation personnelle. Il avait récupéré la voiture banalisée de la PJ et pris la route de Grimisuat, dans l'intention de reprendre la surveillance de la villa qu'il avait laissée en plan le matin.

Les vents violents signalés en altitude épargnaient pour l'heure le fond de la vallée et le chef-lieu, mais il neigeait à gros flocons. Un tapis blanc recouvrait la chaussée. Partout, le long du Rhône et sur les routes à flanc de coteau, les gyrophares des chasse-neige lançaient des éclairs orange dans la nuit. Les employés de la voirie œuvreraient probablement jusqu'au petit matin.

Par chance, il était tard, la circulation peu dense et le

véhicule de service équipé de pneus d'hiver tout neufs. Isaac arriva rue de l'École à Grimisuat peu avant minuit. Il installa sa planque au même emplacement que le matin, avec une vue dégagée sur la porte d'entrée principale de la villa.

À côté de lui sur le siège passager, de la viande séchée, du fromage, du pain, du raisin, un litre d'eau et deux paquets de cigarettes achetés dans une station-service à la sortie de la ville. De quoi tenir toute la nuit, s'il le fallait.

Les lampes allumées de la villa indiquaient que la propriétaire était là.

Isaac ne parvenait pas à trouver la même concentration que le matin. Les images tournaient dans sa tête et se mélangeaient. Il revoyait les morceaux du corps de Rachel sur la neige, sentait encore l'odeur du sang mêlée à celle de la chair brûlée. Quand, depuis le sommet du Greppon Blanc, il avait vu l'hélicoptère d'Air Glaciers en provenance de l'hôpital de Sion atterrir au sommet de la piste de Combatseline, avec Martina à bord, il avait détourné le regard. La machine était du même modèle que celle qui s'était crashée trois ans plus tôt. Depuis le tragique accident qui avait coûté la vie à sa fille Éléa, Isaac ne supportait plus de voir un hélicoptère, ni même d'entendre le bruit de ses rotors. Malheureusement pour lui, le ciel valaisan fourmillait de ce genre d'engins et Isaac ne pouvait les ignorer tous.

Quand il avait rejoint le cône de dispersion de l'avalanche depuis le sommet du Greppon, il avait salué la légiste et n'avait échangé avec elle que des propos purement professionnels. Aucun regard suggestif, ni allusion à leur dérapage d'ordre privé qui remontait à deux mois. Isaac avait laissé Martina faire son travail, après quoi elle lui avait annoncé qu'elle pratiquerait l'autopsie le lendemain matin à l'institut médico-légal. D'un commun accord, Isaac y assisterait en compagnie d'un inspecteur scientifique de la SIJ. Et les choses en étaient restées là.

À y repenser, Isaac ne comprenait pas pourquoi la situation avait dérapé à ce point deux mois plus tôt. Ce soir-là, il n'avait même pas eu l'excuse de l'alcool, ni d'un élément particulier qui aurait pu expliquer le tour qu'avait pris leur rendez-vous. Au fond de lui, il ignorait encore aujourd'hui si, sur le moment, il avait éprouvé de réels sentiments pour la légiste ou si, d'un point de vue purement basique, ça pouvait se résumer à une simple histoire de cul. Mais une chose était sûre : il avait ressenti une attirance irrésistible, à laquelle il avait cédé sans se poser de questions. La seule explication possible pour Isaac, mais peut-être s'en persuadait-il pour faire taire sa mauvaise conscience, résidait dans une érosion de son amour pour Sabine, une étrange sensation de solitude parce qu'il avait l'impression que Sabine se désintéressait de lui depuis la mort d'Éléa et qu'il ne l'attirait plus sur le plan sexuel. Isaac s'était fourvoyé sur toute la ligne.

Après quelques semaines d'hésitation, rongé par le remords, il avait fini par tout avouer à sa femme. La vérité avait éclaté comme une bombe nucléaire, rasant toutes les certitudes de Sabine à propos de la solidité de son couple et brisant sa confiance en Isaac comme un verre en cristal sur un sol bétonné. La mort de sa fille l'avait anéantie, elle se sentait encore fragile, et la trahison de son mari pulvérisait son espoir de se redresser à ses côtés. Accusant le coup, elle lui avait demandé de quitter sur-le-champ le domicile conjugal, ce à quoi il avait consenti sans que sa femme n'ait eu à saisir la justice civile.

Il avait trouvé l'addition particulièrement salée. Quand il avait parlé à Martina de ses aveux à Sabine, la légiste les lui avait reprochés, lui rappelant que toutes les vérités ne sont pas bonnes à dire. Mais au moins, il avait vidé son sac et se sentait un peu plus léger. Il ne vivait plus avec le poids du mensonge sur la conscience.

S'était ensuivie une période d'échanges entre mari et femme parfois rugueux, souvent désespérés. La plupart du temps par téléphone ou par message, rarement en présentiel. Presque toujours dans un torrent de larmes chez l'un et l'autre. Une période de montagnes russes, comme disait Gaétan. Un jour, Sabine disait qu'elle réussirait à pardonner l'écart de conduite de son mari. Et le lendemain, elle revenait en arrière en parlant de trahison sans possibilité de pardon. À de nombreuses reprises, Isaac avait tenté de convaincre Sabine de lui donner une seconde chance. Elle lui avait demandé un délai de réflexion, au terme duquel elle lui avait fait part de sa décision : la rupture était définitive. Coup de massue pour Isaac qui, durant un mois, avait nourri l'espoir que leur couple connaîtrait une renaissance.

Soudain, un gros pick-up noir dépassa le véhicule banalisé de la PJ, bifurqua à sa hauteur et se gara devant la villa, ramenant immédiatement Isaac au moment présent.

L'horloge du tableau de bord indiquait minuit et demi. L'inspecteur sentit que sa patience allait être récompensée. Il était enfin sur le point d'obtenir la preuve formelle d'activités coupables dans cette villa.

La même phrase que le matin émergea dans son esprit, celle qu'il aurait écrite dans un rapport au ministère public pour éviter de dévoiler le nom d'un indic : *Selon une source fiable, cette maison familiale serait le théâtre d'un va-et-vient suspect de personnes peu fréquentables.*

Sauf que l'indic, c'était lui-même.

La source fiable, son instinct de flic.

Les personnes peu fréquentables, des hommes avec lesquels Isaac suspectait son épouse d'avoir des relations sexuelles depuis leur séparation.

Cette villa était aussi la sienne, même si depuis un mois seule Sabine l'occupait.

14

Ana braqua la lampe de son téléphone sur la silhouette perchée sur le rebord de la cuvette des toilettes. Surprise, la femme paniqua. Elle perdit l'équilibre, faillit chuter, ses mains glissèrent de l'ouverture dans le plafond et quelque chose tomba sur le sol. Ana éclaira le visage de l'intruse. Éblouie, cette dernière clignait des yeux. Sa peau était blême, des gouttes de sueur perlaient de son front.

— Putain, Alix ! murmura Ana, énervée. Mais qu'est-ce que tu fous ?

— Je... rien..., balbutia la toxicomane en veillant à chuchoter pour ne pas réveiller les autres.

Ana éclaira le sol et remarqua trois petits cylindres de la taille d'un pouce, de couleur beige. Des ovules ou *fingers*, comme on disait dans le jargon. Cocaïne ou héroïne. Ana comprit qu'Alix les avait planqués dans le faux plafond des W.-C. en retirant une latte de bois.

— Ah, d'accord, souffla la policière. Inutile de te demander si ça t'appartient.

— Fais pas chier, râla la toxicomane en descendant de la cuvette.

— Comment t'as introduit ça ici ? Gaïa n'a pas fouillé ta valise et tes vêtements ?

— Bien sûr que si ! Mais j'ai les mêmes cavités naturelles que toi, si tu vois ce que je veux dire.

— Je vois. Et pourquoi ici ?

Alix émit un petit ricanement.

— Parce que 2G ne se contentera pas de fouiller nos affaires à l'arrivée. Elle va probablement aussi inspecter nos chambres quand on aura le dos tourné. J'en suis sûre. Sous ses allures de saint-bernard, c'est une vraie matonne.

— On n'est pas en prison.

— Bien sûr que si ! T'as vu cette baraque ? Et le temps pourri qu'il fait dehors ? C'est tout pareil. Et puis, qu'est-ce que t'y connais, toi, à la prison ? Moi, je l'ai vécue de l'intérieur. Et pas qu'une fois…

— Je sais.

— Tu sais quoi ?

— Que t'as fait de la prison.

Nouveau ricanement.

— Comment tu pourrais le savoir ?

— Parce que c'est moi qui t'y ai mise.

Alix regarda Ana sans comprendre. Après quelques secondes d'un lourd silence que seul le bruit étouffé de la tempête comblait, Ana reprit :

— Tu ne me reconnais pas ?

La toxicomane sentait bien, depuis midi, que le visage d'Ana lui était familier, mais elle avait beau chercher dans les méandres de sa mémoire altérée par les produits, elle ne trouvait pas.

— Mais t'es qui, bordel ?

— Inspectrice Bartomeu, de la brigade des Stups genevoise. Tu te souviens ?

Alix fixait le visage d'Ana. Ce nom de famille, jamais elle ne l'avait oublié. Mais derrière les traits bouffis, elle ne parvenait pas à retrouver la belle femme de l'époque, cette « connasse de bombasse », comme elle la surnommait jadis. L'inspectrice Bartomeu lui avait pourri la vie à de nombreuses reprises, avec ses airs supérieurs, ses théories totalement décalées par rapport à la réalité du monde de la dope et ses tactiques dégueulasses de flic retorse pour l'amener à avouer ce qu'elle ne voulait pas. Une tortionnaire nazie à ses yeux.

— Bartomeu…, murmura la toxicomane qui n'arrivait pas à y croire.

— Eh oui, Alix. J'ai bien changé, hein ?

— Mais… qu'est-ce que tu fous ici ? Je veux dire, dans ce refuge ? T'es venue pour me surveiller ou quoi ?

Ana sourit de cette ineptie.

— Bien sûr que non. Ça fait six ans que je ne suis plus aux Stups.

La toxicomane dévisagea plusieurs fois la policière de la tête aux pieds. Elle n'arrivait toujours pas à y croire.

— Ouah, la vache ! En tout cas, depuis six ans, la nature t'a pas gâtée. T'es toujours flic ?

Curieusement, Alix parvenait à garder son calme. Pourtant, à l'époque, elle avait rêvé de défoncer la gueule de cette inspectrice un nombre incalculable de fois. Manifestement, le temps adoucissait les rancunes, même les plus tenaces.

— Oui, même si je ne suis plus en service depuis une année. Gros problèmes de santé. Je suis ici pour me soigner, tout comme toi.

Ana se pencha pour ramasser les *fingers*, se releva et ajouta :

— Et tout comme toi, durant la nuit, mes démons me rattrapent.

Alix regardait la drogue dans la main d'Ana. Des images déchirantes du passé l'assaillirent, quand les policiers saisissaient le peu de produit qu'elle avait pu se payer grâce à l'argent de ses passes illégales. Prostitution improvisée au gré des besoins, dans des endroits parfois aussi sordides qu'un caniveau.

— Rends-moi ma dope, dit-elle en serrant les dents.

— Sinon, tu vas faire quoi ? demanda Ana. Crier ? Hurler ? Et réveiller les autres ?

— Je… je sais pas… mais rends-la-moi, s'il te plaît.

— Tu ferais de moi la complice de ta tricherie.

La remarque déstabilisa Alix.

— Je… je peux te payer, si tu veux.

— Je n'ai pas besoin d'argent. Et de toute façon, je suis sûre que tu n'en as pas.

— Mais je sais faire d'autres trucs. T'étais pas gouine à l'époque ? Les femmes, ça me dérange pas.

— Arrête, répondit Ana. Tu dis n'importe quoi. Tu triches encore. Mais avec toi-même.

— J'ai toujours menti et triché. Probablement la seule chose que mon père m'a appris à faire. Il était flic, lui aussi.

— À Genève ? s'étonna Ana.

— Non, en France, pas loin, dans l'Isère. Il était binational franco-suisse. Il a quitté la police au milieu des années 1990 et nous sommes venus vivre à Genève. Je n'étais encore qu'une ado.

— Qu'est-il devenu, ton père ?

— Il a eu des problèmes avec la justice genevoise. Et il en est mort.

— Quel genre de problèmes ?

— Je préfère ne pas en parler.

— C'est suite à la mort de ton père que t'es tombée dans la came ?

— Peut-être. Ou peut-être par rébellion contre l'autorité qu'il représentait, je sais pas. Il n'était pas très présent à la maison.

— Tous les enfants de policiers ne deviennent pas toxicos, sourit Ana en pensant à Paola et Luis avec un pincement au cœur. Et pourquoi as-tu quitté Genève pour Le Locle ? Pour tenter de t'éloigner du milieu et du produit ?

— Bien sûr que non, répondit Alix. On trouve de la dope aussi facilement au Locle qu'à Genève. Mais tous les tox de

Suisse romande sont attirés par les montagnes neuchâteloises, pas pour la beauté du lieu ni pour l'air vivifiant des hauteurs, simplement parce que les services sociaux paient mieux qu'à Genève et à Lausanne, et qu'ils prennent même en charge les animaux de compagnie. Si tant de tox ont un chien, c'est pas par affection pour leur bête, mais parce qu'ils touchent du pognon en plus de l'aide sociale qu'ils utilisent pour leur dope. C'est aussi simple que ça.

Un grincement interrompit les deux femmes. Ana posa un doigt sur ses lèvres en regardant Alix puis elle éteignit la lampe de son téléphone et se tourna vers le couloir plongé dans l'obscurité. Impossible de voir quoi que ce soit. Elle eut l'impression d'entendre à nouveau une porte qu'on ouvre et qu'on referme, mais avec le souffle du vent, difficile de distinguer les sons. Elle aurait pu confondre avec le battement d'un volet.

— T'es sortie tout à l'heure ? demanda Ana.

— Dehors ? s'étonna Alix. Avec cette tempête ? Bien sûr que non ! T'es folle ? Pourquoi tu me demandes ça ?

— Pour rien.

Ana n'était plus vraiment sûre de ce qu'elle avait cru entendre quand elle était encore dans sa chambre.

— Bon, murmura la toxicomane à fleur de peau, tu me rends ma came ?

Ana ralluma la lampe de son téléphone, regarda Alix, puis les ovules dans sa main. Elle fixa à nouveau la toxicomane et lâcha :

— T'es ici pour apprendre à t'en passer. Alors autant commencer tout de suite.

Et sous les yeux catastrophés d'Alix, Ana jeta la drogue dans les toilettes et tira la chasse.

Alix s'était réfugiée dans sa chambre. Curieusement, elle était parvenue à contenir sa colère, probablement par peur d'alerter Gaïa et les autres résidents. À travers la porte, Ana entendait la toxicomane pleurer. Elle essaya d'ouvrir la porte, mais celle-ci était verrouillée de l'intérieur. Ana toqua discrètement, mais Alix ne vint pas lui ouvrir.

Ana attendit encore quelques minutes dans le couloir. Puis, quand les pleurs cessèrent et que le silence revint dans la chambre d'Alix, Ana conclut qu'elle s'était endormie. Elle regagna alors sa propre chambre.

Ana était sur le point de se remettre en chemise de nuit, quand elle entendit une porte s'ouvrir à l'étage, puis des pas s'éloigner dans le couloir. Des pas moins discrets que ceux qu'elle avait entendus la première fois.

Ana sortit à nouveau de sa chambre, éclaira le couloir et vit une silhouette disparaître dans l'escalier.

— Alix ? appela-t-elle discrètement.

Elle n'obtint aucune réponse.

— Alix, qu'est-ce que tu fais ?

Silence.

Ana marcha vers le haut de l'escalier, éclaira les marches en contrebas et eut à peine le temps d'apercevoir la silhouette qui disparut à nouveau, s'éloignant en direction de la porte d'entrée du refuge.

Soudain, un appel d'air envahit la maison dans un sifflement strident.

Ana se précipita dans l'escalier. Arrivée au pied des marches, elle constata que la porte d'entrée était grande ouverte. Le vent et la neige s'engouffraient dans le vestibule, provoquant un boucan du diable. Par réflexe, Ana referma la porte, non sans peine face à la puissante résistance du vent. Une fois le silence revenu, elle tendit l'oreille, s'attendant à entendre le bruit d'une porte. Mais les autres résidents devaient avoir le sommeil lourd. Même Gaïa ne se manifesta pas. Ana hésita un instant à réveiller la gardienne, puis se ravisa. Elle ne maîtrisait pas la situation. Peut-être Alix était-elle simplement sortie pour fumer une cigarette ? Peut-être n'était-ce même pas Alix. Ana devait en avoir le cœur net avant de rameuter la cavalerie. Elle enfila à la hâte sa veste d'hiver, ses bottes, son bonnet et ses gants, rouvrit la porte et sortit.

La tempête faisait rage, on n'y voyait pas à trois mètres. Les flocons balayés par le vent formaient un grand rideau blanc horizontal. Les hurlements du vent couvraient tous les autres bruits. Ils emportèrent aussi le cri d'Ana quand elle tenta d'appeler Alix une nouvelle fois.

Des traces de pas s'éloignaient dans la poudreuse. Luttant contre les éléments déchaînés, se protégeant le visage avec ses mains, Ana suivit les traces. Elles contournaient le refuge et filaient tout droit vers la falaise.

Transie de froid, Ana s'éloigna de quelques mètres du refuge, en dépit d'une petite voix intérieure qui lui rappelait les nombreux dangers environnants. Tous ses sens étaient en alerte.

Soudain, Ana distingua une silhouette noire et immobile, au cœur du grand enfer blanc. La forme humaine se tenait debout, à quelques mètres devant elle, à un endroit qui pouvait correspondre, dans les souvenirs d'Ana, au bord de la falaise.

— Alix ! hurla-t-elle.

La silhouette tourna lentement la tête, Ana reconnut la toxicomane, son regard était vide, comme si toute vie l'avait déjà quittée. Et sous les yeux d'Ana, Alix se jeta dans l'abîme.

15

Le gros pick-up noir qui venait de se garer devant la villa de Grimisuat au milieu de la nuit était un Ford Ranger à plaques valaisannes. Isaac connaissait cette voiture, son numéro d'immatriculation et son propriétaire. Quand le chauffeur coupa le moteur et sortit de l'habitacle, Isaac reconnut Gaétan. Son ami avait troqué sa combinaison de travail contre des habits de ville.

Sous la neige qui tombait sans discontinuer, Gaétan se dirigea vers la porte d'entrée de la villa et sonna. Sabine vint lui ouvrir, vêtue d'une simple chemise de nuit qu'Isaac reconnut. Il la lui avait offerte pour son dernier anniversaire. Gaétan essuya ses chaussures sur le paillasson extérieur, Sabine l'invita à entrer, puis elle referma la porte.

Dès cet instant, les scénarios les plus fous commencèrent à perturber l'esprit d'Isaac, en même temps que grandissait en lui un tourbillon d'idées noires incontrôlables.

Pourquoi Gaétan s'invitait-il en pleine nuit chez Sabine ?

L'avait-elle appelé dans un moment d'intense déprime ?

Comme un ami ?

Ou comme un amant ?

Gaétan oserait-il aller jusqu'à trahir la confiance d'Isaac en séduisant sa femme ?

Gaétan se disait-il qu'Isaac et Sabine étaient définitivement séparés, qu'ils étaient libres de refaire leur vie chacun de leur côté et qu'ils n'avaient donc plus aucun compte à se rendre ?

Sabine avait-elle simplement, dans un moment de faiblesse, ouvert la porte de son intimité à Gaétan, parce qu'elle avait besoin de se sentir désirée ?

Gaétan avait dit à Isaac qu'une femme à l'approche de la cinquantaine pouvait se sentir vulnérable et avoir l'impression qu'en cas de rupture, sa vie sentimentale était finie. Gaétan avait-il voulu rassurer Sabine ?

Après tout, Gaétan était certes un vieux garçon, mais aussi un homme, avec ses pulsions et ses faiblesses.

Au fond de lui, Isaac ne voulait croire à aucun de ces scénarios, mais ses capacités d'analyse ne parvenaient pas à lutter contre ses idées morbides. Il se débattait comme un beau diable contre lui-même, tentait de se raisonner et croyait par moments y parvenir, mais la noirceur revenait sans relâche et finissait par l'emporter.

Gaétan avait toujours été présent pour soutenir Isaac et Sabine dans les terribles épreuves qu'ils avaient traversées. Il avait vu Éléa mourir sous ses yeux, mais ne s'était jamais lamenté sur son propre sort. Toujours altruiste et de bon conseil, sans langue de bois ni jugement. Un ami en or.

Mais tout cela était-il suffisant ?

N'était-il pas déjà secrètement amoureux de Sabine, du temps où elle et Isaac vivaient en harmonie ?

Depuis la séparation du couple, Gaétan jouait les intermédiaires entre Sabine et Isaac. Cette période douloureuse et éprouvante l'était aussi pour Gaétan. Elle l'avait rapproché d'Isaac, mais aussi de Sabine, qu'il voyait beaucoup plus fréquemment qu'auparavant.

Jusqu'où ce rapprochement avait-il mené Gaétan et Sabine ?

Gaétan disait-il vraiment toute la vérité à Isaac sur ce qui se passait du côté de Sabine ?

Dans la villa, les lumières du rez-de-chaussée restèrent allumées une bonne heure, puis se tamisèrent. Un instant, Isaac ressentit un certain soulagement en imaginant que Gaétan allait sortir et s'en aller, mais les minutes s'écoulèrent et rien de tel ne se produisit.

Au contraire, les lumières du rez-de-chaussée finirent par s'éteindre et celles de l'étage, le couloir, la salle de bains et la chambre à coucher, s'allumèrent. Puis, après quelques minutes, celles du couloir et de la salle de bains s'éteignirent. Ne resta que la faible lueur d'une lampe de chevet dans la chambre à coucher.

Dès cet instant, Isaac commença à fulminer. Tout doute sur ce qui se passait à l'intérieur de la villa l'avait quitté. Il aurait voulu être une mouche pour assister à la scène. Grimper contre la façade pour regarder par la fenêtre était techniquement impossible. S'accroupir au pied du mur extérieur pour écouter, aussi. La fenêtre de la chambre à coucher était fermée et, avec le bruit du vent, jamais il n'aurait pu entendre le moindre gémissement trahissant une relation sexuelle.

Sabine avait exigé d'Isaac qu'il lui rende toutes les clés de la maison. Il n'avait pas eu le temps d'en faire un double, tout s'était passé dans la précipitation. Certes, Isaac aurait pu défoncer la porte d'entrée et grimper à toute vitesse à l'étage pour en avoir le cœur net. Mais d'une part, il n'était sûr de rien, et d'autre part, jamais il ne commettrait la moindre infraction pénale qui risquerait de mettre en péril sa carrière dans la police. Une des rares capacités de réflexion qu'il maîtrisait encore, parce qu'il savait que son travail était la dernière chose à laquelle il pouvait se raccrocher pour oublier Sabine.

Alors, Isaac se résigna et se contenta d'imaginer la scène.

Les caresses, les baisers, la bouche de Gaétan parcourant le corps de Sabine, son ami s'enivrant de l'odeur de sa femme, ses mains profitant de la douceur de sa peau et ses doigts s'aventurant dans son intimité, les deux corps l'un contre l'autre, jusqu'au point de non-retour, la chaleur de l'étreinte, les soupirs, jusqu'à l'extase.

Toutes ces images représentaient autant d'aiguilles plantées à vif dans le cœur d'Isaac, une douleur insupportable. Dans le froid de sa voiture de service, il se mit à pleurer silencieusement, puis abattit avec rage ses poings contre le volant.

Dans sa colère, Isaac décida, une fois de plus, que Sabine quitterait définitivement son esprit et disparaîtrait dans les limbes de l'oubli. Quant à Gaétan, il ne savait pas encore ce qu'il allait lui dire ou lui faire, mais une sérieuse explication s'imposait.

Gaétan passerait-il de meilleur ami à pire ennemi ? Ou Isaac parviendrait-il à lui pardonner cet écart ?

En larmes et épuisé, déchiré entre colère et résignation, Isaac remit le moteur en marche, quitta Grimisuat et redescendit à Sion. Il ne rentra pas chez lui, il savait qu'il ne dormirait pas de la nuit. Il s'arrêta dans un cabaret de la vieille ville et commanda un whisky.

16

Quand Ana revint dans le vestibule, elle referma la porte et s'adossa contre celle-ci, encore tremblante de froid et de nervosité. Elle ne parvenait pas à se défaire du dernier regard d'Alix, de ses yeux dénués d'émotion. La toxicomane s'était simplement laissé aspirer par le vide.

Ana resta de longues secondes immobile, à réfléchir, puis elle se débarrassa hâtivement de ses vêtements. Elle ne prit même pas la peine de suspendre sa veste encore recouverte de neige à un crochet, elle la jeta au sol avec ses gants et son bonnet, puis se rendit dans la chambre de Gaïa.

La gardienne n'avait à l'évidence rien entendu, elle dormait paisiblement. Ana la réveilla. Gaïa se frotta les yeux puis tenta d'allumer la lumière, en vain. Elle reconnut Ana grâce à la lampe du téléphone de cette dernière, qui s'était assise sur le bord de son lit.

— Qu'est-ce qui se passe? grommela Gaïa, encore dans un demi-sommeil.

— Faut que tu te lèves.

— Que je me lève? Mais il est quelle heure?

— Trois heures du mat'.

Gaïa soupira, Ana répéta:

— Faut vraiment que tu te lèves, il s'est passé quelque chose de grave.

La gardienne se redressa dans son lit, encore un peu vaseuse.

— Quoi? Qu'est-ce qui s'est passé? Et pourquoi l'électricité ne fonctionne pas?

— Pour l'électricité, je ne sais pas. Mais il y a plus grave: Alix s'est suicidée.

Le dernier mot produisit l'effet d'un shoot d'adrénaline. Gaïa se leva précipitamment, Ana éclaira la pièce pour qu'elle puisse trouver ses vêtements et s'habiller.

— Où est-elle? demanda la gardienne. Dans sa chambre?

— Non, elle a sauté de la falaise.

Gaïa ouvrit de grands yeux incrédules.

— Elle a fait quoi?

— Elle est sortie de sa chambre, est descendue au rez-de-chaussée, ne s'est même pas habillée, est partie pieds nus et en survêtement dans la neige, puis elle a sauté.

— Tu l'as vue faire?

— Oui, elle l'a fait sous mes yeux. J'ai essayé de la retenir, mais c'est comme si elle ne m'entendait pas. C'est à peine si elle me voyait d'ailleurs. On aurait dit...

— Quoi?

— Qu'elle était absente.

Ana décida de ne pas mentionner les produits stupéfiants qu'elle avait jetés. Gaïa finit de s'habiller.

— Je réveille les autres? demanda Ana.

La gardienne sembla réfléchir un instant, puis elle répondit:

— Non, je préfère pas. Pas tout de suite en tout cas. Ça sert à rien. Et ça pourrait même être dangereux.

— Dangereux?

— Ils risquent de vouloir partir à la recherche d'Alix et, avec cette tempête, c'est exclu. Je suis la seule à connaître les lieux.

Ana visualisa la falaise qu'elle avait vue à son arrivée, la cascade de glace recouvrant les rochers, les cent mètres de précipice jusqu'aux séracs du glacier.

— Mais ça ne sert à rien de partir à sa recherche. Elle est tombée, je te dis. Il fait nuit, on ne voit rien et c'est impossible qu'elle ait survécu à une telle chute.

Gaïa savait qu'Ana avait raison, la gardienne semblait désemparée.

— Très bien... Dans ce cas, on fait quoi? Toi qui es flic, comment agirais-tu dans ce genre de situation?

— J'alerterais mes collègues, puis j'attendrais que le jour se lève avant d'envisager des recherches. De toute façon, de nuit et avec cette tempête, personne ne va monter jusqu'ici. Ni en hélico, ni même en chenillette.

Gaïa réfléchit un instant, puis conclut:

— OK, on va faire ça. Suis-moi.

La gardienne emmena Ana dans son bureau, une pièce attenante à la cuisine. Sur un petit meuble, un téléphone fixe à cadran digital. Gaïa composa le code pour le déverrouiller, mais n'obtint aucune tonalité.

— Ça, c'est étrange, dit-elle. La ligne ne fonctionne pas.

— T'as fait le bon code? demanda Ana.

— Bien sûr. Regarde l'écran. Ce signe indique qu'il est déverrouillé.

Gaïa vérifia rapidement le câble. Il était fixé dans la prise du réseau.

— C'est peut-être à cause de la coupure d'électricité, suggéra Ana.

— Certainement pas, répondit Gaïa. Le réseau électrique est alimenté par une génératrice qui se trouve dans la remise, mais le téléphone n'y est pas raccordé. Si l'écran est allumé, comme tu peux le constater, c'est parce que l'appareil contient des piles.

— Alors, c'est peut-être une panne du réseau de téléphonie, liée à la tempête.

— Peut-être...

Gaïa était sortie du refuge et avait demandé à Ana de l'attendre à l'intérieur. Quand Ana lui avait répété que ça ne servirait à rien, la gardienne lui avait répondu, pour la rassurer, que pour s'approcher du bord de la falaise, elle utiliserait une corde d'alpinisme solidement ancrée au mur du refuge et un mousqueton. Elle ne courrait aucun risque, elle avait l'habitude. Elle en profiterait aussi pour vérifier la génératrice dans la remise à son retour.

De son côté, Ana remonta à l'étage et se rendit directement dans la chambre d'Alix. Le désordre y régnait, ce qui ne l'étonna guère. Les toxicomanes étaient rarement des fées du logis. Des habits d'une propreté toute relative débordaient d'une valise posée sur le plancher. Les habits sales de la veille avaient été abandonnés en tapon dans un coin de la pièce.

Toujours équipée de la lampe de son téléphone, Ana entreprit de fouiller la chambre. Sur une des tables de nuit, elle repéra une trousse de toilette. L'inspectrice en vida le contenu sur le lit : parfum bon marché, déodorant, brosse à cheveux, brosse à dents, dentifrice, rasoir, quelques tampons hygiéniques. Le strict minimum pour un séjour en montagne, rien de superflu ni de particulier. Sauf une quantité impressionnante de médicaments en tout genre, dont des ampoules de méthadone, un traitement contre l'hépatite et des anxiolytiques : une boîte de Xanax à laquelle Alix avait attaché l'ordonnance médicale avec un élastique. Les comprimés avaient été prescrits par une psychiatre du Locle, la doctoresse Gabriële De La Fuente.

Ana ressentit un certain malaise en repensant à la drogue qu'elle avait détruite sous le coup d'une impulsion incontrôlée. Au vu de cette véritable pharmacie ambulante, Alix avait vraiment l'intention de se soigner. Mais comme toute toxicomane sur le chemin de l'abstinence, elle passait par des phases ambivalentes, en gérant au mieux une consommation alternée de médicaments et de produits illégaux. En détruisant les *fingers*, Ana avait peut-être mis Alix en péril sans s'en rendre compte. Pourtant, au fond d'elle, l'inspectrice sentait que le suicide d'Alix n'était pas lié à leur confrontation de cette nuit.

La seconde découverte d'Ana fut plus surprenante. Sur l'autre table de nuit trônait une statuette en bois noirci recouverte de poils blancs, avec un hideux masque de carnaval. La figurine était accompagnée d'un texte manuscrit à l'écriture ancienne, mais élégante.

> *Dieu dit : Qu'il y ait une étendue entre les eaux, et qu'elle sépare les eaux d'avec les eaux.*
>
> *Et Dieu fit l'étendue, et il sépara les eaux qui sont au-dessous de l'étendue d'avec les eaux qui sont au-dessus de l'étendue. Et cela fut ainsi.*
>
> *Dieu appela l'étendue ciel. Ainsi, il y eut un soir, et il y eut un matin : ce fut le second jour.*

Ce texte faisait penser à des versets de la Bible, mais Ana n'était pas croyante et la religion ne faisait pas partie de son éducation. Sur le coup, elle regretta l'absence de réseau GSM, elle aurait facilement pu trouver la signification et la provenance de ce texte sur Google.

Ana reposa la feuille de papier à côté de la statuette, tout en se disant qu'elle en parlerait plus tard à Gaïa. Même si la gardienne se défendait d'être une fervente catholique, elle lui avait dit avoir reçu une éducation religieuse, ce que les crucifix ornant chaque pièce du refuge tendaient à confirmer.

Dans une poche intérieure de la valise d'Alix, Ana trouva une épaisse liasse de documents : des photocopies de pièces d'un dossier judiciaire, un jugement de plus de cent pages et des coupures de presse. Une affaire genevoise, à en juger par les logos sur les papiers officiels, mais qui remontait à plus de vingt-cinq ans. Ce dossier ne concernait pas Alix, mais son père, Samuel Jordan.

Ana fut interrompue au début de sa lecture par l'arrivée de Gaïa dans la chambre.

— T'as trouvé quelque chose ? demanda cette dernière.

— Je ne sais pas encore, répondit Ana. Et toi ?

— Rien du tout, côté falaise. Sauf les traces d'Alix, que le vent et la neige sont déjà en train d'effacer. En revanche, j'ai des mauvaises nouvelles.

Ana ne voyait pas ce qui pouvait être pire que le suicide de la toxicomane.

— Quelqu'un a saboté la génératrice et détruit notre réserve de nourriture, poursuivit Gaïa. Ce que je ne comprends pas, c'est que je suis la seule à détenir le code d'accès à la remise.

— Peut-être Alix, suggéra Ana. Peu avant de mourir, elle m'a parlé de la serrure de la remise et m'a dit qu'il existait un moyen d'en contourner la sécurité.

— J'en doute. Il s'agit d'un code à six chiffres que je n'ai écrit nulle part – je l'ai juste mémorisé. Et personne n'a forcé la porte.

— Tu peux réparer la génératrice ?

— Je vais essayer, j'ai des outils. Et demain matin, si la météo le permet, je descendrai à Siviez avec le *snowcat* pour alerter les secours et la police. J'en profiterai pour remonter avec de nouvelles réserves de nourriture.

Gaïa repartit, laissant à nouveau Ana seule dans la chambre d'Alix. L'inspectrice reprit la lecture du dossier Samuel Jordan.

17

Genève, avril 2001

Un ciel de traîne s'étendait sur la ville. La veille au soir, on avait observé des hirondelles voler au-dessus du Léman, sous les flocons de neige. En ce premier mois du printemps, la météo demeurait hivernale.

Au moment où, dans le monde, tous les regards étaient tournés vers l'Isère, alors que le chef d'orchestre Michel Tabachnik comparaissait devant le tribunal correctionnel de Grenoble pour ses liens avec la secte de l'Ordre du Temple solaire, un autre procès était sur le point de s'ouvrir dans le plus grand secret, à Genève.

Au cœur de la vieille ville, le palais de justice trônait dans la grisaille, place du Bourg-de-Four. Le bâtiment de la fin du XVe siècle avait d'abord accueilli un couvent des sœurs Clarisses, avant d'être converti en hôpital durant la Réforme, puis en siège des autorités judiciaires en 1860. Le drapeau du canton flottait au-dessus de son accès principal, une porte ancienne en bois sculpté se dressant au sommet d'un escalier.

Détenu à la prison de Champ-Dollon depuis le début de l'instruction, Samuel Jordan avait été extrait de sa cellule au petit matin pour être conduit en fourgon cellulaire jusqu'aux violons du palais de justice. Depuis une heure, il attendait dans cette pièce exiguë dépourvue de mobilier, mis à part un lit constitué d'un socle en béton sur lequel reposait un fin matelas bleu plastifié. À bonne hauteur, une fenêtre opaque avec des barreaux ne laissait filtrer qu'une lueur grisâtre. La lourde porte métallique rappelait un peu celles de toilettes publiques, griffonnée qu'elle était de mots crus adressés aux juges.

Samuel entendit un bruit de pas, puis celui d'une clé qu'on introduisait dans la serrure. Le pêne claqua, la porte s'ouvrit. Deux agents pénitentiaires le menottèrent, puis l'incitèrent à les suivre dans un long couloir.

Dans la salle du tribunal, le prévenu retrouva son avocat, qui avait revêtu sa robe et étalé le volumineux dossier sur une table devant lui. On invita Samuel à s'asseoir sur un banc, devant son défenseur, puis on lui retira ses entraves. Aux quatre coins de la salle, des gendarmes assureraient la sécurité de l'audience.

Samuel se retourna et échangea quelques mots à voix basse avec son avocat, avant d'être interrompu par le greffier qui annonça la cour. Dans la salle vide de tout public et de tout journaliste en raison du huis clos ordonné par le tribunal, le procureur, le prévenu et son défenseur se levèrent. Une porte s'ouvrit, le juge ainsi que les douze jurés populaires entrèrent et s'installèrent sur l'estrade. Puis le magistrat invita les parties à s'asseoir et prit la parole :

— Je déclare l'audience de la cour d'assises ouverte. La composition du tribunal a été communiquée aux parties par écrit. Les parties souhaitent-elles qu'on la leur rappelle ?

— Non, monsieur le président, répondit le procureur.

— Non plus, confirma l'avocat du prévenu.

— Bien, reprit le juge. Je constate la présence du représentant du ministère public et celle du prévenu, assisté de son défenseur. Et je vous donne lecture de l'acte d'accusation :

« Il est reproché à Samuel Jordan la participation à une organisation criminelle, une complicité d'assassinat et une atteinte à la paix des morts, au sens des articles 25, 112, 260ter et 262 du Code pénal suisse. Les faits sont résumés comme suit : "À Saint-Pierre-de-Chérennes, Isère, France, dans la nuit du 15 au 16 décembre 1995, Samuel Jordan est prévenu d'avoir, dans le cadre de l'organisation criminelle baptisée Ordre du Temple solaire et connue sous l'abréviation OTS, agi comme complice de Jean-Pierre Lardanchet et André Friedli dans l'assassinat de quatorze membres de l'organisation, dont trois enfants de deux, quatre et six ans, Jean-Pierre Lardanchet et André Friedli s'étant ensuite donné la mort sous les yeux du prévenu ; puis d'avoir, au moyen d'un lance-flammes, brûlé l'ensemble des corps avant de quitter les lieux en compagnie d'un autre complice non identifié." » Avant que la cour ne procède à l'interrogatoire du prévenu, les parties ont-elles des questions préjudicielles à soulever ?

— Aucune, répondit le procureur.

La parole fut ensuite donnée à l'avocat du prévenu.

— La défense en a plusieurs, annonça celui-ci en se levant. La première a trait au huis clos prononcé par votre tribunal. Mon client conteste l'intégralité des faits qui lui sont reprochés et il estime avoir droit à un procès public, au terme duquel il espère que son innocence sera reconnue et son honneur lavé.

Le juge se tourna vers le représentant du ministère public.

— Monsieur le procureur, votre détermination ?

— Monsieur le président, c'est un point qui a déjà été longuement débattu par écrit. Il y va de la protection de la personnalité des victimes, notamment mineures, et il n'appartient pas à la justice suisse de se substituer à la justice française à ce sujet.

— C'est ridicule, intervint l'avocat. Devant le tribunal correctionnel de Grenoble, les noms de toutes les victimes ont déjà été cités ouvertement. La presse et le public les connaissent.

— Merci, maître, répondit le juge sur un ton légèrement agacé. La cour délibérera. Autre question préjudicielle ?

— La saisine de la cour d'assises, monsieur le président. Avec tout le respect que mon client a pour votre tribunal, il ne comprend pas que son cas n'ait pas été déféré devant un simple tribunal de police. Il paraît en effet évident, à la lecture du dossier, que la participation à une organisation criminelle ne résiste à aucune analyse juridique, l'OTS ne répondant clairement pas aux critères prévus par la loi suisse. Par ailleurs, la complicité d'assassinat ne repose sur aucun fait pertinent de l'accusation, puisque le ministère public mentionne au contraire une passivité totale de mon client dans les actes des deux meurtriers connus. Seule l'atteinte à la paix des morts devrait être débattue, étant rappelé que mon client la conteste vigoureusement, puisqu'il maintient qu'il n'était même pas sur les lieux la nuit en question. Et cette seule question aurait pu être tranchée par un juge unique, sans nécessité de sortir l'artillerie lourde en mobilisant une cour d'assises.

Nouvel agacement du juge, qui renonça à solliciter l'avis du ministère public.

— Maître, vous plaidez avant l'heure. Les questions que vous soulevez sont des questions de fond. Autre moyen préjudiciel ?

— Oui, monsieur le président. Comme il l'a déjà requis dans le cadre de l'instruction, pour des motifs largement développés dans ses différents écrits, mon client demande le retrait du dossier du rapport d'expertise psychiatrique du docteur Hubert de Candolle. Enfin, mon client demande aussi un renvoi de la présente audience, pour permettre un complément d'enquête. En effet, le ministère public reproche à M. Jordan d'avoir agi avec un complice non identifié, qui l'aurait attendu à l'orée de la forêt des Coulmes, équipé d'une radio et au volant d'un véhicule 4x4. Or, au terme de ses investigations, le juge d'instruction a rejeté sans fondement tous les moyens de preuve complémentaires sollicités par la défense à ce sujet, pour démontrer l'inanité de cette théorie. Le juge d'instruction genevois s'est contenté de requérir une copie du dossier de son homologue français, dossier ô combien lacunaire sur ce point.

Le juge passa la parole au représentant du ministère public, qui conclut au rejet de toutes les questions préjudicielles. L'avocat du prévenu confirma qu'il n'en avait pas d'autres à ce stade. La cour se retira pour délibérer.

Quand l'audience reprit une demi-heure plus tard, le juge annonça que le tribunal se ralliait intégralement à la position du parquet et passa à l'interrogatoire du prévenu.

— Monsieur Jordan, la cour vous rappelle que vous avez le droit de garder le silence. Acceptez-vous néanmoins de répondre aux questions qui vous seront posées ?

Samuel acquiesça d'un geste de la tête. Le juge vérifia son identité, puis l'informa que son audition débuterait par sa situation personnelle.

— Selon les indications du dossier, vous êtes toujours marié. Est-ce bien exact ?

— Oui, monsieur le président.

— Et vous avez une fille.

— C'est juste. Elle s'appelle Alix. Elle vient de fêter ses quinze ans.

— Est-elle votre seule enfant ?

— Oui.

— Vivez-vous avec votre femme et votre fille ?

— Oui, à Plan-les-Ouates.

— Quel est votre travail actuel ?

Samuel afficha un sourire un peu triste.

— Je n'en ai plus, monsieur le président. Cela fait plus de dix-huit mois que je suis incarcéré à Champ-Dollon.

— Évidemment, dit le juge. Je corrige donc ma question : quel était votre emploi au moment de votre arrestation ?

— Je travaillais pour une entreprise de sécurité privée, ici, à Genève.

— Et avant cela, vous étiez dans la police nationale en France.

— Oui.

— Pourquoi avez-vous démissionné de la police française ?

— Parce que j'étais un collègue de Jean-Pierre Lardanchet et Patrick Rostan, qu'à la suite des évènements de la nuit du 15 au 16 décembre 1995, ma hiérarchie m'a suspecté d'accointances avec l'OTS et que tout lien de confiance était donc définitivement rompu.

— Et vous êtes donc venu vous établir en Suisse avec votre famille.

— C'est exact. Je suis binational franco-suisse.

Le juge tourna des pages du dossier jusqu'à ce qu'il trouve celle qu'il cherchait, puis il reprit :

— La justice française vous a signalé sous mandat d'arrêt international et a demandé votre extradition, mais vous vous y êtes opposé. Votre passeport suisse vous protège d'une extradition et la France n'a eu d'autre choix que de déléguer à la Suisse la procédure pénale ouverte contre vous à Grenoble, raison pour laquelle vous êtes aujourd'hui jugé à Genève pour les faits de l'acte d'accusation supposés commis dans l'Isère. Avant votre arrestation par la police genevoise, vous vous saviez déjà recherché par les autorités françaises. Pour quelle raison ne vous êtes-vous pas spontanément présenté devant elles ?

— Parce que je n'ai aucune confiance en la justice française.

Le juge leva vers le prévenu un regard suspicieux.

— Monsieur Jordan, étiez-vous membre de l'OTS ?

— Non, monsieur le président, répondit Samuel, las de répéter toujours la même chose depuis le début de sa détention. Comme je l'ai expliqué à la police et au juge d'instruction, je n'étais qu'un sympathisant du mouvement, par amitié pour mes collègues Jean-Pierre et Patrick, c'est tout.

— Vous avez pourtant participé à des réunions de la secte, non ? Et dans ce cadre, vous avez rencontré M. Di Mambro et M. Jouret.

— Je ne peux pas le nier, puisqu'il existe des vidéos au dossier.

— Dans ce cas, pourriez-vous nous raconter vos premiers contacts avec l'OTS, et votre relation avec le mouvement jusqu'à ce que les grands maîtres de la fraternité, comme vous les appelez, décident d'éliminer ceux qu'ils considéraient comme des traîtres ?

18

Genève, 1975-1994

Dans l'esprit de Samuel Jordan, résumer devant la cour d'assises une vingtaine d'années d'existence de la fraternité ne pouvait être que réducteur. D'autant qu'elle était née à une époque où lui-même n'était encore qu'un adolescent.

Au milieu des années 1970 s'était développée une mode des communautés un peu style hippie, fondées autour de concepts tels que la vie saine, l'agriculture biologique, les techniques de soins parallèles et tout ce qui concernait la qualité de vie en lien avec la spiritualité. Dans ce cadre, sous l'impulsion d'un certain Joseph Di Mambro que tout le monde appelait Jo, était née à Genève la Fraternité de la Pyramide.

— Les membres disaient qu'il y régnait alors un amour et un partage qu'ils ne voyaient nulle part ailleurs, déclara Samuel. Ils s'habillaient tous en blanc. Il y a eu la période des robes blanches, puis celle des capes blanches. L'idée n'avait rien de sectaire à l'origine, elle reposait sur des préceptes nobles, comme effacer la disparité des classes sociales entre les membres, du respect commun pour une vision commune, ou encore de l'idée qu'ils étaient au service d'une cause supérieure à leur seul bien-être.

Les membres ne voyaient d'ailleurs pas en Jo un gourou, mais un simple encadrant, qui avait à la fois la tête sur les épaules et une connaissance accrue du monde de l'invisible. De longue date, Jo s'intéressait au spiritisme, il avait même dirigé une loge de l'Ordre de la Rose-Croix à Nîmes. Mais ce qu'il taisait à la fraternité et que Samuel apprendrait plus tard, c'était une condamnation pénale loin d'être anodine : Jo Di Mambro était fiché comme escroc par les Renseignements généraux français.

Samuel se souvenait d'un enregistrement vidéo que ses collègues Jean-Pierre et Patrick lui avaient montré quand il s'était rapproché du mouvement, et des paroles de Jo, en costume-cravate bleu foncé, debout entre deux vases de roses rouges, face aux adeptes vêtus de capes blanches arborant la croix templière : « Cet ordre, cette discipline dont je vous parle, doit nous aider à nous libérer, c'est-à-dire à nous donner les moyens, par une maîtrise et une concentration juste, de pénétrer les maux intérieurs et extérieurs en toute pureté de conscience et de connaissance. Vous entendrez dire qu'il peut y avoir des écoles initiatiques diverses, comme il y a sûrement plusieurs centres occultes. Ce que je peux vous affirmer, c'est que tous ont une racine commune et un chef commun. Ils sont répartis dans le monde, dans des lieux cachés, secrets et sacrés, dont les maisons secrètes de la Rose-Croix sont les gardiennes. »

— En 1978, poursuivit Samuel devant la cour, avec Michel Tabachnik, chef d'orchestre à la renommée internationale dont il était devenu très proche, Jo Di Mambro a décidé de structurer la communauté. Ils ont alors créé la Fondation Golden Way, à Genève, dont Michel a accepté d'assurer la présidence. Il était tombé sous le charme de la fraternité, partageait ses idées ésotériques et suivait ses activités quand ses tournées de concerts le lui permettaient.

Samuel raconta comment la fondation avait établi son siège à Saconnex-d'Arve, dans une sublime maison de maître au milieu d'un parc champêtre de quatre hectares.

— Au cœur du parc trônait un arbre immense et magnifique, dont Jo disait qu'il représentait, pour la fondation, « le gardien ». On vivait une époque où beaucoup d'alarmes étaient lancées par rapport à la pollution, la guerre et la survie de la planète. La fraternité organisait de nombreuses conférences, publiques ou non, en invitant des intervenants renommés. Elle développait petit à petit ses connaissances autour de l'évolution de la vie et tirait des parallèles avec les prédictions bibliques du livre de l'Apocalypse. Et Jo disait que le jour où l'arbre-gardien tomberait, frappé par la foudre ou un autre évènement, cela marquerait l'heure du grand retour. En définitive, la fin du monde.

Au siège de la Fondation Golden Way se trouvait aussi une pièce baptisée le « sanctuaire ». Michel Tabachnik aimait dire de celle-ci qu'elle était un trait d'union entre la vie de la communauté, son quotidien, et le monde de l'invisible. Au cours des méditations de groupe, Jo Di Mambro invitait les fidèles à imprégner ce sanctuaire de leurs vibrations les plus hautes et les plus pures. Et au fil du temps, des manifestations toujours plus extraordinaires étaient apparues aux yeux des adeptes, avec la matérialisation d'objets sacrés, comme le Saint Graal ou Excalibur.

Toujours plus nombreux lors de ces séances, les membres de la fraternité se sentaient plongés hors du temps. Ils avaient du mal à réaliser qu'eux, petites gens, pouvaient bénéficier de tels privilèges. Dès leur arrivée dans la communauté, avec une bienveillance au-dessus de tout soupçon, Jo Di Mambro marquait aussitôt les nouveaux venus de son emprise, en leur donnant immédiatement l'impression de tout savoir sur eux. Parfois grâce à une violation du secret médical, comme l'apprit Samuel plus tard, par exemple lorsqu'une thérapeute pratiquant le rêve éveillé, membre de la fraternité, lui avait envoyé un de ses patients après avoir affirmé à ce dernier : « Tu es prêt pour être présenté à un maître. »

En 1982, Jo Di Mambro annonça aux membres de la fraternité réunie :

— De grandes choses se passent dans les étoiles. Et de grands changements se préparent.

Il informa ses adeptes de la naissance imminente d'un enfant-roi au sein de la communauté. La mission de mère porteuse de cet enfant avait été confiée à Dominique, une jeune femme toxicomane autrefois traquée par des proxénètes qui cherchaient à l'éliminer. Elle avait rejoint la fraternité à la demande de ses parents.

Dominique tomba enceinte et, durant toute sa grossesse, elle se retira à l'écart de la communauté. Elle accoucha d'une fille, dont Jo affirma qu'elle avait été conçue par théogamie, c'est-à-dire sans acte sexuel.

— Les étoiles parlent et dictent notre destin, professa Jo à des disciples. Cette enfant n'est pas née du hasard ni de la volonté de l'homme, mais par l'esprit et selon les désirs des maîtres. Nous l'appellerons Emmanuelle. Ou Chris par son nom cosmique.

L'enfant grandit au sein de la fraternité, de manière très protégée. Proche d'elle et très protecteur, Jo établit avec Emmanuelle une relation quasi filiale.

À Bruxelles, au début des années 1980, Jo Di Mambro avait fait la connaissance de Luc Jouret, un médecin homéopathe franco-belge.

— Jo a tout de suite vu en Luc un potentiel extraordinaire pour la communication, raconta Samuel. Luc bénéficiait d'une aura hors du commun et d'une éloquence capable de séduire tout public lors de conférences. Quelle meilleure vitrine pour la fraternité !

Jo s'était entre-temps rapproché de l'Ordre du Temple rénové, une communauté partageant la même philosophie spirituelle que la sienne et comptant des adeptes québécois, belges et français. Jo s'arrangea pour que Luc en prenne le contrôle. Puis en 1984, Jo et Luc fusionnèrent les deux entités pour créer l'Ordre du Temple solaire.

Luc devint le grand maître de l'Ordre, tandis que, de son côté, Jo demeurait un personnage secret et assez énigmatique. Samuel précisa à la cour :

— Jo se revendiquait de l'ombre, tout en apportant la lumière à sa façon. Au cours des rituels, une métamorphose s'opérait en lui, quelque chose qui n'était plus de la raison humaine. Les adeptes disaient de lui qu'il était un médium avec des connaissances occultes, auxquelles le commun des mortels n'avait pas accès. On le désignait comme un *walk-in*, un être d'une autre dimension capable de prendre le corps d'un disciple dans le monde humain. Et de ce fait, on lui pardonnait son apparence de mafieux, mangeur de viande, gros fumeur et parfois un peu grossier. Luc, lui, bénéficiait d'une carte blanche pour attirer du monde. Il remplissait des salles entières avec ses conférences, dont celle intitulée « Amour et biologie », et donnait l'impression de détenir tous les pouvoirs au sein de l'organisation. Mais en réalité, Jo demeurait, dans l'ombre, le seul vrai maître de l'OTS.

Pour Samuel, l'histoire de Luc était assez triste. On racontait qu'alors qu'il venait de se séparer de sa femme, celle-ci était en fait enceinte. L'enfant avait ensuite succombé à une grave maladie et on l'avait enterré dans le cimetière de Léglise, en Belgique. Un jour, une tornade avait ravagé le village et emporté de lourds monuments funéraires du cimetière. Seule la tombe du fils de Luc était restée intacte. Sur celle-ci, une croix sur laquelle Luc avait fait déposer une rose, sans trop savoir pourquoi.

Lors de leur rencontre, Jo avait dit à Luc que cette

expérience douloureuse lui était envoyée d'en haut, pour qu'il prenne la mesure de sa mission sur la Terre.

Malgré la tragédie, Luc demeurait en apparence un être lumineux, mais avec un discours apocalyptique omniprésent : « Quel avenir pour nos enfants ? Au fond, c'est une question qui nous intéresse tous. De partout, des voix s'élèvent pour dénoncer la pollution, la disparité des richesses, la guerre, pour essayer de protéger ce qui est encore à protéger. Et pourtant, les décisions qui sont prises au cours des rassemblements internationaux sont extrêmement lentes, trop lentes pour ce qui pourrait apparaître comme la survie de l'humanité. Donc nous sommes, nous les hommes d'aujourd'hui, confrontés à la nécessité de repenser notre existence. Il est urgent de le faire. Car ce qui disparaît ne disparaît que physiquement, mais engendre le début d'un nouveau cycle. »

Samuel conclut :

— Jo et Luc vivaient dans la crainte perpétuelle d'un conflit nucléaire.

Troisième partie

Autopsie de la trahison

19

Canton du Valais, aujourd'hui

Isaac Moret savait qu'il n'était pas en état de conduire, mais il s'en moquait. Il n'était pas ivre mort et parvenait encore, selon sa propre perception des choses, à maîtriser le véhicule de service et éviter les obstacles de la chaussée. Il n'y avait pas grand monde sur la route et il ne devait parcourir que quelques centaines de mètres pour rentrer chez lui.

La ville de Sion dormait encore sous la neige. Les trottoirs avaient complètement disparu sous une épaisse couche de poudreuse. Même là où les engins de la voirie avaient déjà œuvré, on ne voyait plus l'asphalte. Réduit à son minimum, l'éclairage nocturne baignait le centre-ville d'une pâle lueur jaunâtre. Partout régnait l'ambiance lunaire d'une cité désertée suite à une apocalypse naturelle et silencieuse.

Les pensées d'Isaac se fondaient parfaitement dans le paysage. Elles voguaient entre tristesse, colère et résignation, dans des cycles de plus en plus courts. Des montagnes russes en accéléré. L'arrivée nocturne de Gaétan à la villa de Grimisuat et le cortège d'images tourmentées que seule son imagination avait alimenté tournaient en boucle dans sa tête comme un film qu'on aurait rembobiné des centaines de fois.

Pour la première fois, Isaac goûtait à la saveur amère de la trahison. Deux mois plus tôt, il avait trahi Sabine avec Martina. Et aujourd'hui, Sabine lui rendait la monnaie de sa pièce, avec son meilleur ami. Double trahison, addition deux fois plus salée : le prix de la vengeance.

Au-dessus de ce tableau planait une ombre : celle de la mort. Celle de sa propre mort. Pour la première fois de sa vie, Isaac nourrissait des idées suicidaires. Même après le décès de sa fille Éléa, il n'avait jamais connu ce sentiment d'être aspiré par le vide. Probablement parce qu'à l'époque, il avait dû gérer la douleur de Sabine en plus de la sienne. Mais aujourd'hui, la situation était différente : il était seul au cœur de la tourmente.

Les premières idées noires s'étaient manifestées alors qu'il prenait les virages en épingle à cheveux, dans la descente entre Grimisuat et Sion. Plus d'une fois, Isaac avait été tenté de lâcher le volant, de se laisser conduire tout droit dans le précipice. Il aurait simplement fermé les yeux et attendu que la nature fasse le reste. Au cœur de la nuit, les cars postaux ne circulaient pas, mais Isaac avait aussi imaginé qu'il pourrait décrocher sa ceinture de sécurité, dévier lentement sur la gauche et provoquer un choc frontal avec un de ces monstres de tôle et d'acier. Dans les deux cas, il s'était dit que s'il en réchappait par miracle, il pourrait toujours prétexter une perte de maîtrise due à l'état de la chaussée.

Cette nuit-là, Isaac avait survécu à la descente de Grimisuat, mais ce n'était peut-être que partie remise. Ce qui le terrifiait le plus, c'était sa conscience. Il parvenait encore à réfléchir. Il savait que ce cycle infernal d'idées noires reviendrait à intervalles réguliers. Il savait aussi que ceux qui en parlaient réduisaient les risques de passage à l'acte. Mais lui, il n'avait plus personne à qui en parler. Ces obsessions morbides reviendraient le hanter et il devrait les affronter seul. Jusqu'au moment fatidique où son instinct de survie l'abandonnerait. Aujourd'hui, demain, dans une semaine ou dans un mois.

Au pied de l'éperon rocheux sur lequel l'église de Valère et le château de Tourbillon dominaient la vieille ville, Isaac s'était arrêté dans un cabaret, avait bu plus que de raison et fini, sous l'effet de l'alcool, par remballer sèchement une fille qui se montrait un peu trop insistante à son goût. Un videur l'avait alors prié de quitter les lieux. Pas du goût d'Isaac non plus, surtout quand le colosse à l'accent slave l'avait saisi par un bras. Une bagarre avait éclaté.

Isaac rentra chez lui, épongea le sang qui coulait encore d'une plaie assez bénigne à l'arcade sourcilière gauche, puis il prit une douche. Tandis qu'il examinait dans le miroir les tuméfactions sur son visage, une réflexion traversa son esprit. Curieusement, il n'avait jamais pensé à retourner contre lui son arme de service, une solution pourtant sûre et rapide. Peut-être simplement parce que deux de ses collègues l'avaient fait, qu'il avait encore en mémoire ses interventions sur les lieux et qu'il leur en voulait, encore aujourd'hui, de lui avoir imposé cette dernière image d'eux.

Au moins, dans l'esprit des gens, la perte de maîtrise d'une voiture resterait « un tragique accident ».

Après sa douche, Isaac passa des habits propres et avala cinq cafés en fumant autant de cigarettes, tournant comme une girouette entre la cuisine de son appartement presque vide et le balcon. Puis, quand il parvint enfin à chasser les images de la nuit, il alluma la télévision et chercha le *replay* du journal du soir de Canal9, la chaîne locale. L'avalanche du Greppon Blanc ne faisait l'objet que d'une brève, agrémentée de quelques images tournées à distance. Malgré l'issue tragique rappelée par le journaliste, l'évènement resterait gravé dans l'esprit du public comme un accident.

Un de plus. En Valais, le visage impitoyable de la montagne faisait partie du paysage.

À peine rafraîchi de sa nuit blanche et des vapeurs d'alcool, Isaac regagna sa voiture sur les coups de 8 heures. Pour éviter la circulation ralentie par les intempéries, il contourna le centre par les quartiers industriels situés au sud de la gare et prit la direction de l'Institut central des hôpitaux, à l'est de la ville.

En chemin, il composa le numéro de téléphone de la doctoresse Raphaëlle Bertrand et tomba sur un répondeur. Le message informait que le cabinet de psychiatrie était fermé et laissait un numéro de portable à ne contacter qu'en cas d'urgence. Isaac le mémorisa, raccrocha, puis composa le second numéro. Après quelques sonneries, la tonalité changea, signe d'une déviation d'appel. Enfin, une voix féminine répondit sans vraiment s'annoncer.

— Vous êtes la doctoresse Bertrand? demanda-t-il.

— Elle-même. Que puis-je pour vous?

— Je suis l'inspecteur Moret, de la police judiciaire valaisanne. J'enquête sur une de vos patientes, Rachel Fournier, et j'aurais souhaité obtenir des renseignements à son sujet.

— Quels renseignements? s'inquiéta la psychiatre sur un ton méfiant.

— Je souhaiterais connaître les motifs pour lesquels elle vous a consultée et l'éventuel traitement médicamenteux que vous lui auriez prescrit.

Isaac perçut un petit rire gêné à l'autre bout de la ligne.

— Sans vouloir vous manquer de respect, inspecteur, reprit la doctoresse Bertrand, je ne donne généralement ce genre d'informations que sur requête écrite du ministère public. Et cela suppose en principe un consentement de la patiente. Mme Fournier m'a-t-elle déliée du secret médical à votre égard? Disposez-vous d'un document signé de sa main?

— Mme Fournier est décédée, répondit Isaac, légèrement agacé.

Après un bref silence, la psychiatre reprit :

— Je… je l'ignorais. C'est une bien triste nouvelle. Que lui est-il arrivé ?

— Je pourrais à mon tour vous opposer le secret de l'instruction, docteur. Mais si vous avez suivi les infos, c'est elle, la victime de l'avalanche survenue hier à Siviez. Nous avons retrouvé dans sa voiture une facture relativement récente de votre cabinet et…

— Ça ne change rien à la question du secret médical, coupa la psychiatre. Pour les patients décédés, il faut que le procureur sollicite la levée du secret auprès du médecin cantonal.

— J'espérais que vous feriez preuve de compréhension face à cette situation un peu urgente, docteur.

— Et moi, je dois vous demander de respecter la procédure. Sinon, je risque des ennuis.

Isaac fulminait, la fatigue n'aidait pas, mais il parvint à se contenir.

— Si j'obtiens la levée du secret médical dans la matinée, je peux passer à votre cabinet ?

— Hélas non, s'excusa la doctoresse Bertrand. Avec cette neige, il restera fermé toute la journée.

— Dans ce cas, je pourrais peut-être passer à votre domicile ?

— Je n'y suis pas non plus. Et de toute façon, les dossiers des patients se trouvent au cabinet.

— Vous n'avez pas de dossiers numérisés ?

— En partie seulement. Mais je n'y ai pas accès à distance. Demandez au ministère public de m'envoyer ses questions par écrit et j'y répondrai dans les meilleurs délais.

Isaac comprit ce que la formulation signifiait : « pas avant quelques jours ». Il remercia néanmoins la psychiatre et raccrocha. Il appellerait le procureur plus tard dans la journée.

Isaac gara la voiture devant l'institut médico-légal, sur une place de stationnement réservée à la police, puis il s'annonça à la réception. On le pria de patienter dans le hall. Après quelques minutes, la légiste vint le chercher.

Martina Scherer avait troqué sa combinaison d'hiver de la veille contre une blouse blanche et des gants bleus en latex. Elle invita Isaac à la suivre dans les couloirs de l'institut. Quand ils se retrouvèrent seuls, elle se tourna vers lui et lâcha :

— Tu as une petite mine, je trouve.

— J'ai mal dormi.

« Mal » était un mensonge : il n'avait pas dormi de la nuit.

— À cause de cette affaire ?

— Non, sourit tristement Isaac.

Martina comprit tout de suite, elle connaissait la situation conjugale explosive du policier. Et pour cause, elle en était le détonateur.

— Je suis navrée pour toi, dit-elle simplement.

Elle ne l'était pas, mais elle ajouta :

— Je peux faire quelque chose ?

— Rien, ronchonna Isaac. Hormis ton travail.

— Que penserait ta femme si elle nous savait, toi et moi, côte à côte dans les couloirs de l'hôpital ?

— Elle s'en foutrait.

— J'en doute..., sourit Martina.

— De toute façon, asséna le policier, c'est moi qui m'en fous. Parce que c'est une grosse salope.

La légiste s'arrêta au milieu du couloir, se tourna vers lui et le regarda d'un air intrigué, comme si elle cherchait à savoir si elle avait bien compris ses derniers mots.

— Une salope ? Ta femme ? C'est toi qui dis ça après ce que tu lui as fait ? Bon d'accord, j'en suis aussi responsable, mais tu y vas quand même un peu fort, non ?

Isaac comprit qu'il valait mieux se taire, sans quoi il

devrait raconter à Martina ses découvertes de la nuit, ce qui impliquerait aussi de lui avouer qu'il passait son temps libre à espionner Sabine. Et ça, il n'en était pas question.

La légiste tourna les talons et ouvrit la porte de la salle d'autopsie. Isaac la suivit. Sur une table en inox au centre de la pièce, les différentes parties du corps de Rachel Fournier reposaient sous une lumière blanchâtre.

20

Au refuge du Grand Désert, la tempête de neige n'avait pas faibli. Le vent continuait de faire vibrer l'ardoise du toit et de marteler les volets. Les lamelles diffusaient des rais de lumière blanche dans la chambre d'Alix, le jour s'était levé. Ana Bartomeu regarda l'heure sur son téléphone : 8 heures 30. Elle n'avait pas fermé l'œil de la nuit. Assise sur le rebord du lit, elle poursuivait la lecture du dossier judiciaire retrouvé dans la valise de la toxicomane, alternant entre des passages du jugement de Samuel Jordan, des rapports de la police genevoise et de la police française, et de multiples procès-verbaux d'auditions de la police, du juge d'instruction et du tribunal.

Ana sentait venir la fatigue. Entre deux pages du dossier, elle revoyait Alix fouiller dans le faux plafond des W.-C., Alix sortir du refuge en pleine nuit et marcher pieds nus dans la neige, Alix au bord de la falaise, Alix disparaître au fond de l'abîme. Mais ce qui obnubilait le plus Ana demeurait l'image de ce dernier regard, comme si, à ce moment-là, la vie avait déjà quitté Alix. Un regard creux, des yeux de zombie, vides de toute émotion. Comme si la toxicomane était subitement devenue une autre.

La porte de la chambre s'ouvrit, Gaïa apparut dans l'encadrement.

— J'ai réveillé les autres, annonça-t-elle. Il est temps de les mettre au courant de la situation. Rendez-vous dans cinq minutes dans le réfectoire.

À vos ordres, sergent-major, pensa instinctivement Ana, mais elle se contenta d'un sourire un peu triste et la gardienne repartit dans le couloir.

Dans la salle à manger régnait un silence que seule la puissance des éléments extérieurs perturbait. Durant la nuit, des congères s'étaient amassées jusqu'au niveau des fenêtres du rez-de-chaussée qui étaient, elles, dépourvues de volets. À travers les vitres à moitié obstruées par la neige, on ne distinguait rien au-delà de trois ou quatre mètres, juste un grand rideau blanc balayé à l'horizontale par le vent.

Gaïa avait ravivé le feu dans le poêle, préparé un thermos de café qu'elle avait chauffé sur la plaque de fonte et déposé cinq bols sur la table en bois. Autour de celle-ci, Alexandre, Arno et Robin avaient encore les yeux à moitié collés, signe d'un sommeil agité.

— Cet endroit n'a rien d'un palace…, grommela Robin en se servant un café. Quelle nuit d'enfer, quel boucan !

Le Genevois expatrié à Paris était le seul des trois hommes à s'être douché et habillé d'un nouveau costume trois pièces aux couleurs improbables, tandis que les deux autres avaient enfilé de simples survêtements de sport.

— Et encore, s'il n'y avait eu que le bruit…, renchérit Alexandre. J'ai eu l'impression de respirer de la poussière toute la nuit. Je peux te dire que chez moi, la femme de ménage aurait été virée depuis belle lurette.

— Il doit y avoir des acariens, rebondit Robin. Peut-être même des punaises de lit. Vérifiez bien les signes sur votre corps. Au moindre bouton…

— Il n'y a pas de bestioles à cette altitude, coupa Gaïa

avec un sourire un peu pincé. S'il y en a, c'est que vous les avez amenées avec vous dans vos bagages.

— À Genève et Lausanne, il y en a partout, dit Arno. C'est bien connu, ce sont les laboratoires pharmaceutiques qui…

— Ça suffit! aboya la gardienne à bout de nerfs. Si je vous ai réunis ici ce matin une heure avant le réveil prévu, ce n'est pas pour échanger sur vos petits problèmes personnels. Mais pour vous annoncer une terrible nouvelle.

En quelques mots, elle résuma le suicide d'Alix, ce qui plomba définitivement l'ambiance déjà morose.

— Et vous êtes certaine de l'avoir vue tomber, madame Bartomeu? demanda Robin.

— Aussi sûre que je vous vois maintenant en face de moi, répondit Ana, qui ne parvenait pas à tutoyer cet homme d'un autre siècle.

Alexandre se tourna vers Gaïa.

— T'as alerté les secours?

— Pas encore. Nous avons quelques problèmes techniques, que je vous expliquerai plus tard. De toute façon, avec cette tempête, jamais ils n'arriveraient à monter jusqu'ici.

— On ne peut vraiment rien faire? s'inquiéta Arno. On ne va tout de même pas laisser pourrir son corps sans réagir.

— Il ne va pas pourrir, répondit la gardienne. Pas à cette altitude, avec ce froid. À l'heure où je vous parle, il est probablement déjà congelé, quelque part en contrebas sur le glacier ou retenu par un surplomb de la falaise. On le retrouvera après la tempête ou, au plus tard, à la fonte des neiges au printemps ou au début de l'été.

— Attendre jusqu'à l'été? s'étonna Ana.

— Nous n'avons pas le choix. La montagne est terrifiante, elle garde les morts pour ne les rendre parfois que des années ou des décennies plus tard. Parfois même, jamais. Au printemps, les hélicos d'Air Glaciers tournent sur les lieux des disparitions, les pilotes essaient de repérer les corps. Et si l'un d'eux est pris dans une cascade de glace, on doit attendre qu'il tombe naturellement avec le dégel. Si l'accès est impossible pour une cordée d'alpinistes secouristes, les hélicos ont l'interdiction de s'approcher des séracs en raison du danger pour les pales et les rotors.

Après le café, Gaïa invita les quatre résidents à s'habiller chaudement et les emmena vers la remise. Ils durent lutter contre les rafales de vent, affronter le froid qui mordait la peau de leur visage et envahissait leurs poumons à chaque inspiration. Ils peinèrent à progresser, pas après pas, s'enfonçant jusqu'aux genoux dans l'épaisse couche de poudreuse qui séparait les deux bâtiments. La gardienne ouvrait la marche.

Gaïa s'arrêta devant la porte métallique d'une petite cabane en pierres sèches, retira un gant et composa un code sur le clavier de la serrure électronique. Un cliquetis annonça le déverrouillage de la porte et ils entrèrent à l'abri de la tempête. La pièce était plongée dans la pénombre. Gaïa alluma une lampe de poche. L'électricité n'avait pas été rétablie.

— Et la serrure ? s'étonna Arno.

— Elle fonctionne d'ordinaire sur le secteur, répondit la gardienne, mais elle est aussi dotée de piles de secours, précisément pour prévenir ce genre de situation.

À l'intérieur, une seule grande pièce, avec d'un côté, la réserve de bois pour le chauffage, et de l'autre, des étagères et des casiers censés contenir la nourriture pour la semaine. Toutes les victuailles étaient répandues sur le sol de terre gelée, emballages éventrés, boîtes de conserve ouvertes et leur contenu renversé, bouteilles et bocaux en verre cassés. Contre un mur, un râtelier avec plusieurs paires de skis de randonnée, et au centre de la pièce, une génératrice dont on avait sectionné les câbles.

— Qui a fait ça ? demanda Arno.

— Sûrement Alix avant de se suicider, répondit Ana.

— Mais pourquoi ?

— Parce qu'elle n'était plus elle-même. Va savoir ce qui se passe dans la tête d'une personne désespérée…

— Une tox ! gronda Alexandre. Faut appeler un chat un chat ! Déjà que les femmes sont plus fragiles que les hommes à la base… alors une femme tox, tu penses ! On peut s'estimer heureux qu'elle n'ait pas aussi pensé à mettre le feu à la réserve de bois.

— C'est vrai, répondit Gaïa sans relever la remarque sexiste. Mais elle ne s'est pas arrêtée là pour autant. Elle a aussi saboté le téléphone de mon bureau et, pire que ça, le *snowcat*. Tant et aussi longtemps que la météo ne se calmera pas, nous serons totalement coupés du monde.

— Elle a voulu nous entraîner dans la mort avec elle, dit Arno. C'est une évidence. Mais pourquoi ? Qu'est-ce qu'on sait d'elle ?

— C'est une tox, répéta Alexandre. Point barre. Y a rien à comprendre avec le cerveau de ces gens-là. Ils sont grillés.

— De toute façon, rebondit Robin, même si elle était arrivée à se sevrer définitivement de la drogue, Mme Jordan devait se savoir condamnée. Vous avez vu ses bras ? Les taches sur sa peau ? La couleur de son visage ? Tout transpirait en elle l'hépatite B et l'hépatite C. Elle devait probablement aussi avoir le sida.

— Mais au fait, 2G, reprit Arno en s'adressant à Gaïa d'un air suspicieux, tu n'étais pas la seule à détenir le code de la remise ?

— Si, confirma la gardienne.

— Dans ce cas, personne d'autre que toi ne peut entrer dans ce local…

— Est-ce que tu m'accuses d'être l'auteure de ces saccages ?

— Je ne fais qu'émettre une hypothèse.

— Donc, tu me suspectes, s'énerva la gardienne. Quel intérêt aurais-je eu à faire ça? À mettre en péril ma propre vie, en plus des vôtres? C'est ridicule. Si ça se trouve, Alix m'a suivie ou épiée de loin hier, quand je suis allée chercher à manger dans la remise. Elle a très bien pu m'observer quand je tapais le code sur le clavier.

— Admettons. C'est quoi, le code?

— Un code à six chiffres.

— La date de ton anniversaire? Ou quelque chose de facile à découvrir?

— Bien sûr que non, se défendit-elle. C'est un code totalement aléatoire, que je n'avais écrit nulle part. Je l'ai juste en tête.

— Et s'il t'arrive quelque chose?

Les regards des quatre résidents étaient braqués sur Gaïa, qui finit par lâcher:

— Oh et puis merde! Si ça peut vous rassurer, c'est 242332. De toute façon, y a plus grand-chose à voler, ici.

— Parce que tu nous traites de voleurs? s'étonna Alexandre.

— Bien sûr que non. Mais je suis responsable de vous.

— Donc, de la mort d'Alix.

Ana vint au secours de la gardienne.

— Ne lui fais pas dire ce qu'elle n'a pas dit. Gaïa dormait quand c'est arrivé. Moi, en revanche, j'étais là. J'ai tout vu et je peux te dire que personne n'aurait rien pu faire.

Alexandre ricana.

— Toutes les mêmes. Toujours à se débiner devant les responsabilités.

— Je ne suis pas sûre que ce soit un trait de caractère plus féminin que masculin, s'énerva Ana.

— Ça suffit! tonna la gardienne. Si nous nous déchirons entre nous dans ces circonstances, nous ne nous en sortirons jamais. Maintenant, nous devons trouver au plus vite un moyen de réparer tous ces dégâts. Je vais me charger du *snowcat.* Arno, occupe-toi de la génératrice. J'ai essayé cette nuit, mais je n'ai pas réussi. Il faut que l'électricité revienne. Robin, regarde si tu peux sauver un peu de nourriture. Quant à Ana et Alexandre, ramenez le plus de bois possible dans le réfectoire, parce que si la tempête ne faiblit pas d'ici demain, nous ne pourrons peut-être même plus sortir du refuge.

21

Une odeur indéfinissable flottait dans la salle d'autopsie, une odeur que les médecins légistes et les policiers connaissaient bien : celle de la mort. Elle planait dans les lieux même en l'absence de corps, comme si les murs, le sol carrelé, le plafond et le mobilier en étaient imprégnés. À cette odeur se mêlaient celles du sang et de la chair brûlée. Sur la table en inox, les parties du corps avaient été disposées de manière logique, pour redonner à Rachel Fournier un aspect humain. Même si, finalement, elle ne ressemblait plus qu'à un mannequin de cire disloqué.

— Ce que je peux affirmer en préambule, dit la médecin légiste, c'est que les lésions principales n'ont pas été causées par l'avalanche.

— Je m'en doutais, répondit Isaac sur un ton légèrement ironique.

Martina lui lança un regard mi-amusé, mi-agacé.

— Je peux concevoir que cette entrée en matière te fasse sourire, mais en médecine légale comme dans ton travail de policier, il faut se méfier des apparences. À tous les stades de nos investigations, nous ne devons écarter aucune hypothèse, même celle qui nous paraîtrait la plus farfelue, jusqu'à preuve scientifique du contraire. En l'occurrence, j'ai déjà autopsié des victimes démembrées par une avalanche. Mais il s'agissait d'avalanches de neige lourde qui avaient emporté sur leur passage des rochers et des arbres, ce qui, avec l'inertie de la masse de neige mouillée, transforme la coulée en un lent mixeur.

Isaac dut admettre que l'image était parlante.

— Donc, c'est bien l'explosion du Gazex qui a provoqué la dislocation du corps ?

— C'est ça, confirma Martina. Ce qui explique les brûlures. J'ai d'ailleurs envoyé des échantillons de tissus cutanés au labo et j'ai bon espoir qu'on obtienne des résultats. À voir si le mélange de propane et d'oxygène laisse des traces spécifiques sur la peau brûlée ou les habits ; ces analyses ne sont pas de mon ressort et je laisserai les chimistes répondre à cette question. Mais ce que je peux déjà te dire, c'est que dans le cas présent, l'effet thermique a été très intense, mais de très courte durée. Ce qui corrobore l'hypothèse de l'exposition du corps de la victime à une explosion très proche. Par ailleurs, il n'y a pas de traces de suie dans les poumons, ce qui exclut qu'un incendie soit la cause du décès.

C'était logique. De toute façon, Isaac n'avait relevé sur les lieux aucune trace d'incendie. Mais cette dernière affirmation de la légiste suscita une autre question.

— Était-elle vivante ou morte au moment de l'explosion ?

— Vivante, répondit Martina. Sans l'ombre d'un doute. Quelques lésions superficielles ont certes été causées *post mortem* par l'avalanche, mais les principales sont survenues *ante mortem*. Là où la flamme a touché le corps, en plein thorax, les chairs sont brûlées et il est plus difficile d'être affirmatif. Mais le souffle de l'explosion a déchiré d'autres tissus à vif et on peut voir au microscope que ces tissus ont saigné, ce qui prouve une circulation du sang et donc un fonctionnement du cœur au moment de la dislocation.

— Le thorax…, murmura Isaac en essayant de se

représenter la scène. Ça veut dire qu'elle était couchée sur le dos, à la verticale de la bouche du Gazex ?

— Certainement. L'angle de pénétration de la flamme dans le corps tend à prouver cette hypothèse.

— Elle était donc étendue sur le dos dans la neige et vivante… Consciente ?

— Là, tu m'en demandes trop.

Isaac fit le tour de la table d'autopsie sans perdre le corps des yeux, comme s'il cherchait à revoir la victime vivante, à visualiser ses gestes avant le moment fatidique.

— Sur les lieux, dit-il après quelques secondes de réflexion, il n'y avait qu'une seule série de traces de pas qui descendaient sous le Gazex. Donc, ça semble exclure le meurtre.

— *A priori*, oui. En tout cas, je n'ai trouvé sur le corps aucune trace de ligature ou quoi que ce soit d'autre qui laisserait présumer l'intervention d'une tierce personne dans le décès.

— Et un accident ?

— Oui… Elle aurait pu glisser sur la plaque de neige et, consciente ou non, se retrouver exactement sous la bouche du dragon au moment du tir. Drôle de coïncidence…

— D'autant plus que c'est elle qui a déclenché le tir du Gazex avec son téléphone. Gaétan me l'a confirmé et m'a d'ailleurs remis les enregistrements du système informatique de la station qui le prouvent.

— Donc, elle a appuyé sur le bouton alors qu'elle était couchée sur le dos dans la neige, sous la bouche du dragon. Mais est-on certain que c'est elle qui manipulait son téléphone à ce moment-là ?

— On a retrouvé son téléphone dans la coulée. La SIJ est en train de l'analyser et de chercher des traces sur l'écran. Malheureusement, tout comme l'eau, la neige est assassine avec les empreintes digitales et l'ADN. On verra.

— OK, dit la légiste. Donc, l'hypothèse la plus probable

serait un suicide. En tout cas, dans ce que j'ai pu constater, tout colle parfaitement avec une auto-agression.

— Mais qui choisirait une pareille méthode pour se suicider? s'étonna Isaac, en repensant soudain à ses idées morbides de la nuit.

— C'est l'effet tunnel, répondit Martina. La personne dépressive est si désespérée qu'elle a des œillères. Elle ne voit que le but à atteindre, en l'occurrence sa propre mort, peu importe la méthode, du moment qu'elle est délivrée au plus vite de sa souffrance psychique. Dans la plupart des cas, surtout quand le suicide n'est ni réfléchi ni préparé, la personne ne pense pas du tout à la douleur physique qu'elle va ressentir, ni aux conséquences sur son corps, à la pénibilité de la situation pour ceux qui seront confrontés à son corps, ou encore au deuil de ses proches. Prends l'exemple des suicides sous les trains, il est parlant.

— D'accord, approuva Isaac. Partons sur l'hypothèse du suicide. As-tu reçu les résultats des examens toxicologiques?

— Ils viennent de tomber. J'ai effectué les prélèvements hier en fin de journée, dès mon retour de Siviez, et j'ai demandé les analyses en urgence pour gagner un peu de temps.

— Et alors?

— Négatifs.

— À tout?

— Oui. Alcool, drogues, médicaments: néant, nada, zéro. Sur toute la ligne. Rachel Fournier était clean.

— C'est surprenant.

— Pourquoi?

— Parce que, dans la voiture de la victime, j'ai retrouvé une facture récente de la doctoresse Raphaëlle Bertrand, une psychiatre dont le cabinet est ici, à Sion.

— Je ne la connais pas. Remarque, c'est assez normal, puisque je suis arrivée en Valais il y a seulement quelques mois.

Martina avait suivi sa formation de légiste, puis exercé durant plusieurs années au CURML, le Centre universitaire romand de médecine légale de Lausanne, avant d'obtenir son poste à l'hôpital de Sion. Il arrivait à Isaac de lui en vouloir d'avoir brisé son couple, avant que la voix de la raison lui rappelle qu'il était le seul responsable de cette situation. Il lui aurait suffi de ne pas céder aux avances de la légiste. Mais ce qui était fait était fait, on ne pouvait pas remonter le temps et modifier le passé. Il fallait composer avec, pour construire le futur. Néanmoins, en dépit de ce bon sens, Isaac ne pouvait s'empêcher de maudire le passé d'avoir placé Martina sur son chemin. Si elle était restée à Lausanne, il ne l'aurait probablement jamais rencontrée.

— Ceci dit, reprit la légiste, ce n'est pas parce que tu consultes un psychiatre que ce dernier va forcément te prescrire des médicaments.

— Je te l'accorde, répondit Isaac. Je ne connais pas non plus la doctoresse Bertrand, mais je lui ai téléphoné tout à l'heure pour obtenir des infos sur Rachel Fournier et elle m'a opposé le secret médical.

Martina éclata de rire.

— Et ça te surprend? Tu t'attendais à quoi? Moi, ce qui me surprend, c'est ta naïveté. Il était évident qu'elle n'allait rien te dire.

— Peut-être, mais j'aurai quand même essayé.

— Elle t'a renvoyé vers le procureur?

— Oui. Qui lui-même devra saisir le médecin cantonal. Ça va prendre du temps et ça fait chier. Je déteste perdre du temps.

La légiste désigna le cadavre sur la table d'autopsie.

— Elle, elle a tout le temps du monde. Cette affaire n'est pas vraiment urgente. Alors relax…

— J'ai effectivement pas mal d'autres dossiers sur le feu.

— Eh bien, celui-ci attendra un peu.

Isaac hésita, puis osa:

— Entre médecins, vous devez avoir de petits arrangements, non ? Des trucs qui simplifient la vie, comme souvent ici en Valais.

— Du copinage, tu veux dire ? rigola Martina.

— Appelle ça comme tu veux, je m'en fous. Tu ne pourrais pas téléphoner à la doctoresse Bertrand et lui dire que tu as besoin de renseignements pour l'autopsie ?

Nouveau rire franc.

— Ça ne marche pas comme ça, en principe, mon p'tit Isaac. Je veux bien essayer, mais je ne te promets rien. Et toi, qu'est-ce que tu vas faire, maintenant ?

— Je vais remonter à Siviez. Je pense qu'une perquisition du domicile de Rachel Fournier s'impose.

Isaac s'abstint de lui dire qu'il avait surtout une furieuse envie de s'expliquer avec Gaétan.

— On se voit ce soir ? lui demanda Martina avec un petit sourire malicieux.

— Je ne te promets rien, lui retourna-t-il en plein visage, avant de quitter la salle d'autopsie.

22

Le sifflement strident du vent qui s'engouffrait dans les interstices des murs de la remise accablait Ana. Elle sentait le poids de la fatigue peser sur ses épaules et le froid engourdir ses doigts et ses orteils. Avec Alexandre, elle regroupait des bûches dans des paniers d'osier, qu'ils transportaient ensuite à tour de rôle vers le refuge, pour enfin entasser le bois dans le réfectoire à proximité du poêle. Même si quelques dizaines de mètres seulement séparaient la remise du refuge, chaque voyage dans la tempête et la haute neige constituait une rude épreuve.

Gaïa s'était absentée depuis une bonne heure pour tenter de réparer le *snowcat*. De son côté, Arno s'énervait avec les câbles sectionnés de la génératrice, essayant de les dénuder au moyen d'un couteau pour ensuite les assembler. Assis sur le sol de terre gelée, il pestait à haute voix.

— 242332... 242332... tu parles d'un code ! J'ai beau chercher, je ne trouve aucune logique. C'est impossible qu'Alix l'ait deviné. Quant au fait qu'elle ait pu suivre 2G à son insu ou l'observer à distance, je n'y crois pas une seule seconde. Si ça se trouve, c'est 2G qui a tout saboté et elle veut faire porter le chapeau à une morte.

— Arrêtez de vous torturer l'esprit, mon brave, sourit

Robin qui avait regroupé un peu de nourriture intacte sur les étagères. Vous vous faites du mal pour rien.

— Du mal pour rien..., répéta le journaliste amateur. Du mal pour rien... Parce que toi, tu ne te tortures pas l'esprit en ramassant de la bouffe que tu ne toucheras pas?

— Manger ça? s'exclama le Parisien horrifié. Bien sûr que non, mon ami. Avez-vous donc perdu la tête? Je fais ça parce que Mme Glassey me l'a demandé. Mais il est hors de question que j'avale de la nourriture qui a traîné par terre et dont on ne sait pas qui l'a touchée en dernier. C'est un truc à attraper une gastro. Ou pire, la dysenterie. Quand je vois les toilettes de ce palace, je n'ai nulle envie de m'y asseoir durant des heures.

— C'est bien ce que je dis: chacun ses maux.

Le couteau ripa sur un câble de la génératrice et la lame entailla l'index gauche d'Arno, qui jura et porta son doigt à sa bouche pour aspirer le sang. La scène n'échappa pas à Robin, qui lâcha sur un ton très sérieux:

— Et ça, mon ami, c'est un truc à attraper le tétanos. Si j'étais vous, j'irais immédiatement me désinfecter.

— Ça ira, râla le premier en constatant que la coupure était bénigne. Ceci dit, je reste convaincu qu'Alix a réussi à pirater ce code.

— En pénétrant le cerveau de Gaïa? ricana Alexandre qui, revenu du refuge avec son panier vide, avait suivi la discussion.

— Pourquoi pas? se défendit Arno qui croyait dur comme fer à sa théorie. Après tout, la CIA et le FSB font des recherches là-dessus. Si ça se trouve, les Chinois ont même de l'avance sur les Américains et les Russes. Quoi qu'il en soit, le cerveau humain reste l'ordinateur le plus puissant du monde et personne ne m'ôtera de l'idée qu'il est possible de le pirater, comme tout autre système informatique.

Ana ne put s'empêcher d'éclater de rire.

— Alix, une hackeuse de cerveau humain… on aura tout entendu !

— Tu peux rire, Ana, tu peux rire. Mais rira bien qui rira le dernier. Les cobayes humains triés sur le volet par la CIA et le FSB sont souvent des toxicomanes. Parce qu'il est notoire que certaines substances toxiques peuvent développer des zones encore inexplorées de notre cerveau.

Alexandre chargea trois bûches supplémentaires dans les paniers d'osier, puis il se tourna vers Ana :

— Viens, laissons ces deux paranos échanger leurs expériences. Je pense qu'avec ce dernier voyage, nous aurons de quoi tenir au moins jusqu'à demain soir.

Le dernier trajet entre la remise et le refuge fut le plus pénible. Exténuée par sa nuit blanche et son manque de condition physique, Ana se prit les pieds dans une ornière et chuta lourdement dans la neige. Elle lâcha son panier qui se renversa, et les bûches disparurent dans la poudreuse.

Alexandre, qui la précédait, se retourna et cria pour que sa voix concurrence celle du vent :

— Les femmes dans des métiers d'hommes ! 2G aurait dû t'envoyer en cuisine, parce que là, je commence sérieusement à avoir la dalle. Mais avec l'autre débile et sa cravate d'endimanché, je me demande ce qu'on va bien pouvoir bouffer tout à l'heure. Je ne te propose pas un coup de main.

— Va te faire foutre, jura Ana en serrant les dents.

Elle se releva tant bien que mal, essuya son visage et ses vêtements recouverts de neige, puis se mit à fouiller dans la poudreuse pour retrouver les bûches égarées et les remettre dans le panier. Alexandre, lui, avait déjà regagné le refuge avec sa propre cargaison.

Quand elle le rejoignit dans le réfectoire, il s'était attablé devant un bol de café.

— Merci de ton aide, lâcha-t-elle.

— Avec plaisir, répondit-il sans sourciller. Vous autres,

les femmes, vous voulez l'égalité des sexes? Eh bien, il faut assumer vos revendications jusqu'au bout.

— Toi, t'es vraiment un connard de la pire espèce.

— J'ai déjà eu droit à ce genre de compliments de la part de mon ex.

— C'est probablement parce qu'elle avait raison.

— Ou pas. Dans tous les cas, c'est à cause de cette pouffiasse que je suis ici.

Ana déposa son panier et entassa les bûches sur les autres, à côté du poêle. Puis elle s'assit en face d'Alexandre et lui demanda calmement :

— Pourquoi es-tu ici?

— Parce que mon ex a porté plainte contre moi pour des violences conjugales et qu'elle a réussi à convaincre le tribunal de cette ineptie. Une simple gifle pour la renvoyer à ses fourneaux, parce qu'elle m'avait manqué de respect, voilà tout. Elle l'avait méritée, pas de quoi tuer un homme. Une femme comme elle, encore moins. La juge m'a soumis à une expertise psychiatrique pour savoir si je représentais un danger pour elle, puis elle m'a condamné.

— Des voies de fait sont punies d'une simple amende, lui fit remarquer Ana.

Alexandre parut un bref instant décontenancé.

— Oui, bon, c'est vrai, j'ai également été condamné pour des injures, des menaces de mort et de la contrainte. Mais ça aussi, c'était du grand n'importe quoi. Elle est loin, la belle époque où l'homme avait le droit de rééduquer sa femme.

— Une époque que tu regrettes, j'imagine.

— Et comment !

Alexandre expliqua à Ana que ce n'était pas la première fois qu'il était condamné pour de tels faits, que le tribunal l'avait condamné à de la prison ferme, mais que la juge avait accepté de suspendre l'exécution de sa peine s'il acceptait de se faire soigner.

— Me faire soigner..., dit-il comme s'il se parlait à lui-même. N'importe quoi ! C'est mon ex qui aurait besoin d'une bonne thérapie. J'ai essayé de l'expliquer au tribunal, mais je n'avais aucune chance. Déjà, la juge était une femme. Et l'expert psychiatre aussi. La doctoresse Urielle Candaux, je ne suis pas près d'oublier son nom, à celle-là. Quelle conne! Elle n'a rien compris. Ou n'a rien voulu comprendre. C'est elle qui a suggéré à la juge de m'envoyer ici. Et me voilà à ramasser du bois en pleine tempête, avec une bande de tarés.

— La tarée te remercie, sourit Ana.

— Je ne parle pas de toi, répondit Alexandre, tentant de se rattraper. Surtout des deux autres qui sont dans la remise.

Ana se servit un bol de café, puis reprit:

— Une question tourne dans mon esprit depuis hier. Ton nom de famille: Van Dijk. Il me dit quelque chose, mais je n'arrive plus à le remettre dans son contexte. J'ai compris que tu avais habité Collonge-Bellerive, et moi aussi, quand j'étais encore mariée. On se connaissait? Ou tu connaissais mon mari?

— Je ne pense pas, répondit-il. Je dois avoir une dizaine d'années de moins que toi et je n'étais pas souvent à Collonge. Ce sont mes parents qui vivaient là-bas et je pense que c'est à mon père que tu fais allusion. Maître Georg Van Dijk. Il était un avocat pénaliste très réputé à Genève.

Ana creusa dans sa mémoire, mais elle ne se souvenait pas avoir eu affaire à cet avocat dans son métier de policière.

— Il était essentiellement actif dans les années 1980 à 2000, expliqua Alexandre.

— Et ton père n'a pas pu te défendre dans ton récent procès?

— Hélas non. Il est décédé d'un infarctus il y a plus de vingt ans.

Ana et Alexandre furent bientôt rejoints dans le réfectoire par Arno et Robin, puis Gaïa. Tous se réchauffèrent les mains devant le poêle, puis la gardienne annonça:

— J'ai pu remettre en marche le *snowcat*, il devrait tenir jusqu'à Siviez.

— Ça, c'est la bonne nouvelle du jour, applaudit Alexandre. Parce que je compte bien ne pas rester ici une minute de plus. Quand est-ce qu'on redescend ?

— Tout doux, bijou, tempéra Gaïa. Avec la tempête, c'est beaucoup trop risqué. Il va falloir attendre encore un peu. Demain matin, on avisera.

— Demain matin ? faillit s'étrangler Alexandre. Il n'en est pas question. Cet après-midi, je me casse, que ça te plaise ou non.

— Tu n'iras nulle part sans mon autorisation, trancha la gardienne.

— Alors, qu'est-ce qu'on fait ? demanda Ana.

— Arno a réussi à réparer la génératrice, mais le téléphone ne fonctionne toujours pas. Je vais préparer à manger avec une partie des vivres que Robin a pu sauver. En attendant, vous pouvez aller prendre une douche et vous reposer dans vos chambres pendant une heure. Nous parlerons de la suite lors du repas de midi.

Ana regagna sa chambre. Sur le lit, elle avait déposé les divers documents et l'objet découverts durant la nuit dans la chambre d'Alix. Elle s'était promis de questionner Gaïa et les autres résidents au sujet de l'étrange statuette et du texte biblique, mais cela pouvait se faire pendant le déjeuner.

En attendant, Ana se replongea dans la lecture du dossier judiciaire de Samuel Jordan.

23

Genève, avril 2001

Au palais de justice du Bourg-de-Four, dans la salle de la cour d'assises, tous les regards étaient tournés vers le prévenu. Celui du juge, bien entendu, qui attendait que Samuel Jordan poursuive son récit au sujet de la secte, mais aussi ceux des douze jurés populaires, du greffier, du procureur, de l'avocat du prévenu, des deux agents pénitentiaires autorisés à rester dans la salle malgré le huis clos et des gendarmes qui assuraient la sécurité de l'audience.

— Monsieur Jordan, dit le juge, la cour a bien compris ce que vous saviez de la naissance de la fraternité jusqu'à la rencontre du début des années 1980 entre M. Di Mambro et M. Jouret, et la création de l'Ordre du Temple solaire. Maintenant, venez-en aux faits : la décision des grands maîtres, comme vous les appelez, d'éliminer ceux qu'ils considéraient comme des traîtres.

— J'y viens, monsieur le président, répondit le prévenu.

Samuel se tourna vers son avocat, échangea quelques mots à voix basse avec lui, puis se tourna à nouveau vers le tribunal et reprit :

— Au milieu des années 1980, Jo Di Mambro et Luc

Jouret ont commencé à voir dans le Canada une terre prometteuse pour permettre à l'homme de survivre à l'Apocalypse annoncée par la Bible : un holocauste nucléaire.

Le prévenu expliqua à la cour qu'il s'agissait à l'époque d'implanter au Québec des centres de survie pour un petit noyau de l'humanité. Dès 1987, des vidéos de l'OTS avaient été tournées pour les promouvoir. Dans la petite bourgade de Sainte-Anne-de-la-Pérade, Di Mambro et Jouret avaient acquis un domaine, qu'ils avaient baptisé « Sacré Cœur », et y avaient développé la plus grande exploitation agricole biologique du Québec.

— La maison de Sainte-Anne, c'était l'arche de Noé, expliqua Samuel à la cour. Mais c'est aussi à partir de cette période qu'à mes yeux, tout a commencé à déraper sérieusement. Jo avait la folie des grandeurs, son passé d'escroc l'a rattrapé. Il a financé le domaine du Sacré Cœur en détournant l'argent des membres de l'Ordre et, de la même manière, il a procédé à d'autres acquisitions immobilières : deux villas mitoyennes à Morin-Heights au Québec, une ferme à Salvan dans le canton de Fribourg, puis, un peu plus tard, un terrain à Salvan en Valais, sur lequel il a fait construire trois chalets. L'argent partait aussi dans l'achat de voitures de luxe et dans le financement de voyages onéreux. Jo changeait de voiture comme de chemise. Il prenait l'avion en première classe. Ce train de vie ostentatoire contredisait totalement les enseignements de l'Ordre. Des membres ont alors commencé à dénoncer la mégalomanie et les malversations des grands maîtres. Ce fut notamment le cas d'Antonio Dutoit, qui sera assassiné à Morin-Heights sur ordre de Jo. Antonio a aussi révélé au grand jour que lors des méditations de groupe dans le « sanctuaire » de la Fondation Golden Way, à Saconnex-d'Arve, quand des objets comme le Saint Graal ou Excalibur étaient apparus aux fidèles, Jo avait en réalité orchestré des mises en scène assez grossières. Ce n'étaient en fait que des hologrammes, un mensonge monté de toutes pièces. Tout était truqué, l'argent avait tout corrompu, mais la crédulité des membres était telle qu'ils n'y voyaient que du feu.

Samuel marqua une courte pause. Il but une gorgée d'eau, puis reprit :

— Même Élie Di Mambro, le fils de Jo, a dénoncé les magouilles financières et les « tours de magie » fallacieux de son père. L'Ordre a complètement perdu en crédibilité dès ce moment-là. Il a perdu une grande partie de ses membres et de ses donateurs, dont certains ont commencé à exiger le remboursement des sommes investies. Jo s'est retrouvé complètement acculé financièrement, il a dû vendre la maison de Saconnex-d'Arve, mais cela n'a pas suffi. Et petit à petit, l'Ordre s'est amoindri, puis complètement replié sur lui-même. Jo n'a finalement gardé autour de lui que les adeptes les plus fidèles.

— Et le docteur Jouret ? demanda le juge.

— Luc a lui aussi basculé progressivement dans l'ombre. Dans l'ombre de Jo, évidemment, mais aussi dans l'ombre de la folie. Il est arrivé à la fondation avec des idées nobles, c'était un être lumineux, mais il s'est durci au fil du temps. Il a littéralement plongé dans la noirceur, avec un terrible élan mortifère. Il était très mal dans sa peau, il dépeignait des tableaux épouvantables de l'avenir de l'humanité, on sentait le poids de la misère du monde sur ses épaules.

Les paroles de Luc résonnaient encore dans l'esprit de Samuel : « Ne pleurons pas la disparition de nos forêts, ni de nos océans, la pollution nucléaire. La liste est interminable aujourd'hui. Ça fait partie d'un processus de dissolution. Des milliers de prophètes envoyés du Ciel, des sages, ont été envoyés parmi les hommes pour les prévenir, pour leur permettre de vivre en toute conscience la phase du passage actuel. Mais qu'ont fait les hommes ? Je dirais que, quant à nous, ce n'est plus notre problème. »

— À l'issue de ses dernières conférences, reprit le

prévenu, Luc proposait à l'achat une bande dessinée intitulée *Le Voyage intemporel.* Elle présentait une sorte de fuite du monde physique à l'aide d'un vaisseau spatial, avant que la Terre aille à sa perte, pour atteindre un monde plus lumineux.

— Si je comprends bien, dit le juge, c'est à la même époque que M. Di Mambro a commencé à prêcher l'idée d'un « transit » vers une autre planète, n'est-ce pas?

— L'étoile Sirius, monsieur le président, c'est exact. Jo disait que la mission du Temple touchait à sa fin et il avait demandé à Dominique, la mère d'Emmanuelle, l'enfant cosmique, d'enregistrer un message vidéo destiné aux élus de l'Ordre.

Le procureur leva la main, le juge lui donna la parole et le représentant du parquet suggéra:

— Peut-être pourriez-vous montrer ce film aux jurés plutôt que de demander au prévenu de le décrire? Ça me semblerait beaucoup plus parlant.

L'avocat de Samuel acquiesça d'un signe de tête et le juge invita le greffier à diffuser la vidéo sur un écran de télévision. On y voyait une femme s'exprimant face caméra avec une certaine aisance, à la manière d'une speakerine de la télévision.

« Nous sommes le flambeau que le Christ doit ramener au Père, assurant ainsi un futur grandiose au cosmos tout entier. Nous détenons la clé de l'univers et devons en assurer l'éternité. L'étoile bleue, grâce à son rayonnement cosmique, transformera en un éclair instantanément les porteurs de vie et de la conscience lors du passage. »

— Cette vidéo, commenta le juge à l'intention des jurés, est en quelque sorte le testament laissé par l'OTS suite aux massacres de Cheiry et de Salvan. Nous y reviendrons.

Puis le magistrat se tourna vers le prévenu et reprit:

— Veuillez poursuivre, monsieur Jordan.

— Il n'y a pas grand-chose d'autre à dire à ce sujet,

monsieur le président. Dans l'esprit de Jo et de Luc, il était acté, à ce moment-là, que la Terre courait à sa perte et que ce n'était plus qu'une question de temps. La mission des templiers de l'Ordre était de donner une chance de survie à l'humanité. Et cette chance était une étoile. Je me rappelle encore les derniers mots de Luc, quelques jours avant sa mort. Il disait que le monde se terminerait par une vaste apothéose dans le feu, que c'était nous qui créions le feu du monde et que dans la mesure où nous étions capables d'aller jusqu'au bout, ce feu purificateur nous permettrait de récupérer l'énergie nécessaire pour le transit vers Sirius.

— Je vois, commenta le juge un peu sceptique. Mais il y a une chose que je ne saisis pas bien dans tout cela : quel est le rôle du chef d'orchestre, M. Tabachnik ? On sait qu'à un moment, M. Di Mambro lui a demandé d'écrire des textes à connotation clairement ésotérique, baptisés *Les Archées*, qui devaient servir de bases aux croyances et pratiques de l'OTS. Une sorte de bible templière, si j'ai bien compris. Pourriez-vous éclairer la cour à ce sujet ?

L'avocat se pencha vers Samuel, lui murmura quelque chose à l'oreille, puis répondit à sa place :

— Monsieur le président, sauf votre respect, je dois conseiller à mon client de refuser de répondre à cette question. En effet, si M. Jordan est disposé à s'exprimer sur M. Di Mambro et M. Jouret, c'est parce que leur rôle dans l'OTS a été largement établi par la justice suisse après les évènements de Cheiry et Salvan. En revanche, il n'en va pas de même du rôle de M. Tabachnik, qui est actuellement jugé par le tribunal correctionnel de Grenoble sur son propre rôle au sein de l'OTS et sur l'impact qu'auraient pu avoir *Les Archées* sur les suicides collectifs survenus à Cheiry, à Salvan et dans le Vercors. En outre, mon client a toujours été clair sur le fait qu'il n'a jamais eu le moindre contact avec M. Tabachnik. Dans ces circonstances, il pourrait être préjudiciable pour lui de s'exprimer à ce sujet.

— Très bien, répondit le juge, qui peinait à masquer un certain agacement. C'est son droit de ne pas répondre. Dans ce cas, qu'il en vienne à la décision d'éliminer les traîtres.

Nouvel aparté discret entre le prévenu et son avocat, puis Samuel répondit :

— Dès 1993, Jo s'est montré très inquiet face à la désertion de nombreux membres de l'Ordre. Il s'est mis à espionner ceux qu'il soupçonnait de suivre ce mouvement, allant jusqu'à placer certains d'entre eux sur écoute téléphonique.

— Comment a-t-il procédé ? s'étonna le juge qui connaissait les restrictions techniques mises en place par la Confédération pour protéger les libertés individuelles.

— Avec des policiers dans les rangs de l'Ordre, c'était un jeu d'enfant.

— Cette réponse est-elle un aveu de complicité de votre part, monsieur Jordan ?

— Pas du tout. Je n'ai pas participé à cela.

— Et vos collègues, Jean-Pierre Lardanchet et Patrick Rostan ?

— Je préfère ne pas répondre à cette question.

— Encore une fois, c'est votre droit. Venez-en donc maintenant à l'élimination des traîtres.

— Très bien, monsieur le président. Tout a commencé au Québec, à Morin-Heights…

24

MORIN-HEIGHTS, LE 30 SEPTEMBRE 1994

La neige tombait paisiblement sur la petite bourgade québécoise, recouvrant les forêts de sapins et de bouleaux. Une voiture s'approchait des deux villas mitoyennes. Perçant la nuit, ses phares éclairaient leur architecture arrondie, leur balcon en bois qui faisait le tour du premier étage, les portes des garages installés au rez-de-chaussée.

Le couple Dutoit connaissait bien ces villas, chacune divisée en deux appartements. L'une appartenait à Joseph Di Mambro qui la partageait avec Dominique, la mère d'Emmanuelle, et l'autre à Luc Jouret qui la partageait avec Camille Pilet, un autre dignitaire influent de l'Ordre.

Antonio et Suzanne Dutoit, que tous les adeptes appelaient Toni et Nikki, figuraient parmi les disciples de la première heure. Ils s'étaient connus dans les années 1970 au sein de la fraternité et s'y étaient mariés. Puis ils avaient pris leurs distances avec la communauté, quand ils avaient ouvert les yeux et compris le double jeu joué par Jo, toutes ses supercheries destinées à lui permettre de mener la grande vie au détriment des membres de la secte, sous couvert de belles paroles d'Évangile qui n'étaient en réalité que du vent.

Ils avaient déménagé au Canada et s'étaient établis à Morin-Heights, où ils venaient de donner naissance à leur premier enfant.

Toni et Nikki avaient accepté une seconde invitation à dîner de Dominique, la seule sœur de l'Ordre qu'ils acceptaient encore de rencontrer, la seule en qui ils avaient encore confiance. Nikki était très proche de Dominique, car elle était aussi la marraine de sa fille Emmanuelle.

— Tu es sûre que les autres ne sont pas là ? demanda Toni à sa femme en garant la voiture devant le garage d'une des villas.

— Certaine. Jo, Luc et Camille sont en Suisse. Dominique me l'a confirmé.

Nikki se tourna vers le siège arrière. Christopher, leur bébé de trois mois, dormait comme un bienheureux dans sa nacelle.

— Parfait, soupira Toni. Dans ce cas, allons-y.

Ils sortirent de la voiture, Nikki détacha le landau, Toni se chargea des fleurs et du vin pour leur hôte.

Comme lors de la première invitation quinze jours plus tôt, Dominique les accueillit à bras ouverts et leur servit l'apéritif dans le salon. L'ambiance fut assez rapidement décontractée, probablement grâce à l'alcool et à une douce musique d'ambiance, mais aussi parce qu'ils s'étaient promis de ne pas parler de l'Ordre.

Puis ils passèrent à table. Dominique avait sorti la décoration des grandes occasions, dressé une nappe blanche, de la vaisselle en porcelaine, des couverts en argent et des verres en cristal. Un grand cru accompagnerait le repas.

De temps à autre, Nikki jetait un coup d'œil à Christopher, qui dormait dans son landau.

Dominique annonça qu'elle allait servir l'entrée, puis elle partit en cuisine. Toni adressa un tendre sourire à son épouse, mais soudain, son visage se figea.

Du coin de l'œil, il avait aperçu une silhouette revenant de la cuisine, mais ce n'était pas Dominique. Toni reconnut aussitôt l'homme qui vint se placer, debout, derrière Nikki. Joël, tout comme eux, fréquentait la fraternité depuis ses débuts. Joël était suisse et il vivait dans son pays avec son épouse, d'origine canadienne. Ce soir, il n'avait aucune raison d'être ici, à Morin-Heights.

Aucune, si ce n'était d'être l'instrument de Jo, le bras armé chargé d'éliminer ceux que le gourou considérait comme des traîtres à la cause. Du moins, c'est ce que Jo avait dû faire croire aux rares adeptes qui lui restaient fidèles. Car en réalité, aux yeux de Jo, Toni était un témoin gênant, l'artificier de la secte, le technicien qui avait mis au point tous les trucages lors des cérémonies du sanctuaire, à Saconnex-d'Arve. Pour Jo, Toni était porteur d'un trop lourd secret.

Toni comprit trop tard le danger, il ouvrit la bouche pour dire quelque chose, mais aucun mot n'en sortit. D'une main, Joël saisit Nikki par les cheveux et lui tira d'un coup sec la tête en arrière. De l'autre, il lui trancha la gorge avec un couteau à viande. Immédiatement, le sang coula à flots sur la robe blanche de Nikki. Joël lâcha prise et elle s'abattit lourdement sur la table, son crâne fendant son assiette et brisant un verre en cristal.

Toni réprima un cri, un bruit derrière lui le fit se retourner. Il n'eut que le temps de voir Jerry, un autre membre de l'OTS, qui tenait dans ses mains une batte de baseball. L'arme s'abattit violemment sur le crâne de Toni, qui perdit connaissance et tomba sur le sol.

De retour dans la salle à manger, Dominique resta de marbre. Debout derrière le cadavre de Nikki, Joël tenait encore dans sa main le couteau ensanglanté. De l'autre côté de la table, Jerry avait posé la batte de baseball. Ils furent rejoints par Colette, la femme de Jerry, jusque-là restée en retrait dans un petit vestibule.

Tout s'était passé exactement comme prévu. Jerry et Colette étaient arrivés discrètement au Canada depuis la Suisse dès le mois d'août. Joël les avait rejoints par la suite. Ils avaient acheté des bidons d'essence et confectionné des dispositifs d'allumage, qu'ils avaient entreposés dans le sous-sol de la villa. Puis ils avaient minutieusement préparé leur plan.

Les chevaliers de l'Ordre instrumentalisés par Jo venaient de remplir la première partie de leur mission. Restait à accomplir le rituel.

Joël passa de l'autre côté de la table, s'agenouilla à côté du corps inanimé de Toni et, dans un silence monacal, le poignarda une cinquantaine de fois dans le thorax, à l'abdomen et à la tête.

Puis vint le tour du bébé. Christopher dormait toujours dans son landau. Jo avait identifié cet enfant comme l'Antéchrist et avait dit à ses chevaliers que lui aussi devait impérativement être éliminé pour prévenir toute réapparition de Satan sur la terre.

Joël se déplaça vers le landau et frappa le bébé de plusieurs coups de couteau. Colette tendit à son mari Jerry un pieu en bois, que ce dernier enfonça sans la moindre hésitation dans le cœur de l'enfant.

Après le triple homicide, Dominique et Joël quittèrent la villa à 22 heures 10. Destination l'aéroport et un avion pour la Suisse.

Colette et Jerry restèrent sur place. Ils connaissaient la suite de leur mission, qu'ils avaient répétée plus d'une centaine de fois.

Ils déplacèrent les corps des Dutoit dans le sous-sol de la villa et les enfermèrent dans un petit réduit. Puis ils remontèrent à l'étage et nettoyèrent la scène de crime.

Cette précaution, simple à comprendre, leur avait été dictée par les grands maîtres de l'Ordre : Colette et Jerry ne devaient pas prendre le risque de dévoiler trop tôt les actes de cette nuit, afin d'éviter de compromettre les préparatifs, en Suisse, de l'imminent transit vers Sirius.

Après avoir fait le ménage dans la salle à manger et les escaliers qui menaient au sous-sol, puis camouflé la voiture des Dutoit, Colette et Jerry vécurent trois jours de plus dans la villa, comme si de rien n'était. Puis, dans la nuit du 3 au 4 octobre 1994, ils mirent le feu à la villa et se suicidèrent par ingestion de flunitrazépam, dans la chambre à coucher.

Jusqu'au bout, ils crurent en Jo au-delà de tout ce que le commun des mortels aurait pu imaginer. Un seul mot pouvait raisonnablement qualifier une telle obédience : le *fanatisme.*

Alertés par l'épaisse colonne de fumée noire, les pompiers arrivèrent sur les lieux au petit matin. Le feu faisait rage, une intense chaleur se dégageait du sinistre.

Les vitres du patio éclatèrent, les premiers intervenants pénétrèrent dans l'appartement et découvrirent rapidement, dans la chambre à coucher, les corps carbonisés de Colette, sur le lit, et de Jerry, sur le sol à côté du lit.

Quand l'incendie fut maîtrisé, les pompiers remarquèrent la présence de plusieurs bidons d'essence dans différentes pièces de la villa. Dès cet instant, l'enquête fut confiée à l'unité des crimes contre la personne de la Sûreté du Québec, à qui on avait déjà signalé la disparition de la famille Dutoit.

Les enquêteurs trouvèrent deux dispositifs d'allumage automatique dans le sous-sol de la villa partiellement détruite par les flammes, et deux autres dans la villa voisine, restée pratiquement intacte. Ces derniers n'avaient pas fonctionné comme prévu.

Dans l'appartement de Dominique, les hommes de la Sûreté découvrirent également des gouttelettes de sang, preuve qu'un drame s'était déroulé en ces lieux. La police scientifique passa les pièces au luminol, révélant de nombreuses projections de sang contre les murs de la salle à manger, ainsi que d'impressionnantes traînées de sang sur le sol, caractéristiques d'une tentative de nettoyage.

La fouille de la villa s'acheva par le sous-sol, où les corps de Nikki, Toni et Christopher gisaient au fond du petit réduit.

Quatrième partie

Emprise et paranoïa

25

Canton du Valais, aujourd'hui

Un bébé… Ces malades, ces fanatiques, ces assassins avaient poignardé un bébé ! Ils lui avaient planté un pieu dans le cœur, comme l'auraient fait des chasseurs de vampires, parce qu'un escroc de la pensée avait réussi à les convaincre que cet enfant était l'Antéchrist.

Assise sur son lit face aux éléments du dossier répandus sur la couverture, Ana n'en croyait pas ses yeux. Les souvenirs l'assaillaient. Elle n'était âgée que d'une vingtaine d'années quand l'OTS avait répandu ses morts à travers la Suisse, la France et le Québec. Elle se rappelait les noms de Cheiry et de Salvan, bien évidemment, comme presque tous les Suisses. Des massacres ou des suicides collectifs, comme on les avait appelés à l'époque. Les médias en avaient parlé durant des mois. Puis, au fil des années, les choses s'étaient tassées et ces tragédies étaient tombées dans l'oubli populaire, pour ne rester qu'une affaire un peu vague. On se souvenait généralement de ses grandes lignes, mais on en oubliait les détails.

Ana ne comprenait pas encore ce qui liait Alix Jordan au procès de son père Samuel, ni ce qui rattachait vraiment ce dernier à l'OTS. Mais ce qu'elle ne comprenait pas surtout, c'était comment et pourquoi un tel procès, en marge d'une affaire si médiatique à l'époque, avait pu bénéficier d'une discrétion absolue dans le monde judiciaire genevois. Elle-même n'en avait jamais entendu parler, pas même par des bruits de couloir quand elle était entrée dans la police. Aucune fuite dans les journaux, ni de la magistrature, ni des enquêteurs, ni du prévenu ou de son avocat. Comme si cette affaire n'avait jamais existé.

Et pourtant, tout semblait vrai.

La porte de la chambre s'ouvrit, Ana fut une nouvelle fois interrompue dans sa lecture. Sur le palier, Arno et Robin. Ils n'avaient pas frappé, comme la politesse l'eût exigée, et paraissaient inquiets.

— Qu'est-ce qui se passe ? demanda-t-elle.

— C'est Alexandre..., commença le journaliste amateur.

— ... M. Van Dijk a disparu, compléta le Parisien endimanché.

— Disparu ? s'étonna Ana. Mais il était avec nous tout à l'heure, dans le réfectoire. Il n'est pas dans sa chambre ?

— Non, répondit Robin. On a vérifié. Et dans le vestibule, sa veste et ses bottes ne sont plus là.

— Il est peut-être retourné à la remise ?

— Non plus, répondit Arno. 2G est allée voir. Tout ce qu'elle a trouvé, ce sont des traces de pas dans la neige, qui s'éloignent du refuge...

Ana frémit en pensant à Alix.

— En direction de la falaise ?

— Apparemment, non. Sur le chemin qui redescend vers le lac du Grand Désert. Mais c'est du suicide. À pied, avec cette couche de neige, il mettrait des heures avant d'atteindre les premières habitations. Et avec la tempête qui masque toute visibilité, il risque de se perdre, voire de dévier du chemin et tomber dans un ravin.

— Où est Gaïa ? demanda Ana.

— Elle va essayer de le rattraper avec le *snowcat*. Mais elle n'est pas sûre que l'engin tienne le choc, avec les bricolages qu'elle a dû faire pour le réparer.

— Et aucun moyen de la joindre, j'imagine.

— Hélas non, confirma Robin.

— Est-ce qu'Alexandre a emporté des affaires avec lui ?

Les deux hommes se regardèrent, comme s'ils cherchaient chacun la réponse dans les yeux de l'autre. Puis Arno répondit :

— Aucune idée.

— Vous êtes pourtant allés dans sa chambre, non ?

— Oui, mais on a juste ouvert la porte pour vérifier. On n'a rien fouillé. En plus, on ne sait pas vraiment quelles affaires il avait avec lui en arrivant.

— Une valise bleue, me semble-t-il, dit Robin. Je crois l'avoir vue dans sa chambre, tout à l'heure.

Dans l'esprit d'Ana, cette information n'avait rien de surprenant. Alexandre n'allait pas quitter le refuge à pied, dans la haute neige et en pleine tempête, en portant une valise sur le dos ou à bout de bras.

— Pourquoi est-il parti ? gémit Arno.

— Tu l'as entendu tout à l'heure dans le réfectoire, non ? répondit Ana. Il a annoncé qu'il avait l'intention de se casser d'ici au plus vite. Tout le monde l'a écouté, mais personne ne l'en a cru capable.

— Il est possible, suggéra Robin, qu'il ait fait cela juste pour prouver à Mme Glassey qu'il lui est supérieur.

— Parce que c'est une femme ? devina Arno.

— Exactement. Chez M. Van Dijk, la haine de la gent féminine monte à un degré tel que cela ne me surprendrait pas. Il est de la même trempe que son père.

— Parce que vous avez connu son père ? intervint Ana.

Robin émit un petit rire teinté d'arrogance.

— Évidemment, madame Bartomeu. Qui donc, à Genève,

ne connaît pas Maître Georg Van Dijk? De son vivant, il était l'un des plus célèbres avocats de la cité de Calvin. Un ténor du barreau. Je suis surpris qu'en tant que Genevoise, vous n'en ayez jamais entendu parler. Mais je vous l'accorde, il est décédé il y a pas mal d'années.

— Il y a plus de vingt ans, confirma Ana. C'est en tout cas ce qu'Alexandre m'a dit ce matin.

— D'un infarctus, oui. Le pauvre homme. S'il avait su écouter son corps comme je sais écouter le mien, il aurait probablement survécu. Parce qu'il aurait anticipé et pris les bons traitements au bon moment.

Ana sourit intérieurement en imaginant les placards de l'appartement parisien de Robin Trembley. Ils devaient renfermer plus de médicaments que de costumes trois pièces. Dans le cadre de son travail à la brigade des stupéfiants et des perquisitions dans les logements des toxicomanes, Ana en avait vu, des armoires débordant de plaquettes de pilules de toutes les couleurs et de flacons en tout genre. Robin devait être une vraie pharmacie ambulante.

— Je ne suis pas sûr que la misogynie d'Alexandre soit à l'origine de son départ, intervint Arno, l'air sceptique. J'ai plutôt l'impression qu'il a dû découvrir quelque chose…

— Tu peux préciser? lui demanda Ana.

Le journaliste amateur fit mine de réfléchir, puis répondit:

— Je ne sais pas… quelque chose qui lui aurait fait peur…

— Comme le Monstre du Valais? sourit Robin, légèrement moqueur.

— Et pourquoi pas? se défendit Arno. C'est une légende. Mais comme toutes les légendes, elle doit reposer sur une certaine réalité et je ne serais pas surpris que quelqu'un l'utilise pour nous chasser d'ici, parce que nous le dérangeons.

— Qui dérangerions-nous? Et pour quel motif? demanda Ana.

— Je ne sais pas, je ne fais que des suppositions. Si ça

se trouve, Alexandre est déjà mort, tout comme Alix. Et 2G l'est peut-être, elle aussi. Dans ce cas, nous devrions sérieusement commencer à nous inquiéter, parce que le prochain sur la liste du Monstre est peut-être parmi nous.

— Si l'on suit votre théorie, monsieur Melly, railla Robin, pourquoi le Monstre ne serait-il pas l'un de nous trois ?

La remarque ne suscita aucun sourire chez Arno, mais renforça plutôt ses craintes à l'égard de ses deux collègues de résidence, qu'il se mit à regarder de manière suspicieuse, l'un après l'autre.

— Relax, intervint Ana. Robin plaisante.

— Pas moi, réagit Arno. Je sais bien que vous me chambrez parce que vous me croyez parano. Mais les terrains en haute montagne sont très prisés.

— Surtout en pleine tempête de neige, poursuivit Robin sur un ton provocateur.

Le journaliste amateur perdit son calme, laissant éclater au grand jour le vrai visage de sa maladie.

— C'est ça, rigolez, moquez-vous de moi ! Nous verrons bien qui a raison en fin de compte. Je le dis depuis le début : ce stage est louche. Si ça se trouve, nous ne sommes que les cobayes d'une expérience militaire.

Robin en rajouta une couche :

Ou les acteurs d'une émission de télé-réalité auxquels on a volontairement caché le fait qu'ils sont filmés vingt-quatre heures sur vingt-quatre. Juste pour tester leurs réactions face à des situations stressantes de ce genre. Si ça se trouve, comme vous dites, Alix a simulé sa mort et Alexandre sa disparition, parce qu'ils sont complices de la production.

— Pourquoi pas ? admit sérieusement Arno. C'est une possibilité. Comme nous pourrions aussi nous trouver sur la route d'un trafic de stupéfiants entre l'Italie et la Suisse. Parce que, finalement, la frontière n'est pas très loin d'ici.

— Tout de même à quinze kilomètres à vol d'oiseau au

bas mot, dit Ana qui espérait mettre un terme à cette escalade complotiste. Allons, messieurs, ce n'est pas très sérieux, tout ça. Nous sommes face à une situation inquiétante. Alix est morte, Alexandre a disparu et nous ne savons pas si Gaïa va réussir à rentrer avec le *snowcat*. Je pense que nous aurions bien mieux à faire que de nous écharper inutilement.

— Que suggérez-vous ? demanda Robin.

Les réflexes policiers d'Ana commençaient à reprendre le dessus. Elle répondit :

— Une fouille de la chambre d'Alexandre. Je serais assez curieuse de savoir qui est vraiment cet homme qui déteste les femmes.

26

Au volant de la voiture de service, Isaac avait quitté l'hôpital de Sion et attaqué la montée en direction de Nendaz. Recouverte d'une fine couche blanche tassée, la route était glissante. Les chasse-neige passaient sans relâche, le salage était inutile. Entre les villages de Baar et de Beuson, il croisa un car postal équipé de chaînes, derrière lequel une colonne de voitures s'était formée. Des touristes, belges et hollandais pour la plupart, écourtaient leur séjour à la montagne en raison des intempéries, préférant anticiper le long trajet qui les séparait de leur pays. La circulation était fortement ralentie, ils devraient prendre leur mal en patience jusque dans la vallée et même peut-être au-delà. La radio Rhône FM annonçait la fermeture de l'autoroute entre Sion et Martigny en raison d'un accident.

Isaac mit plus de quarante-cinq minutes pour rejoindre Siviez, le double du temps habituel. Le grand parking était désert, la voirie n'avait même pas pris la peine de le déneiger en totalité, c'était inutile. Le grand panneau n'affichait, en marge des noms des pistes, que des points rouges lumineux. Tout le domaine skiable des 4 Vallées était à l'arrêt, comme probablement la plupart des stations valaisannes.

À travers le rideau blanc, on devinait le télésiège de

Combatseline à l'arrêt et ses sièges chahutés par le vent. Siviez demeurait toutefois à l'abri des très fortes rafales qui soufflaient en haute altitude.

Isaac gara la voiture de service sous la passerelle des installations et se dirigea à pied vers les locaux techniques. À l'étage, de la lumière éclairait le bureau de Gaétan. Isaac passa par le hangar d'entretien des dameuses, franchit une porte de service et monta l'escalier.

Sans frapper, il entra dans le bureau. Gaétan était assis derrière ses ordinateurs et buvait un café. Il se retourna sur sa chaise pivotante, reconnut son ami et lui adressa un sourire fatigué.

— Salut Isaac. Qu'est-ce que tu fais ici?

— L'enquête sur la mort de Rachel Fournier n'est pas terminée, répondit le policier.

— J'imagine. T'es allé à l'autopsie?

— J'en sors.

— Et alors?

— C'est bien le Gazex qui l'a tuée.

Gaétan ne parut guère surpris, sauf peut-être par la froideur de son ami.

— On s'oriente vers la thèse de l'accident?

— Martina a pu fournir quelques réponses, mais pour le reste, l'enquête devra le déterminer. Et pour ça…

— Je sais. Il faudrait examiner l'installation, mais avec cette météo, impossible d'envoyer des techniciens là-haut.

— Ce ne sera pas très utile, à mon avis.

— Pourquoi?

— Parce qu'on part plutôt sur la thèse du suicide.

Gaétan ouvrit de grands yeux étonnés.

— Un suicide?

— Oui. Je sais ce que tu vas me dire. Rachel allait bien, un tel geste ne lui ressemble pas, *et cætera*. Il n'en demeure pas moins qu'elle consultait une psy.

— Bien sûr, depuis la mort de son mari. Mais c'était il

y a cinq ans. Et depuis, elle remontait la pente. Je ne suis pas psy, mais je dirais quand même qu'elle avait tourné la page.

— Peut-être. Mais il y a un truc que je ne comprends pas.

— Quoi ?

— Cette statuette de *Tschäggättä* et ce texte biblique. Je ne vois pas ce qu'ils faisaient là-haut, dans l'abri. Les techniciens de la SIJ ont retrouvé les empreintes de Rachel sur la feuille de papier. Et son ADN figurera très certainement sur la figurine, nous attendons les résultats. Ça ne peut signifier que deux choses : soit Rachel a amené elle-même et déposé ces objets dans l'abri avant de se suicider, soit elle les a trouvés là-haut à son arrivée, a retiré ses gants pour les manipuler, puis les a abandonnés sur place avant de retourner vers le Gazex. Je veux en avoir le cœur net.

— Que comptes-tu faire ?

— Il faut que je perquisitionne le domicile de Rachel Fournier.

Isaac retira sa veste et la suspendit à un crochet mural. Gaétan lui servit un café et remarqua que son ami le fixait étrangement. Ses yeux étaient injectés de sang.

— T'as une petite mine, dit-il. Mal dormi ?

— Pas dormi de la nuit.

— Pareil pour moi. Je n'ai pas arrêté de penser à Rachel, je n'arrivais pas à effacer de mon esprit l'image de son corps.

Menteur, pensa Isaac. *C'est l'image d'un autre corps qui te hantait : celui de ma femme.*

— T'as fait quoi, hier soir ? demanda-t-il.

— Je me suis fait à bouffer, mais j'ai rien avalé. Alors, je me suis posé devant la télé et j'ai somnolé sur le canapé toute la nuit.

Isaac fulminait intérieurement. Jusque-là, il avait réussi à garder son calme, mais avec son mensonge, Gaétan venait de réveiller le volcan qui sommeillait en lui. Isaac posa sa tasse de café sur la table, serra les poings, puis laissa exploser sa rage.

Gaétan ne vit rien venir, le poing d'Isaac s'écrasa sur son visage et le projeta contre les ordinateurs derrière lui. Un écran se renversa. Gaétan tomba sur le sol, à moitié sonné. Quand il reprit ses esprits, il porta une main à sa bouche et constata qu'il saignait. Sa mâchoire le faisait souffrir, Isaac avait dû lui fendre la lèvre inférieure. Peut-être même lui avait-il cassé une dent.

— Mais ça va pas! aboya Gaétan encore sous le choc. Qu'est-ce qui te prend?

Debout devant lui, les poings encore serrés, Isaac affichait le regard d'un chien enragé. Tous les muscles de son visage étaient tendus.

— Il se passe, aboya le policier, que tu te tapes ma femme!

— Non mais tu délires complètement, mon gars! cria Gaétan. Faut te faire soigner!

— Ah oui? Dans ce cas, explique-moi ce que tu faisais chez Sabine, cette nuit. Et pourquoi tu me mens effrontément en osant me regarder droit dans les yeux!

Gaétan accusa le coup, épongea le sang sur son visage d'un revers de la main, puis lâcha:

— D'accord, c'est vrai, je suis allé chez Sabine cette nuit. Mais c'est parce qu'elle m'a appelé en pleurs. Comme souvent depuis votre séparation. Tu sais qu'elle n'arrive pas à faire face. Elle est déchirée entre l'envie de te pardonner ton infidélité et l'idée qu'elle n'arrivera plus jamais à te faire confiance.

— Ça, c'est pas nouveau, répondit Isaac. Dans ce cas, pourquoi mentir? Je sais que tu as dormi à Grimisuat.

— Sur le canapé du salon, connard! Sur ce putain de canapé en cuir inconfortable, parce que Sabine et moi, nous avons descendu une bouteille de rouge, que ta femme n'allait vraiment pas bien et que j'avais peur de la laisser seule. Voilà l'explication! Tout ça parce que, depuis des semaines, j'essuie tes conneries! En plus, tes dernières réactions lui ont fichu la pétoche, elle ne te reconnaît plus.

Isaac flancha en entendant cette dernière phrase.

— Elle a toujours peur de moi? demanda-t-il, à moitié incrédule. Mais tu sais que jamais je ne lui ferais le moindre mal, je te l'ai dit.

— Du mal, tu lui en fais depuis des semaines.

— Pas physiquement, je voulais dire. De toute façon, elle refuse de me voir et de me parler.

— Il faut lui laisser du temps.

— Je sais…

Gaétan se releva et reprit, encore énervé:

— Je n'ai jamais couché avec Sabine. Ni cette nuit, ni avant. Jamais. Jamais je ne ferais ça à un pote et tu le sais. Pas même si votre séparation devait devenir définitive.

— Elle l'est.

— Tu n'en sais rien. Tu n'es pas dans la tête de Sabine. C'est très compliqué pour elle.

— Pour moi aussi.

— Mais c'est toi, le responsable de cette situation.

Isaac s'excusa de son geste et tendit un mouchoir à son ami. Puis il reprit:

— Mais pourquoi m'as-tu menti pour cette nuit?

— Parce que je trie, répondit Gaétan en épongeant sa lèvre blessée. Je trie sans cesse ce que je rapporte à l'un des propos de l'autre. Dans les deux sens. Parce que si certaines confidences que vous me faites me paraissent propices à une reconstruction de votre couple, d'autres ne sont dictées que par la tristesse, la colère ou la culpabilité. Et celles-ci sont inutilement blessantes. Voilà pourquoi! Alors c'est vrai, je n'aurais pas dû te mentir. Je l'ai fait parce que je savais que tu te ferais des films. Et ça n'a pas manqué, d'ailleurs. Il faut que tu t'ôtes de la tête, une bonne fois pour toutes, l'idée que Sabine puisse avoir un ou des amants, parce que je peux te jurer que ce n'est pas le cas. Elle t'aime et je sais qu'au fond de toi, quand tu arrives à lutter contre tes accès de paranoïa, tu en es conscient. Ceci dit, je ne te demande pas comment tu sais que je suis allé chez Sabine cette nuit.

C'était inutile. Gaétan avait bien compris. Isaac baissa la tête. Il se sentait très mal. Toute tentative de justification de sa part sur son comportement de la nuit serait tout simplement indéfendable, il le savait.

Gaétan s'absenta quelques minutes pour se rendre aux toilettes. Il examina sa blessure dans le miroir, constata que c'était assez bénin, mais qu'il conserverait probablement un hématome durant plusieurs jours. Quand il revint dans son bureau, il demanda à Isaac :

— Qu'espères-tu trouver au domicile de Rachel ?

— Je ne sais pas exactement. Peut-être d'autres statuettes de *Tschäggättä*.

— Je peux te dire que je n'ai jamais rien vu de tel chez elle.

— Alors, peut-être des feuilles de papier similaires à celle retrouvée, une plume qu'on pourrait rattacher à l'encre de la lettre, ou des échantillons d'écriture manuscrite pour une comparaison graphologique. N'importe quoi qui permettrait de la relier à ces deux objets.

— Je comprends. Le problème, c'est que ça va être très difficile, voire impossible, d'accéder au domicile de Rachel avec les conditions météorologiques actuelles.

— Pourquoi ?

— Parce qu'elle habitait au refuge du Grand Désert.

27

Dans sa chambre, Alexandre avait vu les yeux du Monstre. De petits yeux noirs comme des billes de jais. Des yeux sans vie qui l'avaient conforté dans son idée de quitter le refuge, qui lui avaient même ordonné de le faire au plus vite. Et Alexandre avait obéi au Monstre.

À l'insu des autres résidents cantonnés dans leur chambre jusqu'au déjeuner, et de la gardienne occupée en cuisine à préparer le repas, Alexandre avait revêtu sans bruit sa combinaison d'hiver et ses bottes, glissé son bonnet et sa capuche sur sa tête, puis enfilé ses gants. Il avait ouvert la porte du refuge le plus discrètement possible, le vent et la neige s'étaient engouffrés dans le vestibule durant quelques secondes, puis il avait refermé la porte derrière lui. Il était sûr que Gaïa n'y avait vu que du feu.

À l'extérieur, Alexandre n'avait eu qu'à suivre l'itinéraire dicté par le Monstre. Un itinéraire jalonné d'obstacles et de dangers potentiellement mortels, un parcours à l'aveugle qu'on ne pouvait effectuer sans guide, une épreuve qui requérait une force quasi surhumaine. Mais le Monstre l'accompagnait, il était sa boussole à travers le grand enfer blanc et lui procurait toute la force dont il avait besoin pour atteindre son but.

Luttant à chaque pas, Alexandre marchait dans la haute neige depuis une éternité. Toute notion de temps avait disparu. Avait-il quitté le refuge depuis une heure ? Deux heures ? Trois heures ? Il ne le savait pas et, à vrai dire, il s'en moquait. Seul le but comptait.

La notion d'espace n'existait plus. Tout était blanc. Le sol, le vide autour de lui et le ciel qu'on ne voyait pas. La neige, qui tombait sans discontinuer et que le vent balayait inlassablement, recouvrait jusqu'au vert foncé de ses vêtements. Silhouette blanche sur fond blanc, mimétisme presque parfait.

Les jambes d'Alexandre s'enfonçaient dans la poudreuse, il ne savait pas s'il était encore sur le chemin ou s'il l'avait quitté sans le vouloir, rien n'était balisé. Il ne parvenait pas à savoir s'il progressait sur du plat, dans une montée ou dans une pente. Aucun repère. Mais peu lui importait, il continuait de suivre les indications du Monstre, sans fléchir ni réfléchir.

Alexandre revivait des scènes de son enfance à Collonge-Bellerive. Une somptueuse demeure de maître au bord du lac, un grand parc arboré, une piscine, deux voitures de luxe. Dans un milieu si aisé, bénéficiant des revenus et de la fortune de son père, Alexandre aurait pu connaître une enfance heureuse… s'il n'y avait eu son père, justement. Un avocat renommé à Genève, mais aussi dans toute la Suisse romande et même en France voisine. Un pénaliste redoutable qui avait axé sa carrière pour défendre non pas la veuve et l'orphelin, mais les pires crapules. Des causes que bien de ses confrères auraient jugées indéfendables, ou à tout le moins perdues d'avance. Mais pas Georg Van Dijk, qui répétait à qui voulait l'entendre que n'importe quel être humain, quoi qu'il ait pu faire, même les atrocités les plus inavouables, méritait qu'un avocat lui consacre toute son énergie.

Sur le fond, Alexandre savait que son père avait raison. La profession d'avocat reposait sur ce principe universel, noble et indépendant de toute pression extérieure de la police, de la justice, du pouvoir politique, des médias et même de l'opinion du peuple. Alexandre aurait pu admirer son père, s'il n'avait eu deux visages.

Maître Georg Van Dijk dans le domaine public, avec son éloquence, son charisme et son aura de chevalier des causes perdues.

Et M. Georg Van Dijk dans le domaine privé, avec son arrogance, son côté tyrannique et sa haine des femmes, le mépris qu'il avait en particulier pour la sienne, qu'il avait trompée à de nombreuses reprises et qui avait préféré se laisser mourir de chagrin à petit feu plutôt que de prendre le risque de le quitter et de perdre tout le confort dont elle profitait depuis le mariage.

Maître Van Dijk et M. Van Dijk.

Dr Jekyll et M. Hyde.

Au milieu, un enfant unique, Alexandre. Son père l'avait éduqué selon ses préceptes, tant publics que privés. Mais dans les deux domaines, la femme devait rester à sa place. Le ménage, la cuisine et la lessive à la maison. La dactylographie et les cafés au bureau. Un enseignement de tous les jours, que Georg avait gravé dans le cerveau de son fils dès son plus jeune âge.

Avec du recul, Alexandre détestait son père pour cette éducation dont il n'avait su s'affranchir et il détestait sa mère qui n'avait pas osé se rebeller quand il était encore temps.

Mais cette double détestation, Alexandre n'avait jamais su l'exprimer du vivant de ses parents. Sa mère n'avait pas souhaité lutter contre la maladie quand il était adolescent et il avait vécu sa mort comme une trahison. Son père, quant à lui, avait été emporté par un infarctus après avoir un peu trop fêté une victoire improbable devant le tribunal. Nouvel abandon.

Et Alexandre avait reporté toute sa colère sur sa femme. Puis sur les femmes en général, et en dernier lieu sur l'experte psychiatre qui l'avait diagnostiqué dangereux et la juge qui l'avait condamné à se soigner. Mais on ne guérissait pas si facilement d'une telle éducation, qui avait forgé depuis l'enfance le caractère d'un homme de plus de quarante ans.

Alexandre poursuivait sa lente progression dans la haute neige, comme un robot, sans ressentir ni la fatigue de l'effort, pourtant au-dessus de ses capacités physiques, ni le froid qui commençait à transpercer ses vêtements. Parce que le Monstre continuait de lui transmettre cette énergie mentale venue d'ailleurs.

Au cœur du grand enfer blanc et des rafales de vent qui sifflaient à ses oreilles, Alexandre perçut un autre bruit. D'abord lointain, comme un vague ronronnement non identifiable. Peu à peu, le bruit s'intensifia et devint plus clair, celui d'un moteur diesel assez puissant. Quand Alexandre comprit qu'il s'agissait probablement du *snowcat* et que Gaïa ou un autre résident du refuge était à sa recherche, une petite voix résonna dans sa tête. Pour sa survie, le Monstre lui ordonna de se cacher.

Alexandre se coucha dans la poudreuse et ne bougea plus, espérant que la tempête effacerait rapidement ses traces. Il attendit dix bonnes minutes au jugé, jusqu'à ce que le ronronnement s'éloigne et disparaisse. Puis il se releva et se remit en marche, toujours dans la direction indiquée par le Monstre.

Le vent avait légèrement faibli, la visibilité semblait meilleure même s'il continuait de neiger. Alexandre longeait un itinéraire plat au bord d'une vaste étendue nivelée, probablement un lac de montagne recouvert d'une épaisse couche d'or blanc. Au bout du chemin, il devina dans le brouillard une construction en béton, qu'il identifia comme le barrage. Alexandre ne se souvenait pas des noms que Gaïa avait cités en montant au refuge.

Le Monstre le guida jusqu'au barrage, puis lui indiqua un chemin à travers une forêt de conifères. Partiellement à l'abri des arbres, le chemin devint un peu plus praticable. La poudreuse ne montait plus jusqu'à ses genoux quand il s'y enfonçait, elle n'atteignait plus que ses chevilles. La marche quasi robotique devint plus aisée et donc plus rapide.

Alexandre contourna le flanc de la montagne, avant que le sentier ne descende vers une sorte de combe. À travers la neige et le brouillard, il distinguait maintenant des rectangles foncés. Il identifia d'abord la forme allongée d'une bergerie ou d'une étable d'alpage, délaissée à cette saison. Puis des remontées mécaniques à l'arrêt. Pas celles de Siviez, il ne les reconnaissait pas.

Alexandre descendit jusqu'à cet endroit étrange, dont on aurait dit qu'il formait un cul-de-sac au milieu de nulle part. Le lieu était désert, pas âme qui vive dans les bâtiments ou aux alentours. Un téléphérique, une télécabine et un télésiège partaient dans des directions opposées, comme s'ils formaient une étoile à trois branches. Les câbles des deux premières installations grimpaient de manière assez abrupte et disparaissaient dans le brouillard vers les sommets. Le télésiège, lui, semblait plutôt longer un replat avant de descendre dans la combe.

Alexandre s'avança entre les stations de départ du téléphérique et de la télécabine, puis se dirigea vers la gare d'arrivée du télésiège. Il ne chercha pas à appeler du secours. Il n'y avait personne, mais surtout, la voix du Monstre lui recommandait la discrétion, comme si un danger invisible planait sur ce lieu à l'abandon.

Toujours mû par la force mentale que lui insufflait son mystérieux guide, Alexandre ne se rendait même pas compte qu'il était déshydraté et en état d'hypothermie. Durant toute sa marche et jusqu'au but qu'il avait le sentiment d'avoir presque atteint, il n'avait senti aucune alerte de son corps, pourtant en train de mourir.

Alexandre se rendit sous le toit en tôle de la gare d'arrivée du télésiège, ouvrit la porte de la cabine et, suivant les indications du Monstre, il mit en route l'installation. Un bruit électrique se produisit, suivi d'une sonnerie d'alarme. Alexandre ressortit et observa le mécanisme. Au-dessus de sa tête, la grande poulie jaune s'était mise à tourner, de plus en plus vite, entraînant le câble porteur et tracteur qui soutenait les sièges suspendus.

Dès cet instant, la logique aurait voulu qu'Alexandre monte sur un siège qui l'aurait emmené vers la station inférieure. Et peut-être vers son salut. Mais toute logique avait quitté Alexandre depuis que le Monstre avait pris possession de son esprit.

Au lieu de profiter de cette aubaine, Alexandre enleva mécaniquement ses gants, sortit son téléphone d'une poche de sa veste et consulta l'écran. Le réseau GSM était revenu, peut-être même depuis qu'il avait atteint le barrage, mais peu importait dans l'esprit d'Alexandre. Il avait reçu toute une série de messages, mais le Monstre lui fit comprendre que seul le dernier SMS comptait. Alexandre l'ouvrit et le lut.

Puis, gardant son téléphone dans sa main, toujours aux ordres du Monstre, il se dirigea de son pas robotique vers l'échelle métallique de maintenance qui grimpait vers la poulie du télésiège.

28

Dans le bureau de Gaétan, Isaac affichait une mine surprise.

— Rachel Fournier habitait au refuge du Grand Désert?

— Elle en était même la gardienne.

Isaac repensa à sa rencontre de la veille, sur le parking de Siviez, avec sa collègue genevoise Ana Bartomeu.

— À quoi sert exactement ce refuge? demanda-t-il.

La question étonna Gaétan.

— Eh bien, à héberger des randonneurs et des alpinistes, comme tout refuge de montagne. Un réfectoire, une cuisine, des chambres, une salle de bains, des W.-C. Un refuge, quoi. Tout ce qu'il y a de plus sommaire. Que veux-tu que je te dise d'autre?

— Hier matin, j'ai discuté avec une collègue de Genève. Elle m'a dit qu'elle était ici pour un stage de remise en forme, avec cinq ou six autres personnes, et que la gardienne du refuge du Grand Désert viendrait la chercher. Je l'ai vue partir avec une femme à bord d'un *snowcat.*

— Ça ne pouvait pas être Rachel.

— Bien sûr que non, elle était déjà morte.

— À quoi ressemblait la femme qui est venue chercher ta collègue?

— Aucune idée, je ne l'ai vue que de loin et de dos.
— Et le *snowcat*?
Isaac décrivit brièvement le véhicule à chenilles.
— Ça pourrait correspondre à celui de Rachel, dit Gaétan, mais elle ne l'utilisait pas souvent. Uniquement pour monter de la nourriture au refuge durant l'hiver. Je n'ai jamais entendu Rachel parler d'un quelconque stage de remise en forme. Mais il est vrai qu'elle ne me tenait pas systématiquement au courant de toutes ses activités.
Isaac réfléchit, puis lâcha:
— Il faut que je monte là-haut.
— Maintenant? s'étonna Gaétan. Mais avec cette tempête, c'est très dangereux.
— J'ai donc trois bonnes raisons d'y aller sans tarder.
— Lesquelles?
— Premièrement, perquisitionner le domicile de Rachel Fournier. Deuxièmement, élucider cette histoire de gardienne. Une petite voix me dit qu'Ana, ma collègue genevoise, et les autres participants à ce stage ne sont pas en sécurité, là-haut.
— Et la troisième raison?
Isaac sourit.
— Si je meurs, je ne souffrirai plus de la situation avec Sabine.
— Ridicule, pesta Gaétan. Et parfaitement égoïste de ta part. Si tu meurs, Sabine souffrira encore plus. Et moi aussi.
— Je suis égoïste, répondit Isaac. Je l'ai toujours été, tu me le dis assez souvent. Et Sabine aussi. Avant la mort d'Éléa, elle composait avec ça sans problème. Parce que nous nous aimions.
— Vous vous aimez toujours. Vous êtes juste deux parents ravagés par le décès de leur enfant que la douleur a éloignés l'un de l'autre, deux cœurs égarés qui n'attendent que le bon moment pour se retrouver. Laisse-lui du temps.

— Je sais. En attendant, file-moi les clés d'une dameuse ou d'une motoneige.

— Impossible, lâcha Gaétan. On a profité de la tempête pour procéder à la révision de tous les engins.

— Tous ?

— Tous ceux de Siviez, en tout cas. Il reste peut-être une ou deux motoneiges à Tortin, mais premièrement, il faudrait que tu y montes à pied, et deuxièmement, même si tu y arrives, jamais une motoneige ne te permettra de gagner le refuge du Grand Désert avec la masse de poudreuse qu'il a dû tomber là-haut. Tout au plus te conduira-t-elle jusqu'au barrage et au lac de Cleuson, mais pas au-delà.

— Je vais quand même tenter le coup, décida Isaac. Et tu vas m'aider à monter jusqu'à Tortin. Fais démarrer le télésiège.

— Avec ce vent ? Mais c'est de la folie.

— Fais-le, Gaétan ! J'assumerai en cas de pépin, j'oublierai ton mensonge de tout à l'heure et nous serons quittes.

Quand Isaac et Gaétan quittèrent le bureau pour rejoindre, par les couloirs, la station inférieure du télésiège de Tortin, ils entendirent d'abord le bruit lointain d'un moteur, puis constatèrent avec surprise que l'installation tournait. Gaétan se précipita vers un bouton d'arrêt d'urgence et le pressa.

— Qu'est-ce qui se passe ? demanda Isaac.

— Je ne sais pas, répondit Gaétan. Quelqu'un a mis en marche le télésiège, soit depuis ici, soit depuis là-haut. Mais dans les deux cas, ça n'a pas de sens. Pas avec cette tempête.

— Peut-être un dysfonctionnement électrique ?

— C'est peu probable. Toujours décidé ?

— Plus que jamais.

Gaétan donna à Isaac quelques consignes de sécurité, puis il fit redémarrer l'installation. Le policier s'assit au centre d'un siège quadriplace puis rabattit la barre de sécurité et la bulle de protection en plexiglas contre le vent. Le début de la montée fut assez calme, mais dès le premier replat, les rafales descendant de la plaine du Grand Désert et du barrage de Cleuson commencèrent à chahuter la nacelle. À chaque passage de pylône, Isaac espérait éviter un choc entre le siège et le mât, et que le câble ne déraille pas des galets, ce qui provoquerait, dans le meilleur des cas, une panne immédiate de l'installation.

À l'approche de la station intermédiaire, Isaac distingua sur sa droite le bistrot *La Tétine*. Un peu plus haut, le restaurant *Le Tipi*, une autre institution de Siviez, avait complètement disparu dans le brouillard. Sous le télésiège, la piste de Tortin ne ressemblait plus qu'à une plaine de poudreuse qui se confondait avec le reste du paysage.

Une voix perturba soudain le bruit du vent qui fouettait la coque en plexiglas.

Papa, je t'en supplie, aide-moi…

Papa, je t'aime…

Papa, j'ai peur…

Papa…

Le temps qu'il enlève ses gants pour prendre son téléphone dans la poche de sa veste et répondre à l'appel, Isaac ne put empêcher le hurlement d'Éléa, qui résonna dans la bulle. C'était Martina. Il décrocha.

— C'est quoi, ce boucan ? demanda la légiste.

— C'est rien, répondit le policier. Seulement le bruit du vent. T'as quelque chose pour moi ?

— Pas grand-chose, hélas. J'ai pu joindre la doctoresse Bertrand. Pas commode, celle-là. Elle persiste à se réfugier derrière le secret médical, même avec moi. Mais elle m'a quand même lâché une info. Le nom de jeune fille de Rachel Fournier est Charmoy, famille d'origine fribourgeoise, mais établie de longue date à Genève. Le père de Rachel était procureur à Genève à l'époque où sa fille s'est établie en Valais. Entre les lignes, j'ai cru comprendre qu'il y avait eu un problème au sein de la famille, mais j'ignore lequel. C'est tout pour le moment.

— OK, merci de l'info. Et merci d'avoir essayé.

Isaac raccrocha.

La nacelle parvint dans une zone moins turbulente, à l'abri de la combe de Tortin et des forêts avoisinantes. Elle passa la seconde station intermédiaire, puis fila sur le dernier tronçon plat en direction de l'arrivée.

La station supérieure du télésiège se situait en face du départ du téléphérique qui menait au col des Gentianes, au pied du glacier du Mont-Fort, secteur de Verbier. À l'approche de la gare, Isaac ouvrit la bulle et la barre de sécurité. Puis il descendit du siège. Comme convenu à son départ de Siviez, il envoya aussitôt un message à Gaétan, qui stoppa l'installation.

Isaac s'apprêtait à se rendre à l'endroit où Gaétan lui avait indiqué qu'il trouverait les motoneiges, quand son attention fut attirée par une masse sombre sur le sol, à la verticale de la poulie du télésiège. Il s'en approcha et constata avec effroi qu'il s'agissait d'un corps humain, dans une combinaison vert foncé. Le visage de l'homme était livide, ses lèvres bleutées. Sa bouche grande ouverte semblait encore crier la douleur de ses derniers instants. Ses yeux, grands ouverts eux aussi, fixaient le néant.

Mais le plus impressionnant se situait au bas du tronc. Les deux jambes avaient été coupées net à la moitié du fémur. Les membres sectionnés reposaient de part et d'autre du corps. Tout autour, des projections et des coulures de sang, absorbées par la neige. Instinctivement, Isaac leva les yeux et constata qu'une partie de la poulie jaune était, elle aussi, maculée de sang.

L'accident venait de se produire. Le corps et le sang étaient frais. La neige, que le vent emportait sous la gare d'arrivée, n'avait encore rien recouvert. De plus, l'installation avait été fermée toute la journée.

La durée ordinaire de la montée était de onze minutes, Gaétan le lui avait précisé avant le départ, mais elle avait peut-être pris un peu plus de temps, puisqu'en raison de la tempête, Gaétan n'avait pas réglé la vitesse à son maximum.

L'accident s'était donc produit quinze ou vingt minutes plus tôt. Et Isaac savait qu'il ne fallait guère plus de quelques minutes pour qu'un être humain se vide de ses cinq litres de sang et meure d'une hémorragie, surtout avec les deux artères fémorales sectionnées.

Un détail attira l'attention d'Isaac. L'homme tenait encore fermement dans sa main droite un téléphone, l'écran allumé. Isaac pensa qu'il avait voulu appeler les secours. Il s'agenouilla près du corps, décrispa les doigts du mort et prit l'appareil pour vérifier. À l'écran apparaissait non pas une tentative d'appel vers un numéro d'urgence, mais un SMS provenant d'un numéro masqué. Isaac le lut.

> *Dieu dit : Que les eaux qui sont au-dessous du ciel se rassemblent en un seul lieu, et que le sec paraisse. Et cela fut ainsi.*
>
> *Dieu appela le sec terre, et il appela l'amas des eaux mers. Dieu vit que cela était bon.*
>
> *Puis Dieu dit : Que la terre produise de la verdure, de l'herbe portant de la semence, des arbres fruitiers donnant du fruit selon leur espèce et ayant en eux leur semence sur la terre. Et cela fut ainsi.*
>
> *La terre produisit de la verdure, de l'herbe portant de la semence selon son espèce, et des arbres donnant du fruit et ayant en eux leur semence selon leur espèce. Dieu vit que cela était bon.*
>
> *Ainsi, il y eut un soir, et il y eut un matin : ce fut le troisième jour.*

Isaac se releva et téléphona à Martina. Il l'informa de la situation et lui demanda de prévenir en urgence ses collègues de la SIJ et le procureur, afin qu'ils montent au plus vite sur les lieux. Puis il pria la légiste de l'excuser un instant, mit l'appel en attente et s'appela lui-même avec le téléphone de la victime. Il mémorisa le numéro, reprit Martina en ligne et le lui communiqua.

— Qu'est-ce que je dois faire avec ce numéro ? demanda-t-elle.

— Transmets-le au procureur et demande-lui de faire une recherche d'appels rétroactifs. Comme ça, on pourra identifier le numéro de la personne qui a envoyé ce SMS.

— C'est noté. Je vais aussi monter à Tortin, mais aujourd'hui, il faut oublier l'hélico. Je vais venir en voiture avec la SIJ et le proc'. Tu nous attends sur place ?

Isaac leva les yeux vers la montagne. Ses plans n'avaient pas changé. La découverte de ce corps et de ce nouveau message venait plutôt de le conforter dans l'idée qu'il devait atteindre le refuge le plus vite possible.

29

Au refuge, Ana, Arno et Robin entreprirent de passer au peigne fin la chambre d'Alexandre. Dans l'armoire, ils trouvèrent ses vêtements et ses affaires de toilette.

— Il n'a même pas pris sa brosse à dents, constata Robin. C'est pourtant une des premières choses à laquelle je penserais.

— Ah bon ? dit Arno. Ce ne seraient pas tes médicaments ?

— C'est évident, monsieur Melly, répondit le Parisien. Mais comme vous avez pu le constater, nous n'en avons pas trouvé dans cette chambre.

— Peut-être parce que Alexandre n'en prend pas, fit remarquer Ana.

— Peut-être, reconnut le journaliste amateur. Ou alors, il les a emportés.

— J'en suis sûr, affirma Robin. Un homme de son âge ne peut pas vivre sans médicaments, ce n'est pas possible. Nous souffrons tous de maladies dues au vieillissement.

— M'est avis que toi plus que les autres, railla Arno.

— Veuillez garder vos commentaires désobligeants pour vous, monsieur Melly. Vu le stress quotidien dans lequel vous vivez à force d'imaginer des complots partout, il est clair que vous devez carburer aux antihypertenseurs.

— Absolument pas. Ce type de médicaments, tout comme ceux contre le cholestérol d'ailleurs, n'ont été inventés par l'industrie pharmaceutique que pour s'enrichir, c'est bien connu. Tout le système de santé est gangrené par la corruption, des médecins aux hôpitaux en passant par les pharmaciens. C'est pourquoi je préfère les médecines naturelles.

— De simples placebos, dit Ana.

— Des placebos qui feraient pourtant du bien à certains bobos, rigola Arno en désignant Robin.

Le Parisien ne sourit même pas à cette blague, qu'il estimait digne du caniveau.

Une autre découverte parmi les effets de toilette d'Alexandre étonna Ana : une série de verres de contact jetables *one day*. Probablement une des premières choses auxquelles un porteur de tels verres penserait à prendre avant de partir. Mais il était aussi possible, dans l'hypothèse qu'Alexandre comptait récupérer ses affaires ultérieurement ou organiser leur rapatriement, qu'il en ait pris une paire de rechange avec lui et dispose d'un stock suffisant à son domicile.

Ana poursuivit la fouille par le tiroir de la table de nuit. Selon son expérience, c'était là que, dans les chambres d'hôtel non munies d'un coffre-fort, la plupart des gens rangeaient leurs affaires les plus intimes.

Elle tomba sur une série de Kleenex usagés qu'elle n'osa pas toucher avec les mains. Sous les mouchoirs qu'elle poussa au fond du tiroir avec un stylo, elle ramassa une fine liasse de feuilles agrafées.

C'était une copie du rapport d'expertise psychiatrique de la doctoresse Urielle Candaux, adressé au tribunal de police de Genève. Le fameux rapport dont Alexandre lui avait parlé, en lien avec sa condamnation pour violences conjugales. Sur la première page, le nom de la psychiatre était entouré au feutre rouge, avec une mention manuscrite : *grosse pute*. Rien de très surprenant.

Soudain, Arno annonça :

— Hé, vous autres, regardez ce drôle de truc.

Ana et Robin se tournèrent. Arno tenait une statuette en bois, assez similaire à la figurine de carnaval qu'Ana avait découverte dans la chambre d'Alix.

— Où as-tu trouvé ça ? demanda-t-elle.

— Sous le lit. J'imagine qu'elle était là depuis un moment.

— Ou qu'Alexandre l'a lâchée et qu'elle y a glissé. Est-ce que vous avez aussi des statuettes comme ça dans vos chambres ?

— Rien vu de tel, répondit Robin.

— Moi non plus, confirma Arno.

— Donne-la-moi, dit Ana.

— Qu'est-ce que tu vas en faire ?

— Je vais la montrer à Gaïa, quand elle reviendra. J'ai retrouvé plus ou moins la même figurine dans la chambre d'Alix cette nuit. Est-ce que vous avez aussi trouvé un texte manuscrit avec une citation de la Bible ?

Robin et Arno répondirent par la négative. Le journaliste amateur ajouta :

— Moi, tous ces crucifix au mur, ça me fout la chair de poule. Je ne supporte pas ces bondieuseries. L'Église catholique n'est rien d'autre qu'une secte avec des assises plus solides que d'autres. C'est pour ça qu'elle a résisté à travers les siècles. Mais comme toutes les autres sectes, elle ne prêche que des mensonges inventés par certains hommes pour assouvir leur domination sur les autres. Un monde parfait, ce serait un monde sans religion.

— Pourtant, fit remarquer Ana, croire en l'invisible peut parfois sauver de la morosité et de la dépression.

— Sauf si c'est au détriment de ton libre arbitre et de ton porte-monnaie. Là est tout le problème.

Quand ils eurent fini de passer la chambre d'Alexandre au peigne fin, Ana, Arno et Robin descendirent au rez-de-chaussée. Ana emmena les deux autres dans le bureau de Gaïa. Elle prit le téléphone fixe et demanda :

— L'un d'entre vous se souvient du code de la remise ?

— 242332, répondit Arno. Je ne suis pas près de l'oublier. Depuis ce matin, j'essaie de comprendre la logique de ce code.

— Il n'y a pas forcément de logique, dit Ana. Plus un code est aléatoire, plus il est difficile à craquer.

— Dans ce cas, intervint Robin, comment expliquez-vous que Mme Jordan ait réussi ?

— Nous ne sommes sûrs de rien.

Ana essaya le code sur le clavier du téléphone, l'écran confirma le déverrouillage. Elle colla le combiné à son oreille, mais constata qu'il n'y avait aucune tonalité.

— Qu'est-ce qu'on fait ? demanda Arno.

Ana était sur le point de lui répondre qu'elle n'en savait rien, quand ils entendirent un bruit de moteur. Ils se précipitèrent tous les trois vers la porte d'entrée du refuge et l'ouvrirent, au moment où le *snowcat* s'arrêtait à quelques mètres d'eux.

Gaïa descendit de l'engin et les rejoignit.

— T'as trouvé Alexandre ? demanda Ana.

— Non, répondit la gardienne. J'ai pu suivre ses traces jusqu'au lac du Grand Désert, puis plus rien. Le moteur a commencé à faire des claquements, probablement un problème de pression ou d'huile, donc j'ai préféré faire demi-tour. Pour Alexandre, je crains le pire. Il est quasiment impossible qu'il ait pu rejoindre une zone habitée dans cette tempête.

La gardienne et les trois résidents se réunirent dans le réfectoire. Ana déposa sur la table les deux statuettes, le texte biblique et le dossier judiciaire de Samuel Jordan.

— Qu'est-ce que c'est ? demanda Gaïa d'un air intrigué.

— Des objets et des documents assez étranges que nous avons retrouvés dans les chambres d'Alix et d'Alexandre.

— Ça ne me dit rien.
— Tu n'as pas fouillé leurs affaires à leur arrivée ?
— Bien sûr que si, mais je ne me suis pas intéressée à des feuilles de papier.
— Et les statuettes ?
Gaïa les regarda l'une après l'autre, constata qu'elles n'étaient pas tout à fait pareilles, et répondit :
— Je ne les ai jamais vues. On dirait des reproductions de *Tschäggättä*.
— Des quoi ?
— *Tschäggättä*. Tous les Valaisans connaissent ça. Des figures de carnaval. La plupart du temps, elles symbolisent le Mal.
— J'en étais sûr, intervint Arno. Des poupées vaudoues.
— Sauf que nous ne sommes ni en Afrique, ni aux Caraïbes, fit remarquer Gaïa. On ne lance pas des sorts avec des figurines de *Tschäggättä*.
— Tu ne les as jamais vues ailleurs dans le refuge ? demanda Ana.
— Je peux t'assurer que non.
— Et ce texte ?
Ana tendit à Gaïa le texte biblique qui accompagnait la statuette dans la chambre d'Alix. La gardienne le lut, puis répondit :
— Ce sont les premiers versets de la Genèse, l'histoire de la création du monde par Dieu. Mais je ne vois pas non plus ce que ça fait ici. Je te l'ai dit : j'ai été élevée dans la tradition catholique, mais je ne suis pas croyante pour autant.
— Avant mon arrivée ici, qui d'entre vous a évoqué en premier la légende du Monstre du Valais ? demanda Ana.
— Je ne sais plus, répondit Gaïa.
— La nuit dernière, Alix m'a dit que c'était un des trois hommes.
— Peut-être Alexandre, répondit Robin. En tout cas, ce n'était pas moi. Je ne connaissais pas cette légende.

— Ni moi, répondit Arno. J'en avais entendu parler lors de mes recherches journalistiques, mais je n'ai jamais écrit d'article à ce sujet. Et ce n'est pas moi qui suis venu en premier sur le sujet hier matin.

— Admettons, conclut Ana. Passons donc à ça.

Elle poussa devant la gardienne le dossier de Samuel Jordan.

— Qu'est-ce que c'est? demanda Gaïa.

— Un vieux dossier judiciaire genevois, en lien avec la secte de l'Ordre du Temple solaire. Ne me réponds pas que ça ne te dit rien. Tout le monde se souvient de cette affaire qui a secoué la Suisse en 1994. Les Valaisans d'autant plus, avec le massacre de Salvan.

— Bien sûr que je me rappelle ces atrocités, se défendit la gardienne. Mais je ne vois pas ce que ça fait ici, dans ce refuge.

— Ce dossier concerne le père d'Alix.

Ana pointa le nom du prévenu sur la première page du jugement. À ce moment-là, un détail lui sauta aux yeux, un détail auquel elle n'avait prêté aucune attention jusque-là. Parce que personne, dans le monde policier ou judiciaire, ne lisait généralement la première page d'un jugement. Ou du moins pas attentivement.

Sur la première page étaient indiqués les noms des parties et de leurs avocats. Sous le nom en évidence du prévenu Samuel Jordan, on pouvait lire, entre parenthèses et en plus petits caractères: *représenté par Me Georg Van Dijk, avocat à Genève.*

30

Genève, avril 2001

Au palais de justice du Bourg-de-Four, une ambiance pesante régnait dans la salle d'audience de la cour d'assises. Les douze jurés avaient emmagasiné tous les détails sordides de l'énergie criminelle déployée par les gourous de la secte. Mais ils restaient surtout marqués par la description de l'assassinat du bébé de trois mois commis à Morin-Heights.

Le juge passa la parole au procureur Noël Charmoy qui posa quelques questions au prévenu en lien avec les évènements du Vercors et les faits de l'acte d'accusation. Puis vint le tour de l'avocat de la défense.

Maître Georg Van Dijk remercia brièvement le président du tribunal, ajusta ses lunettes sur son nez et fit mine de lire une page du volumineux dossier étalé devant lui. Puis il releva la tête et regarda son client assis devant lui :

— Monsieur Jordan, comment vivez-vous votre détention préventive ?

— Très mal, même si depuis mon arrestation, j'ai trouvé la force de m'y habituer et de me faire une raison.

— Pour que la cour comprenne bien, pourriez-vous

résumer, en quelques mots, ces dix-huit mois passés à la prison de Champ-Dollon ?

— Les trois premiers ont été les plus difficiles, parce que j'étais à l'isolement. Je ne voyais que des gardiens, aux heures des repas, de la douche et de la promenade. Je n'avais droit à aucun coup de téléphone, aucune visite hormis celles de mon avocat. Les contacts avec ma femme et ma fille se limitaient à des échanges de lettres manuscrites qui parvenaient à leurs destinataires, dans un sens comme dans l'autre, avec plusieurs jours de retard, parce que tous les écrits devaient préalablement passer par la censure du juge d'instruction.

— Durant ces trois mois, vous vous êtes beaucoup écrit, avec votre femme. Et avec votre fille ?

— Un peu moins. Alix n'avait que treize ans quand j'ai été arrêté. Ça a été un choc pour elle. Aujourd'hui, elle vient d'avoir quinze ans et je n'ai pas pu fêter ses deux derniers anniversaires en famille.

— Comment va-t-elle ?

— Très mal.

— Pourriez-vous être plus précis ?

— Comme j'ai perdu mon emploi d'agent de sécurité et que je suis détenu, je n'ai droit ni au chômage, ni à l'aide sociale. Mon épouse a dû reprendre un emploi à temps plein pour faire face aux factures qui s'accumulaient et aux autres dépenses du ménage. Notre bailleur menaçait de résilier le contrat de location de notre appartement de Plan-les-Ouates, parce que le loyer n'était plus payé en temps et en heure. Ma femme et ma fille ont failli se retrouver à la rue. Durant cette période de stress intense, Alix a dû se sentir complètement abandonnée par ses parents.

— Comment a-t-elle réagi ?

— Très rapidement, ses notes ont chuté. Puis ma femme a été convoquée plusieurs fois par la direction de l'école pour des histoires de bagarres entre élèves et Alix a finalement été mise à pied. Ma fille s'est mise à sortir de plus en plus souvent en ville, la journée et le soir. Au début, elle faisait ça en cachette. Ma femme a fini par s'en rendre compte et a voulu lui imposer des limites, mais Alix s'est rebellée contre sa mère. Elle ne lui obéit plus. Il y a un an, ma femme l'a surprise en train de fumer du cannabis dans sa chambre. Et tout récemment, la brigade des stupéfiants a débarqué à la maison. Ma femme pensait que c'était encore une histoire de fumette, mais les Stups ont embarqué Alix pour trafic de cocaïne. J'ai appris tout récemment qu'elle devrait passer prochainement devant le juge des mineurs.

— Avez-vous pu parler de cette situation avec votre fille ?

— Depuis que le juge d'instruction a accordé des droits de visite à mes proches, je n'ai vu Alix que cinq ou six fois, quand sa mère parvenait à la convaincre au forceps de l'accompagner à Champ-Dollon. Mais tout dialogue avec Alix est devenu impossible, elle ne m'écoute pas, pas plus qu'elle n'écoute ma femme. J'imagine que ma fille se dit que, comme j'ai commis des crimes graves, elle n'a aucune leçon à recevoir de moi.

Maître Van Dijk marqua une courte pause, puis demanda sur un ton solennel, comme pour attirer l'attention des jurés :

— Monsieur Jordan, avez-vous commis des crimes graves ?

— Non, répondit Samuel. Même si tout le monde le pense, je n'ai commis aucun crime.

— Hormis votre fille, à qui faites-vous allusion en disant « tout le monde » ? Car votre affaire n'a jamais été rendue publique…

— La police, le juge d'instruction et le procureur. Les gardiens de Champ-Dollon aussi. Et tous mes codétenus. Ces derniers me regardent comme un pestiféré, parce que je suis considéré comme un membre d'une secte qui a assassiné des enfants. En prison, je ne suis pas différent de ce qu'on appelle un pointeur, même si je n'ai jamais violé personne. En plus, certains détenus ont appris que je suis un ancien policier et l'info a circulé. Imaginez le cumul ! Les gardiens ont dû plusieurs fois prendre des mesures pour protéger ma vie.

— Étiez-vous membre de l'OTS ?

— Non. Comme je l'ai dit tout au long de l'instruction et encore répété au début de cette audience, je n'étais qu'un sympathisant du mouvement.

— Par amitié pour vos anciens collègues, Jean-Pierre Lardanchet et Patrick Rostan ?

— C'est exact. Ce sont eux qui m'ont présenté Jo Di Mambro et Luc Jouret. J'ai participé à quelques séances de l'Ordre, mais je n'ai jamais été vraiment convaincu par les discours des grands maîtres. Et, au bout du compte, j'ai gardé mes distances.

— Dans ce cas, comment connaissez-vous tous les détails de ce qui s'est passé ?

— Pour ce qui est de la genèse de l'Ordre, depuis la création de la fraternité dans les années 1970, ce sont surtout Jean-Pierre et Patrick qui m'ont tout raconté.

— Dans le dossier, il est question d'écoutes téléphoniques des membres de l'OTS par les gourous de la secte. Vos amis policiers ou vous-même avez-vous contribué à rendre ces surveillances techniques possibles ?

— Moi, en aucun cas. En revanche, je ne peux pas me prononcer en ce qui concerne Jean-Pierre et Patrick.

— On sait aujourd'hui que ce sont vos anciens collègues qui, dans la nuit du 15 au 16 décembre 1995, ont apporté dans le Vercors les armes qui ont servi à abattre quatorze membres de l'OTS, dont trois enfants de deux, quatre et six ans, puis au suicide des deux meurtriers, Jean-Pierre Lardanchet et André Friedli. Étiez-vous présent, cette nuit-là, au moment des faits, dans la forêt des Coulmes au-dessus de Saint-Pierre-de-Chérennes, dans l'Isère ?

— Pas du tout. Comme je l'ai expliqué aux enquêteurs, cette nuit-là, je suis allé faire un long tour en voiture.

Seul, parce que je venais de me disputer avec ma femme. Cette dernière l'a confirmé à la police, mais je n'ai aucun alibi solide. Aucun témoin ne m'a vu et, à cette époque, je n'avais, hélas, pas encore de téléphone portable dont la localisation, même *a posteriori*, aurait pu prouver mes déclarations.

Tout en s'adressant à son client, mais en regardant les jurés de manière insistante, Maître Van Dijk rappela :

— C'est à la justice de prouver la culpabilité d'un prévenu, non à celui-ci d'apporter la preuve de son innocence.

Puis l'avocat reprit :

— L'acte d'accusation vous reproche, je cite, *« d'avoir, au moyen d'un lance-flammes, brûlé l'ensemble des corps avant de quitter les lieux en compagnie d'un autre complice non identifié »*. Comment vous déterminez-vous à ce sujet ?

— C'est parfaitement ridicule. Je conteste évidemment ces faits. Je n'ai jamais détenu ni manipulé de lance-flammes de ma vie. Et de toute façon, le dossier du juge d'instruction français contredit cette version des faits. Ce sont les familles de certaines victimes du Vercors qui tentent d'y faire croire.

— Dans ce cas, monsieur Jordan, comment expliquez-vous que le rapport d'expertise psychiatrique du docteur Hubert de Candolle, qui vous a examiné sur mandat de la justice suisse, indique que vous lui auriez fait des aveux, lors d'un entretien à la prison de Champ-Dollon ?

— Ce rapport est mensonger.

— Et nous entendrons tout à l'heure un témoin à ce sujet, rappela l'avocat à la cour, avant de demander à son client : monsieur Jordan, êtes-vous déjà allé au Québec ?

— Jamais de ma vie. Concernant l'élimination des traîtres à Morin-Heights, je tiens ce récit de la bouche de Jean-Pierre et de Patrick.

— Et en Suisse ?

— J'y suis venu plusieurs fois.

— Je veux dire, avant votre déménagement à Plan-les-Ouates à la fin des années 1990 ?

— Oui, évidemment. J'ai notamment assisté à des séances dans le sanctuaire de la Fondation Golden Way à Saconnex-d'Arve. Et à ces apparitions truquées auxquelles Jo Di Mambro a essayé de faire croire.

— Et qu'en est-il de Cheiry et Salvan ?

31

Cheiry et Salvan, nuit du 4 au 5 octobre 1994

Cette nuit-là, Pierre, chef de la police de sûreté fribourgeoise, était l'officier de service. Quand son téléphone sonna vers minuit et demi, il ignorait qu'il allait affronter l'enquête d'une vie. On l'informa qu'une ferme, La Rochette, était en feu sur les hauteurs de Cheiry, un petit village de la Broye, et que les pompiers avaient découvert le cadavre du propriétaire.

Pierre se rendit immédiatement sur les lieux en voiture et retrouva ses hommes sur place. Grâce à l'intervention rapide des hommes du feu, l'incendie était contenu sur une partie de la ferme. Avec les pompiers, ils effectuèrent un premier constat: celui de la présence d'un corps sans vie, retrouvé dans un lit, une balle dans le crâne et un sac-poubelle sur la tête. Ils comprirent tout de suite qu'ils se trouvaient face à une scène inhabituelle.

— Il était seul à vivre ici? demanda le chef de la sûreté.

— D'après nos informations, répondit un inspecteur, cette ferme abritait régulièrement trois à quatre personnes, selon les jours. Et, chose surprenante, nous n'avons pas retrouvé le véhicule du propriétaire aux abords de la ferme.

Une partie de la nuit fut consacrée à l'extinction du sinistre et à la sécurisation des lieux par les hommes du feu, tandis que la police regroupait toutes les informations qu'elle pouvait trouver au sujet du propriétaire et des autres résidents des lieux. Les recherches alentour ne donnèrent toutefois aucun résultat.

Vers 5 heures du matin, avec l'aide des pompiers qui fracturèrent la porte d'un garage situé à une extrémité du bâtiment, la police cantonale fribourgeoise put enfin accéder aux sous-sols de la ferme. Pierre et ses hommes pénétrèrent dans une pièce plongée dans l'obscurité, à l'atmosphère rendue étouffante par la fumée en suspension, l'eau de l'intervention qui suintait du plafond et l'odeur âcre de l'incendie qui envahissait les lieux. Au moyen de lampes de poche, ils éclairèrent ce qui ressemblait à un local de réunion, avec des murs recouverts de lattes en bois clair et tapissés de rouge en hauteur, des chaises pliables en plastique blanc disposées en cercle, la photo du Christ, une bible, une rose argentée posée sur un pupitre blanc et de grands miroirs. Dans la partie gauche du local, un bar et une cuisine, avec les restes d'un gâteau entamé. Dans la partie droite, des taches de sang, une paire de lunettes cassées et un soulier féminin. Accrochée au mur, une cape dorée.

— Y a-t-il d'autres accès au sous-sol? demanda Pierre aux pompiers.

— Nous n'en avons pas trouvé, répondit le chef d'intervention.

Pierre tâta le lambris et lâcha:

— Quelque chose ne colle pas...

Il fit remarquer à ses hommes que le local, qui ne mesurait que six ou sept mètres de large, ne couvrait qu'une infime partie de la surface au sol de la ferme. Il se mit alors à sonder les murs en les frappant, d'abord avec le plat de la main, puis avec le poing, jusqu'à ce que ça sonne creux. À la lueur des lampes de poche, on devinait à peine les contours d'une porte dans le lambris, mais elle était verrouillée. Pierre donna plusieurs coups d'épaule, le bois craqua, la porte s'ouvrit brusquement, déséquilibrant le policier. Il faillit tomber en avant, se rattrapa *in extremis* et fit quelques pas dans un petit couloir. Celui-ci menait à une autre pièce et à une scène dont le policier se souviendrait toute sa vie, une scène « sortant de l'ordinaire, à la fois terrible et incompréhensible », dirait-il plus tard.

— Ils sont tous là..., murmura-t-il à l'intention de ses hommes qui l'avaient suivi.

Sauf que ceux qu'ils cherchaient n'étaient pas trois ou quatre. Sur le sol recouvert d'un tapis rouge reposaient plus d'une vingtaine de cadavres.

La plupart d'entre eux portaient une tenue de cérémonie, cape blanche, noire ou dorée selon le degré d'initiation de chaque membre. Certains étaient ligotés avec de la ficelle au niveau des chevilles et des poignets. D'autres couchés sur le dos, les mains jointes sur l'abdomen, comme s'ils s'étaient endormis paisiblement. On aurait presque pu y croire, s'il n'y avait eu les traces de suie et de brûlures dues à l'incendie, ni surtout ces sacs-poubelle sur chaque visage et, au-dessous, des crânes éclatés en raison des impacts de balles. Jusqu'à neuf projectiles dans la tête selon les victimes.

— Tout le monde sort, ordonna Pierre. On boucle et on appelle la Scientifique.

Le chef de la Sûreté avait déjà vu des scènes de crime avec un ou plusieurs cadavres. Mais plus d'une vingtaine, ça dépassait l'entendement. Il fit immédiatement appel au juge d'instruction de permanence.

Prise au dépourvu face au caractère exceptionnel et à l'ampleur de la situation, la police cantonale fribourgeoise installa son PC opérationnel dans un abri de protection civile au cœur du village de Cheiry et s'adjoignit le concours d'un historien spécialiste des sectes. Jusqu'à la découverte du 5 octobre au petit matin, aucune information n'avait circulé sur la présence d'un tel mouvement dans la région.

Vers 9 heures du matin, Pierre reçut un appel téléphonique de son homologue valaisan. Il apprit que, parallèlement au départ de feu à Cheiry, un autre drame similaire s'était produit à cent soixante kilomètres de là, au lieu-dit Le Fond du Ban, aux Granges-sur-Salvan, en Valais. Salvan était une petite station de mille deux cents habitants. Sur une route de montagne en bordure de forêt, deux chalets venaient de partir en fumée. L'un appartenait à Joseph Di Mambro, l'autre à Luc Jouret, un médecin homéopathe connu dans le village pour sa gentillesse. Pierre n'en avait jamais entendu parler. Comme à Cheiry, les chalets étaient fermés de l'intérieur et le feu s'était déclenché grâce à un système d'allumage automatique à retardement, réglé sur 2 heures 58 du matin.

— Dans les deux chalets, annonça le policier valaisan, nous avons retrouvé vingt-cinq cadavres, hommes, femmes et enfants, alignés sur des lits. Ils ne portaient pas de traces de mort violente, comme s'ils s'étaient endormis avant l'incendie.

— On sait qui sont ces gens ? demanda Pierre.

— L'Ordre du Temple solaire.

Le policier fribourgeois n'en avait jamais entendu parler, son homologue lui résuma ce qu'il savait de cette secte. Il avait entendu une interview de Luc Jouret à la Radio suisse romande. Il ajouta que parmi les victimes de Salvan figurait Emmanuelle, l'enfant cosmique, la fille de Jo Di Mambro et de Dominique. Au-dessus de sa tête, épinglé contre le bois, la police valaisanne avait retrouvé un dessin de comète sur une feuille de papier, accompagné d'un texte calligraphié avec soin, d'une écriture enfantine : *À notre maître qui nous guide, pas à pas, sur le grand chemin, vers la lumière éternelle.*

À Cheiry, les policiers fribourgeois perquisitionnèrent

la ferme et se livrèrent parallèlement à la recherche de renseignements, mais à l'époque, il n'y avait ni Google, ni Internet. Ils trouvèrent de nombreux documents, livres et cassettes vidéo qui avaient échappé aux flammes. Comme à Salvan, le bâtiment avait été incendié à l'aide d'un système d'allumage automatique à retardement, mais par chance, celui-ci n'avait pas fonctionné correctement.

À la première lecture, la plupart des documents étaient difficilement compréhensibles pour des non-initiés. L'expert des sectes apporta son précieux concours et expliqua, par exemple, que sur certains documents comportant l'abréviation FARC, camouflée sous l'explication « Ferme agricole de recherche et de culture », il fallait en réalité comprendre « Frères aînés de la Rose-Croix », en lien avec la confrérie secrète d'un ordre templier.

Au final, à Cheiry, les enquêteurs fribourgeois dénombrèrent vingt-trois victimes, dont vingt tuées par balles et trois étouffées avec un sac en plastique. Vingt-deux présentaient des traces de flunitrazépam dans le sang, tandis qu'une autre avait ingéré de la théobromine. À Salvan, les analyses sanguines avaient révélé qu'on avait administré aux victimes ou qu'elles s'étaient elles-mêmes injecté un poison à base de curare, d'opioïdes et de benzodiazépines.

Parmi les victimes de Cheiry figurait Camille Pilet, haut dignitaire et bailleur de fonds de l'OTS, copropriétaire avec Luc Jouret d'une des deux villas de Morin-Heights. En raison du décalage horaire, les massacres de Cheiry et Salvan n'étaient survenus que quelques heures à peine après la découverte des crimes perpétrés au Québec.

Dès l'annonce des évènements de Cheiry et Salvan, des centaines de journalistes du monde entier envahirent les deux petites communes helvétiques. Non seulement l'affaire présentait un caractère exceptionnel, mais de plus les victimes étaient canadiennes, suisses, françaises et belges.

Les autorités pénales organisèrent des conférences de presse pour tenir les médias informés de l'avancement des investigations.

Dans les journaux, à la radio et à la télévision, on parla d'abord de suicides collectifs, puis de meurtres collectifs. Les journalistes mentionnaient une sorte de folie et d'hystérie collective. Dans les gros titres, on lisait *« l'horreur en Suisse »*, ce petit pays d'ordinaire si calme et si propre.

Le lendemain, environ trois cents personnes, membres de l'Ordre, journalistes et politiciens, reçurent par la poste un manifeste de l'OTS intitulé *Transit pour le futur*, parfois accompagné d'une cassette vidéo explicative. Pour la première fois, grâce à ces documents que les autorités considérèrent comme le testament de la secte, on entendit parler de Sirius.

Et des questions commencèrent à fleurir sur toutes les lèvres : les deux gourous de la secte, Jo Di Mambro et Luc Jouret, faisaient-ils partie des victimes ? Ou étaient-ils encore vivants et en fuite ? On se demandait également si, derrière cet apparent choix de mourir pour sauver l'humanité grâce au transit vers une étoile, il n'y aurait pas en réalité des raisons crapuleuses. Dans cette hypothèse, qui seraient les réels commanditaires de ces meurtres collectifs maquillés en suicides ?

La voiture de Jo Di Mambro fut retrouvée à proximité des chalets de Salvan. Dans l'habitacle, plusieurs documents et, griffonné sur un bout de papier, le numéro de téléphone français du célèbre chef d'orchestre Michel Tabachnik. Ce dernier apparaissait dans de nombreuses vidéos retrouvées par les enquêteurs. On l'y voyait, revêtu d'une cape dorée, celle des grands maîtres, tenir des conférences face aux membres de l'Ordre. La fameuse cape qu'on avait retrouvée, pendue au mur, dans le sanctuaire de Cheiry.

Au moment des évènements de Cheiry et Salvan, Michel Tabachnik dirigeait un concert à Copenhague. Le lendemain, il quitta le Danemark pour la Suisse, et livra spontanément son témoignage aux autorités helvétiques. Durant trois jours, il fut interrogé par le juge d'instruction fribourgeois et tenta de minimiser son implication dans l'OTS tout en la reconnaissant. Concernant la présence de sa cape à Cheiry, il expliqua qu'on avait probablement dû la lui subtiliser au terme d'une conférence.

Parmi les premiers témoins entendus figuraient aussi d'autres membres actuels ou anciens de l'OTS. Certains déclarèrent ouvertement à la police que leurs frères avaient simplement quitté le plan physique pour rejoindre un plan spirituel où ils allaient poursuivre la mission, affirmant qu'eux-mêmes continueraient de soutenir l'enseignement de l'Ordre, et qu'ils regrettaient amèrement de ne pas avoir été choisis pour le transit vers Sirius.

D'autres se montrèrent beaucoup plus nuancés, apportant un nouvel éclairage sur les faits de Morin-Heights, Cheiry et Salvan. L'un d'eux déclara qu'il avait été convoqué par Jo Di Mambro le 4 octobre, avec la promesse que l'argent qu'on lui devait lui serait remboursé ce jour-là. Cette information était corroborée par des enregistrements téléphoniques retrouvés par la police fribourgeoise dans la ferme de Cheiry. Pressentant un danger, cet ancien membre de la secte avait finalement renoncé à se déplacer. Il était aujourd'hui intimement convaincu que cette convocation était en fait un piège visant à l'éliminer, lui et d'autres, afin d'atteindre le nombre de cinquante-quatre victimes, en référence aux cinquante-quatre chevaliers de l'Ordre du Temple exécutés sur un bûcher le 18 mars 1314, sous le règne de Philippe IV le Bel.

Corroboré par d'autres pièces du dossier, ce témoignage conduisit les enquêteurs à penser que, peut-être, Michel Tabachnik n'était pas impliqué dans les évènements de Cheiry et Salvan, mais l'avait plutôt échappé belle. En effet, tout laissait penser que Jo Di Mambro avait inscrit son nom sur la liste des victimes, mais que le chef d'orchestre avait finalement été sauvé par son emploi du temps extrêmement chargé.

Jo Di Mambro cherchait à impliquer dans le transit vers Sirius des témoins qu'il préférait ne pas laisser derrière lui sur la Terre, parce qu'ils auraient pu apporter un éclairage sur les aspects plus problématiques de l'Ordre. Le gourou tenait à laisser derrière lui une véritable légende, dont il tissait les fils depuis de nombreux mois. Après l'élimination des traîtres à Morin-Heights, son plan était de se débarrasser de certains adeptes qu'il considérait comme des contestataires, notamment parce qu'ils voulaient se faire rembourser une partie de l'argent investi dans l'Ordre. À ceux-ci, il avait donné rendez-vous à Cheiry, où ils avaient été exécutés par Luc Jouret et Joël, un des tueurs de Morin-Heights à peine rentré du Québec.

Une fois leur sale besogne exécutée à Cheiry, Luc et Joël avaient regagné Salvan pour la phase finale du plan de Jo. À Salvan, les membres de la secte étaient consentants, ils savaient vers quoi ils se dirigeaient, convaincus de partir pour une autre dimension. Une victime toutefois avait certainement dû être emportée à son insu : Élie Di Mambro, le fils de Jo, qui avait dénoncé les malversations financières et les trucages techniques de son père lors des cérémonies. Mais pour Jo, avoir le droit de vie ou de mort sur les gens ne posait aucun problème. Dans la dimension où il se trouvait, il était au service des Maîtres de l'invisible et prendre la vie de quelqu'un n'était pas un crime, puisqu'il le faisait pour l'emmener avec lui sur un plan supérieur.

La Suisse venait d'être confrontée à la plus grande tuerie collective de son histoire récente. Cent soixante policiers fribourgeois et valaisans avaient été engagés sur cette enquête, qui allait durer plus d'un an.

Le 9 octobre 1994, les autorités pénales annoncèrent que Jo Di Mambro et Luc Jouret avaient été formellement identifiés parmi les victimes de Salvan, où on avait également retrouvé les corps de Dominique et de Joël.

Michel Tabachnik, lui, ne fut pas poursuivi pénalement par la justice suisse, qui considéra qu'il n'avait pris aucune part active dans les massacres de Cheiry et Salvan. Le chef d'orchestre ignorait alors que deux ans plus tard, suite à la tuerie collective survenue dans le Vercors dans la nuit du 15 au 16 décembre 1995, il serait mis en examen par la justice française et renvoyé devant le tribunal correctionnel de Grenoble.

Jo Di Mambro n'atteignit jamais son but de laisser derrière lui une véritable légende. Il resterait à jamais, aux yeux du monde entier, un névropathe ayant développé, au fil des années, une psychopathie criminelle et nocive.

Quant à Luc Jouret, un des derniers enregistrements de sa voix, retrouvé par la police, acheva de convaincre les enquêteurs de sa soumission progressive et totale au vrai leader de l'OTS, et de sa chute dans une dépression si profonde, qu'il ne vit au final que le feu pour s'en sortir : *« Mon Dieu, quel cirque ! Ça devient terrible. On vit une fin de fou. Si tu savais ce qu'il faut jouer pour tenir la machine. Mais tu n'as aucune idée. Enfin, on arrive au bout. Quelle planète ! Mon Dieu, mais qu'est-ce qu'on a foutu de descendre sur cette merde. Cette boule de cons. Le Créateur, il a vraiment fait une erreur. »*

Cinquième partie

L’ombre de Sirius

32

Canton du Valais, aujourd'hui

Dans le réfectoire du refuge, Ana avait encore son index pointé sur le nom de l'avocat de Samuel Jordan lorsque Gaïa prit le dossier. La gardienne feuilleta rapidement le jugement d'avril 2001 sans le lire, puis elle le reposa sur la table devant elle et demanda :

— Où as-tu trouvé ça ?

— Dans la valise d'Alix.

— C'est donc à elle qu'il aurait fallu demander pourquoi elle avait ce dossier. Mais c'est trop tard.

— Hélas. Mais je me disais qu'Alix s'était peut-être confiée à toi.

— Pourquoi m'aurait-elle parlé de ça ? s'étonna Gaïa. On se connaissait depuis moins d'une journée.

— N'as-tu pas des dossiers sur nous ? Sur les raisons de notre présence ici ?

— Bien sûr que si. Mais ils sont très succincts et ne mentionnent aucun aspect médical. Seulement des informations que mes commanditaires ont jugées utiles pour que j'appréhende mieux votre stage. C'est tout.

— Aucune référence à l'OTS ou au père d'Alix ?

— Bien sûr que non, se défendit Gaïa. Je savais qu'elle souffrait de toxicomanie, mais c'est tout. Je n'ai jamais entendu parler de Samuel Jordan. Quant à l'OTS, je devais avoir une quinzaine d'années quand c'est arrivé. Une horreur qui a marqué tous les esprits.

— Je m'en souviens aussi, intervint Robin. Mes regrettés parents en parlaient beaucoup, le soir, à table. Les discussions tournaient surtout autour des deux massacres commis en Suisse, beaucoup moins autour du Québec et du Vercors, encore moins autour du procès Tabachnik. Dans mon esprit, quand j'étais jeune, ce qui se passait en France ou au Canada paraissait trop éloigné sur le plan géographique, de simples faits divers. Je me souviens que mes parents ne comprenaient pas comment une secte avait pu recruter des membres issus de classes sociales assez élevées, d'une intelligence logiquement supérieure à la moyenne et, partant, d'un intellect qui aurait dû les alarmer sur les dérives des gourous.

— Toute la question de l'endoctrinement, répondit Arno. Après tout, qu'est-ce qui différencie une secte d'une religion? Aujourd'hui encore, on assassine aussi au nom de la religion. Et pourtant, ça n'empêche pas des chefs d'entreprise, des médecins, des profs d'université, des politiciens de haut rang et même des chefs d'État de croire en une religion et de la défendre. La seule différence entre une religion et une secte est purement terminologique. La première n'est rien d'autre qu'une secte née depuis des siècles ou des millénaires, et donc ancrée dans les habitudes de vie d'un très grand nombre d'individus. Mais au nom de quoi une religion détiendrait-elle la vérité et non une secte? De tout temps, les minorités font peur aux majorités et ces dernières cherchent à renvoyer dans l'ombre les premières. C'est aussi valable aujourd'hui en politique ou en matière d'orientation sexuelle. Dès qu'un courant de pensée est jugé contraire aux dogmes de notre société, on a tendance à le réprimer.

— Je t'entends, dit Ana. Mais ce n'est probablement pas le sujet qui devrait nous préoccuper dans l'immédiat. Ce que je voudrais comprendre, c'est le lien entre ce dossier genevois de 2001 et le suicide d'Alix Jordan. Parce que je suis sûre qu'il y en a un.

Ana résuma aux trois autres ce qu'elle avait déjà lu du dossier Samuel Jordan.

— Mais bien entendu, précisa-t-elle à la fin de son récit, je n'ai pas encore eu le temps de tout lire, car le dossier est trop volumineux. Je tenais néanmoins à vous faire part de ma découverte, en espérant que ce procès vous évoquerait quelque chose.

— Rien du tout, dit Gaïa.

— À moi non plus, appuya Robin.

— Ni à moi, renchérit Arno. Mais ce que je trouve étrange, c'est qu'il y ait eu un tel focus médiatique sur le procès Tabachnik à Grenoble et un black-out total sur cette affaire à Genève, alors que ce dossier présente d'évidents liens avec les évènements du Vercors.

— Un huis clos a été prononcé par la cour d'assises genevoise, rappela Ana.

— Certes, je l'ai bien compris. Mais en principe, ça n'empêche pas les journalistes de faire leur travail.

— Je dois admettre que ce point m'a aussi interpellée, car dans ce genre de procédure délicate, il y a toujours des fuites. Mais là, rien. Pas un de mes collègues de la police genevoise n'a alerté en douce un de ses petits copains journalistes, alors que ça arrive plus souvent qu'on ne le croit. Pas de communiqué de presse du juge d'instruction ou du procureur, ni à Genève, ni dans l'Isère. Aucune inscription au rôle des audiences du tribunal. Même l'avocat du prévenu, pourtant réputé pour se pavaner devant les médias, n'a pas sauté sur l'occasion pour faire son show public. Comme s'il s'était plié sans lutter à la décision des autorités pénales lui interdisant toute communication médiatique sur cette affaire.

— Il a peut-être reçu des menaces de mort, suggéra Arno.

— Des menaces de mort? s'étonna Ana. Mais pourquoi?

— Il y a toujours eu des rumeurs sur l'OTS, comme quoi le mouvement n'aurait pas été qu'une simple secte, mais une organisation extrêmement structurée sur le plan international, avec des canaux financiers occultes permettant des transferts d'importantes sommes d'argent dans le monde entier. Les deux gourous ont été suspectés de liens avec les mafias italienne et varoise. Un des deux policiers français, auteur de la tuerie du Vercors, a été suspecté de liens avec les services de renseignement de son pays et Charles Pasqua, ce qui expliquerait que ce dernier ait été l'un des destinataires du testament de l'OTS. Il a même été question, à un moment, de liens entre la secte et un important trafic d'armes entre le Canada et l'Angola.

— Pures thèses complotistes, ronchonna Ana, excédée par ce trait de caractère d'Arno.

— Peut-être, répondit ce dernier en souriant. Mais pour une fois, ces théories ne viennent pas de moi.

Ana s'efforça de sourire à son tour et conclut:

— Au final, je pense que Samuel Jordan aurait dû être jugé dans l'Isère en même temps que Michel Tabachnik. Mais il a rendu la chose impossible en s'opposant à son extradition. Et à mon avis, ce n'est pas un hasard si le juge genevois a décidé de fixer cette audience en parallèle à celle du tribunal correctionnel de Grenoble. En agissant ainsi, il avait la garantie de pouvoir faire son travail en toute discrétion, à l'abri des regards des journalistes du monde entier, alors tournés vers Grenoble.

— C'était le cas de mon père, intervint Arno.

Ana ouvrit de grands yeux étonnés.

— Ton père a couvert le procès Tabachnik?

— Bien sûr! Comme tous les grands reporters de la planète. Jamais le grand Boris Melly n'aurait manqué une telle opportunité, penses-tu. Pourquoi cette question?

Ana regarda tour à tour les trois autres autour de la table, puis fit remarquer :

— Parce que ça fait trois personnes présentes dans ce refuge liées à cette affaire. Alix était la fille du prévenu, Samuel Jordan, Alexandre, le fils de son avocat, Maître Georg Van Dijk, et toi, le fils de Boris Melly.

— Mais mon père n'a pas couvert le procès de Genève, corrigea Arno.

Personne ne remarqua le soudain changement d'attitude de Robin. Le visage du Parisien, souvent flegmatique, venait de s'assombrir. Il se rapprocha de Gaïa, se pencha sur la table et prit le jugement. Il tourna les pages jusqu'à la dernière, celle qui comportait les signatures du juge et du greffier, puis annonça :

— Je crains qu'il y ait une quatrième personne concernée : moi. Le président de la cour d'assises était Étienne Trembley, mon père.

L'information claqua comme un coup de feu. Ana se tourna vers Gaïa.

— Et toi ? demanda-t-elle. Tes parents ont aussi joué un rôle dans cette affaire ?

— Bien sûr que non. Mes parents sont morts il y a longtemps et ils n'ont rien à voir avec l'OTS, ni avec un quelconque procès. Quant à moi, je ne suis que la gardienne de ce refuge. J'ai été mandatée pour vous recevoir et m'occuper de votre stage. C'est tout.

— Et toi, Ana ? demanda Arno.

— Je ne vois pas, répondit-elle. Je n'étais encore qu'à l'école de police quand le procès Jordan a eu lieu. Je n'en ai jamais entendu parler.

— L'un de tes parents était dans la police genevoise ?

Ana sourit tristement en repensant à eux.

— Non. Mes parents étaient des immigrés portugais de la première génération, ils ne parlaient presque pas le français. Mon père était un simple ouvrier dans le secteur du bâtiment et ma mère faisait des ménages à droite à gauche pour arrondir les fins de mois.

Par acquit de conscience, Ana prit le jugement des mains de Robin et chercha la liste des jurés. Parmi les douze noms de famille ne figuraient ni Bartomeu, ni Glassey.

Elle était sur le point d'en faire la remarque, lorsqu'une ombre plana furtivement dans le réfectoire. Instinctivement, tous les quatre tournèrent la tête vers la vitre et n'eurent que le temps d'entrevoir une silhouette noire, qui s'estompa aussitôt dans le rideau blanc de la tempête de neige.

33

Dans le réfectoire, tous s'étaient figés et se regardaient dans un lourd silence, à peine perturbé par le souffle de la tempête et le bois qui crépitait dans le vieux poêle en fonte.

Ana s'approcha lentement de la fenêtre et tendit un bras pour l'ouvrir. Gaïa la retint.

— Ne fais pas ça, murmura la gardienne. Le vent va arracher les gonds. Ils sont trop vieux et ne résisteront pas.

— Mais c'est peut-être Alexandre qui a fait demi-tour, suggéra Ana.

— Alexandre connaît le bâtiment, répondit Gaïa. Pourquoi passerait-il à l'opposé de la porte d'entrée principale ?

— Ce n'est pas M. Van Dijk, dit Robin d'une voix légèrement craintive. Les vêtements, c'est mon truc. Je travaille dans la haute couture. Et croyez-moi, j'aurais tout de suite reconnu ses habits. Ce n'est pas lui.

— Qui, alors ? chuchota Arno. Alix ? Peut-être qu'elle n'est pas tombée de la falaise. Ou pas jusqu'en bas. Et qu'elle a pu remonter.

— Je l'ai vue tomber, affirma Ana. Comme je te vois maintenant.

— Ce n'était pas non plus Mlle Jordan, dit Robin. J'en suis sûr. Les vêtements, la démarche… c'était un homme.

— Qui, alors ? répéta Arno de plus en plus agité. Nous n'étions que trois hommes : Alexandre, toi et moi. Si ce n'est pas Alexandre, c'est qui, là, dehors ? Le Monstre du Valais ? Il a pris Alix et Alexandre, et maintenant, il vient nous chercher ?

Sous les yeux des trois autres, le journaliste amateur se précipita vers le plan de travail de la cuisine. Il prit un grand couteau à viande et, muni de cette arme, courut vers la porte d'entrée du refuge, qu'il verrouilla de l'intérieur.

— Tu fais quoi ? murmura Gaïa, qui l'avait rejoint.

— Je nous protège, répondit nerveusement Arno. Ça ne se voit pas ?

— Si ça se trouve, c'est juste quelqu'un qui s'est perdu et qui cherche à se mettre à l'abri de la tempête. C'est pour ça qu'on appelle ce lieu un refuge.

— Et si ça se trouve, c'est un membre de cette secte de fous, un taré ou un psychopathe déterminé à nous décimer. Peut-être qu'il fait partie des commanditaires qui t'ont mandatée pour ce stage. D'ailleurs, tu ne nous as même pas dit qui ils sont.

— Parce que je l'ignore, répondit Gaïa. J'ai reçu le mandat d'une entreprise.

— Quel genre d'entreprise ?

— Je n'en sais rien. Tout ce que je sais, c'est qu'elle paye bien.

Arno retourna d'un pas décidé vers le réfectoire et, avec précaution, jeta un coup d'œil par la fenêtre. Mais il ne vit rien d'autre que la neige qui continuait de balayer le néant à l'horizontale.

— Pose ce couteau, lui demanda Ana d'une voix calme, tout en gardant une distance de sécurité.

Elle eut l'impression de pisser dans un violon, Arno ne

l'avait même pas écoutée, ni regardée. Il continuait de scruter le grand rideau blanc derrière la vitre.

— Il est en pleine crise de parano, chuchota Robin à l'oreille d'Ana.

Un grincement métallique résonna à travers le rez-de-chaussée, celui de la poignée de la porte d'entrée qui s'était abaissée puis relevée. Vaine tentative, puisqu'elle était verrouillée. Le mouvement se produisit une seconde fois.

La plus proche de la porte d'entrée, Gaïa ne bougeait plus. Les trois autres restèrent également immobiles et silencieux. Derrière la porte, personne n'avait appelé, ni frappé, ce qui n'était pas logique dans l'hypothèse d'une personne égarée qui chercherait un abri.

Il n'y eut pas de troisième tentative.

— Sûrement un militaire ou un mercenaire surentraîné, murmura Arno. Sinon, il ne serait jamais arrivé jusqu'ici en vie, avec cette tempête. Peut-être même qu'ils sont plusieurs.

— Un militaire..., soupira Ana. Pourquoi pas un yéti, pendant que tu y es ?

— Un yéti peut-être, renchérit Robin visiblement inquiet. Mais un yéti qui porte une combinaison noire.

Ils entendirent soudain un bruit de verre brisé, qui provenait du bureau voisin du réfectoire. Le bruit fut aussitôt remplacé par un autre, celui du vent qui s'engouffrait dans la pièce et se faufilait déjà sous la porte qui les en séparait.

Puis deux autres sons caractéristiques, celui de la fenêtre que l'on ouvrait depuis l'extérieur, suivi du bruit sourd de lourdes chaussures atterrissant sur le plancher.

Gaïa, Arno et Robin restèrent tétanisés. Ana leur fit signe de ne pas bouger et s'approcha lentement du tas de bois. Elle prit une bûche et se positionna sur le côté de la porte qui donnait accès au bureau.

Elle entendit le plancher grincer dans l'autre pièce, des pas se rapprocher. La poignée de la porte s'abaissa, le panneau s'ouvrit et là, sans réfléchir, Ana frappa à l'aveugle, à la hauteur du visage. L'intrus n'eut pas le temps de réagir. La bûche s'écrasa sur la partie gauche de sa tête. Le choc fut à peine amorti par sa capuche rembourrée. Il ne cria pas, expira un souffle de surprise et s'écroula, assommé, sur le sol du réfectoire.

Arno fut le premier à se ruer sur l'intrus comme une furie. D'une main, il le saisit par les vêtements et le retourna sur le dos. De l'autre, il s'apprêtait à le frapper avec le couteau. Ana retint son geste *in extremis.*

— Attends ! cria-t-elle.

Groggy, l'homme ne bougeait presque plus, gémissait faiblement. Par réflexe, Arno regarda les mains de l'intrus, chercha sur le sol à proximité. Pas trace d'une arme. Alors, tout en gardant le couteau dans une main, il palpa la combinaison de l'homme, puis ouvrit la fermeture éclair principale et dégagea le buste à hauteur du torse. La première chose qui apparut fut une petite plaque ovale métallique, de la taille d'un œuf, maintenue autour du cou de l'homme par une chaîne argentée et affichant les armoiries du canton. On pouvait y lire un numéro de matricule et, dans l'arrondi, les mots *police cantonale valaisanne.*

Vu son visage et ses rougeurs provoquées par le froid, l'homme souffrait de déshydratation cutanée. Ses lèvres étaient gercées et bleutées. Du givre recouvrait encore ses sourcils et les poils de sa barbe naissante. Mais Ana n'eut pas besoin de déchiffrer sa plaque de police, elle avait reconnu son collègue Isaac Moret.

Ils refermèrent la porte du bureau, puis se mirent à quatre pour déplacer le corps du policier jusqu'au pied du poêle, afin de le réchauffer. Ana retira les bottes d'Isaac, Robin se chargea de lui ôter sa combinaison. Conscient qu'il aurait pu commettre l'irréparable, encore tremblant de nervosité, Arno se rendit vers le plan de travail de la cuisine et y rangea le couteau. Gaïa imprégna un linge en éponge d'eau tiède et le déposa sur le front d'Isaac.

Quand ce dernier reprit connaissance et releva le buste, Ana lui donna à boire et l'encouragea à avaler un bon litre d'eau par petites gorgées. Isaac passa sa main sur sa joue et sa tempe gauches, qui le faisaient souffrir. Il sentit la tuméfaction, mais il ne saignait pas. Ana s'excusa de l'avoir frappé, tenta de justifier son geste en lui résumant brièvement la situation, puis lui demanda :

— Mais qu'est-ce que tu fais ici ?

Encore à moitié sonné, Isaac expliqua qu'il avait pris le télésiège de Siviez jusqu'à Tortin, puis une motoneige pour rejoindre la plaine du Grand Désert. Peu après le lac de Cleuson, en raison de la visibilité quasi nulle, il avait perdu la maîtrise de sa machine et n'avait pas été en mesure de la dégager de l'épaisse couche de poudreuse. Il avait dû se résoudre à monter à pied jusqu'au refuge.

— Ce qui ne répond pas à ma question, lui fit remarquer Ana. Et surtout, quelle folie d'être monté jusqu'ici par cette tempête !

— Ce serait trop long de tout expliquer. Mais en gros, j'ai pressenti qu'il se passait un truc pas net, ici. Et que vous couriez un grave danger.

— T'es au courant pour Alix ? demanda Ana. Alexandre a réussi à atteindre Siviez et à donner l'alerte ?

Isaac épongea son front avec le linge, cligna des yeux comme s'il essayait de remettre ses idées en place, puis répondit :

— J'ignore qui sont Alix et Alexandre. Mais si le gars dont tu me parles portait une combinaison vert foncé, je peux te dire qu'il est mort. Tout à l'heure, j'ai trouvé un corps à Tortin, les jambes sectionnées par le câble et la poulie du télésiège.

Arno et Robin ouvrirent de grands yeux horrifiés en imaginant la scène.

— Comment c'est arrivé ? demanda Gaïa.

— Ça, je ne sais pas. J'imagine qu'à l'heure où je vous parle, la légiste et mes collègues de la police scientifique sont arrivés sur place. Mais ne me demandez pas s'il s'agit d'un meurtre, d'un accident ou d'un suicide, je n'en ai aucune idée. La seule chose que je peux vous dire, c'est qu'après l'avalanche d'hier, c'est la seconde victime qui décède d'une façon assez particulière…

— La troisième, dit Ana en pensant à Alix.

Ana était sur le point d'expliquer le suicide de la toxicomane à son collègue valaisan, quand ce dernier se mit à palper son corps à hauteur du bassin. Isaac marqua une hésitation, puis un bref instant de panique, et finit par demander :

— Quelqu'un sait où est mon flingue ?

34

Tandis qu'Isaac cherchait fébrilement autour de lui, Ana, Gaïa, Arno et Robin se regardèrent puis répondirent qu'ils n'avaient pas vu l'arme de service du policier.

— Vous êtes sûr que vous l'aviez sur vous ? demanda Gaïa.

— Un flic en service ne sort jamais sans son arme, réagit Ana.

— Peut-être que vous l'avez perdue lorsque la motoneige s'est renversée ? suggéra Robin.

— Non, répondit Isaac, qui s'était à nouveau allongé, épuisé par cette agitation. Je l'ai utilisée tout à l'heure, j'ai cassé la vitre par laquelle je suis entré avec la crosse. Après, je l'ai remise dans son étui à ma ceinture.

— Dans ce cas, elle est peut-être tombée dans le bureau, imagina Arno.

Il ouvrit la porte, provoquant un appel d'air. Le vent et la neige s'engouffraient dans le bureau par la fenêtre grande ouverte. Rapidement, le journaliste amateur chercha un peu partout sur le sol et sous les meubles, puis il revint bredouille et referma la porte.

— Nous retrouverons ton flingue, dit Ana. Mais ce n'est pas la priorité. Dans l'immédiat, j'aimerais comprendre ce qui t'a poussé à prendre tous ces risques pour monter ici. Et quel est le lien entre ces trois décès.

Isaac, qui se sentait un peu mieux, s'adossa au mur près du poêle tandis qu'Ana lui racontait sa rencontre nocturne avec Alix, la découverte des stupéfiants cachés dans le faux plafond des W.-C. et le suicide de la toxicomane. L'inspectrice genevoise évoqua aussi ses anciens contacts avec Alix, du temps où elle travaillait à la brigade des Stups. Elle parla enfin du jugement de Samuel Jordan et des liens père-fille exposés dans le dossier judiciaire, puis elle ajouta :

— Et maintenant, c'est au tour d'Alexandre Van Dijk, le fils de l'avocat de Samuel Jordan, de disparaître dans des circonstances tout aussi étranges. Et de ton côté, c'est quoi cette histoire d'avalanche et de troisième victime ?

— Chronologiquement, corrigea Isaac tout en massant le côté tuméfié de son visage, c'était la première victime.

— C'est pour elle que tu es intervenu hier matin, quand on s'est croisés sur le parking de Siviez ?

— Exactement. La victime s'appelle Rachel Fournier.

À l'évocation de ce nom, Gaïa tressaillit, ce qui n'échappa ni à Arno ni à Robin. Mais Ana était sur sa lancée et poursuivait déjà.

— Qui est cette Rachel Fournier ? demanda-t-elle à Isaac.

— Une Nendette d'adoption qui vivait dans la région depuis plus de vingt-cinq ans et travaillait en partie pour les remontées mécaniques du secteur Nendaz-Veysonnaz. Fournier était son nom de mariage, son époux est décédé dans une avalanche, tout près d'ici, il y a cinq ans. Son nom de jeune fille était Charmoy, un nom fribourgeois. Mais à l'origine, Rachel vivait avec sa famille à Genève, ville dans laquelle son père exerçait comme procureur.

— Noël Charmoy, murmura Ana. Le procureur de l'affaire Samuel Jordan. Et de cinq…

— Cinq ? s'étonna Isaac.

— Oui. Cinq personnes en lien avec le jugement de Samuel

Jordan et l'OTS. Les trois morts, la fille du procureur, la fille du prévenu, le fils de l'avocat. Et je te présente les deux autres…

Ana désigna le Parisien endimanché et le journaliste amateur, puis reprit :

— Robin Trembley, fils d'Étienne Trembley, le président de la cour d'assises qui a jugé Samuel Jordan. Et Arno Melly, fils de Boris Melly, un grand reporter qui a couvert à l'époque l'affaire de l'OTS et le procès Tabachnik à Grenoble, qui se tenait parallèlement à celui de Samuel Jordan à Genève. Cinq personnes qui ont des liens de filiation avec des acteurs de cette vieille affaire, cinq victimes potentielles.

— Six, corrigea Isaac.

Gaïa, Arno et Robin se regardèrent, interloqués.

— Six ? s'étonna Ana. Qui serait la sixième ?

— Je ne sais pas. Mais je vais te poser une question qui te paraîtra peut-être étrange : as-tu trouvé un texte biblique en lien avec Alix Jordan ? Un texte de la Genèse où il est question du deuxième jour de la création du monde par Dieu ?

Ana resta bouche bée sous l'effet de la surprise.

— Oui, dit-elle enfin. Comment le sais-tu ?

Elle farfouilla parmi les papiers éparpillés sur la table du réfectoire, trouva la feuille manuscrite et la tendit à Isaac. Ce dernier reconnut aussitôt l'écriture.

— J'ai retrouvé exactement la même feuille, mais avec les versets bibliques du premier jour de la création du monde, dans un abri technique situé au point de départ de l'avalanche qui a emporté Rachel Fournier. Ce texte était accompagné d'une statuette en bois représentant une *Tschäggättä*, un monstre de carnaval.

Sous les yeux d'Arno et Robin, Ana ouvrit un buffet du réfectoire, y prit quelque chose puis revint vers Isaac, portant deux figurines.

— Semblable à celles-ci ? lui demanda-t-elle.

— Tout à fait, confirma le policier sédunois. Où les as-tu trouvées ?

— Dans les chambres d'Alix et d'Alexandre. En revanche, pour ce dernier, nous n'avons pas retrouvé de texte biblique.

— Parce qu'il était écrit sous la forme d'un SMS dans son téléphone, envoyé depuis un numéro masqué. Troisième jour de la création du monde. Dieu a créé le monde en six jours, ce qui laisse présager trois autres victimes. Car le septième jour, Dieu s'est reposé.

Isaac avait retrouvé ses esprits. Il voulut tester ses capacités physiques. Ana lui tendit une main et l'aida à se relever. Il fit quelques pas dans le réfectoire, puis vint se placer en face de Gaïa. Depuis qu'Isaac avait évoqué le nom de Rachel Fournier, Gaïa se tenait la tête dans les mains, les coudes appuyés sur la table, des larmes au bord des yeux. Isaac ne se laissa pas attendrir et lui demanda frontalement :

— Qui êtes-vous ?

Durant de longues secondes, Gaïa resta silencieuse, sous les regards décontenancés d'Ana et des deux autres hommes.

— Qui êtes-vous ? répéta Isaac.

— La gardienne du refuge, murmura-t-elle en ravalant un sanglot.

— C'est faux. Vous le savez et moi aussi. La gardienne de ce refuge était Rachel Fournier.

Gaïa renifla et fusilla Isaac d'un regard noir.

— Rachel était mon amie. C'est vrai que c'est chez elle, ici. Mais elle a accepté de me prêter le refuge pour ce stage, comme elle l'avait déjà fait plusieurs fois dans le passé. Je… je ne savais pas qu'elle était morte. Excusez-moi…

Elle se mit à pleurer discrètement. Isaac ne lâcha pas sa prise.

— J'ai un moyen de vérifier vos dires, madame Glassey. Il me suffit de téléphoner à mon ami Gaétan, qui est aussi un grand ami de Rachel. Malheureusement, il n'y a pas de réseau mobile ni de wifi, ici. Avez-vous un téléphone fixe ou un ordinateur ?

Gaïa tourna les yeux vers la porte par laquelle le policier était entré dans le réfectoire.

— Un ordinateur, non. Le seul contact avec l'extérieur est un téléphone fixe. Il se trouve dans le bureau, mais il est en panne.

Ana et les deux autres confirmèrent.

— Ce n'est pas grave, dit Isaac. Nous verrons ça plus tard. En attendant, vous pourriez peut-être nous dire d'où vous venez ? J'imagine que vous avez un domicile ?

Gaïa sécha ses larmes et répondit :

— Je n'en ai pas. Ça fait des années que je vis comme une bohémienne, dans un petit bus Volkswagen que j'ai aménagé en camping-car. Parfois, il m'arrive de dormir chez des amis, un peu partout en Suisse romande.

— Mais vous devez bien avoir une adresse, non ?

Gaïa marqua une hésitation.

— Une poste restante à Sion. Tout mon courrier arrive à cette adresse.

Isaac avait décidé de ne pas lâcher sa proie.

— Et vous vivez de quoi ? relança-t-il sèchement.

— Je donne des cours de développement personnel à droite à gauche. Et de temps en temps, on m'engage pour un stage comme celui-ci, en montagne ou ailleurs.

— Qui vous a engagée ?

— Je ne sais pas, je vous le jure. Comme je l'ai expliqué tout à l'heure à Ana, Arno et Robin, j'ai été mandatée par une entreprise.

— Comment s'appelle cette entreprise ?

Nouvelle hésitation de Gaïa.

— C'est une fondation genevoise, je crois. La Fondation d'aide à la réinsertion civile, ou quelque chose comme ça. Le contrat et les documents que j'ai reçus sont estampillés FARC.

L'abréviation trouva aussitôt une résonance dans l'esprit d'Ana, qui commenta :

— Fondation d'aide à la réinsertion civile… ou Ferme agricole de recherche et de culture, comme à Cheiry… Soit, en réalité, Frères aînés de la Rose-Croix, autrement dit l'OTS. Vous avez été mandatée par une secte.

— Je… je l'ignorais, balbutia Gaïa en reniflant à nouveau. Je vous le jure. Sinon, jamais je n'aurais accepté.

Ana regarda tour à tour son collègue, Arno et Robin, puis reprit :

— Et par la force des choses, ça veut dire que nous aussi, participants au stage, nous avons été sélectionnés par cette secte. Mais selon quels critères ? Pour les cinq autres, je comprends le lien avec le procès de Samuel Jordan. Mais moi, je n'ai rien à voir avec tout ça.

Gaïa, qui faisait visiblement des efforts pour regrouper toutes ces informations dans son esprit, paraissait perdue. En baissant la tête, elle finit par répondre :

— Je ne sais pas non plus.

— Comment la FARC vous a-t-elle contactée ? demanda Isaac.

— Par courrier. Seulement par courrier. Je n'ai ni adresse mail, ni numéro de téléphone. Et sur les papiers, l'adresse à Genève correspond à une case postale.

— Avez-vous ces papiers ici ?

— Je dois en avoir un ou deux dans le bureau. En tout cas, la liste des participants au stage.

Gaïa se leva et se rendit dans le bureau. L'ouverture de la porte provoqua un nouvel appel d'air, une autre vague de froid dans le réfectoire qui rappela à tous combien la situation, dehors, était encore dangereuse. Elle en revint avec la liste qu'elle déposa sur la table. Derrière elle, la porte du bureau claqua en se refermant, sous l'effet du vent. Arno et Robin sursautèrent.

Ana et Isaac lurent la liste. Les noms des cinq participants y étaient inscrits, avec en marge de chaque nom celui du psychiatre ayant prescrit ou préconisé le stage. Ana y reconnut le nom de la doctoresse Humair, sa propre thérapeute, mais aussi celui de la doctoresse De La Fuente, qu'elle avait lu sur l'ordonnance médicale découverte dans la chambre d'Alix, et celui de la doctoresse Candaux, qui avait expertisé Alexandre sur mandat d'une juge genevoise. Elle constata que Robin était suivi par une doctoresse Levy, psychiatre à Paris, et Arno par une doctoresse Doleyres, psychiatre à Lausanne.

Isaac photographia la liste avec son téléphone, puis il rendit le papier à Gaïa.

— Tout ceci me paraît bien opaque, lui dit-il. Pourquoi avez-vous accepté ce mandat?

— Parce que la FARC m'a versé des honoraires substantiels.

— Combien?

— Assez pour me permettre de vivre pendant un an sans autres revenus.

Les regards suspicieux des deux policiers se croisèrent.

— Il n'en demeure pas moins, reprit Isaac, qu'on ne sait toujours pas qui est la potentielle sixième victime. Et si Rachel, Alix et Alexandre ne se sont pas suicidés, qui est l'auteur ou le commanditaire des meurtres?

Alors qu'Isaac interrogeait Gaïa et qu'Ana était concentrée sur les réponses de la fausse gardienne, un mouvement les fit se retourner. Dans un coin de la pièce, Arno, qui s'était discrètement glissé derrière Robin, venait de le ceinturer et de braquer un pistolet sur sa tempe.

35

Isaac reconnut immédiatement son arme de service. Arno avait dû la lui subtiliser quand il était au sol, assommé. Le policier fit un pas en direction du preneur d'otage, qui leva aussitôt le pistolet et pressa sur la détente. Le coup de feu éclata dans la pièce, la balle s'incrusta dans une poutre du plafond, provoquant une gerbe de sciure.

— Personne ne bouge ! hurla Arno.

Une odeur de poudre envahit le réfectoire. Les oreilles des cinq protagonistes bourdonnaient à cause de la détonation.

— Calme-toi, tenta Ana en levant ses mains devant elle en signe d'apaisement.

— Que je me calme ? vociféra le journaliste amateur. Alors qu'une personne veut notre peau pour une raison que nous ignorons ?

Pris en otage, Robin tremblait. Il gardait les yeux hermétiquement fermés et ne disait pas un mot, comme s'il espérait échapper à la scène par la pensée.

— Personne ici ne veut votre peau, dit Isaac. On essaye simplement de comprendre ce qui se passe. Rachel, Alix et Alexandre se sont probablement suicidés.

— Vous n'étiez pas si affirmatif, tout à l'heure.

— Parce que c'est mon métier de n'écarter aucune

hypothèse. Mais croyez-moi, aussi surprenant que cela puisse paraître, les scènes que j'ai pu observer dans l'avalanche du Greppon Blanc et à l'arrivée du télésiège de Tortin ne plaident pas en faveur d'un meurtre. Et Ana a été très claire dans le cas d'Alix: elle l'a vue se jeter de la falaise. Donc, si ni vous ni Robin n'avez d'idées mortifères, il n'y a aucune raison pour qu'un malheur vous arrive. Je vous en prie, lâchez cet homme et rendez-moi mon arme.

Arno continuait d'appuyer le canon du pistolet sur la tempe de Robin.

— Que je vous rende votre arme? Il n'en est pas question. C'est ma seule chance de survie. Robin et moi, on va partir d'ici.

— Comment? demanda Ana. Avec cette tempête, c'est du suicide. Et c'est justement ce que vous voulez éviter.

— Et le *snowcat* est en bout de vie, rappela Gaïa. J'ai eu beaucoup de chance de pouvoir rentrer, ce matin. Mais il ne redémarrera probablement pas.

Arno regardait nerveusement dans la pièce et par la fenêtre, comme s'il cherchait une solution.

— De toute façon, s'énerva-t-il, on aura plus de chance dehors que dedans, avec vous. Parce qu'on ne sait rien de vous. Gaïa est une menteuse, Ana n'a rien à voir avec ce procès de 2001 et vous, inspecteur, vous arrivez là comme par miracle, alors qu'on ne vous connaît pas. Si ça se trouve, vous n'êtes même pas policier et votre plaque est bidon. Ce ne serait pas la première fois qu'on nous fait le coup du faux flic. Y en a plein qui courent les rues ces temps-ci, il suffit de lire les journaux.

— Pour des arnaques, admit Isaac. C'est vrai.

— Alors, pourquoi pas pour maquiller des meurtres en suicides? Après tout, c'est vous qui nous dites que Rachel et Alexandre se sont suicidés. Mais comment vous croire?

— Il faudra vous contenter de ma parole.

— Votre parole? Vous pensez vraiment que je vais me contenter de votre parole, alors que ma vie est en jeu?

Arno désigna la porte du bureau d'un geste du menton et ordonna:

— Les deux flics, vous entrez là-dedans. Gaïa reste encore un peu avec nous, parce que nous avons besoin d'elle.

— Fais pas le con, Arno, tenta Ana.

Mais elle comprit que c'était peine perdue.

Ana et Isaac se retrouvèrent enfermés dans le bureau, avec la fenêtre grande ouverte et une température proche de zéro degré. Le vent et la neige s'engouffraient inlassablement dans le refuge. Ana referma les deux battants et Isaac tenta de colmater la vitre cassée avec un sous-main et du scotch. Un bricolage de fortune qui leur donnerait un peu de répit.

— T'as une arme? demanda Isaac.

— Non, répondit Ana. Mais pourquoi t'es monté ici, bordel?

— Je l'ai expliqué tout à l'heure.

— Je ne suis pas sûre d'avoir tout compris. Au moment où t'es parti de Siviez pour Tortin, tu n'avais qu'un suicide sur les bras. L'affaire était pliée, classement par le proc', dossier suivant! T'avais pas encore découvert le corps d'Alexandre, donc tu pouvais pas savoir. Qu'est-ce qui t'a décidé à monter?

Agacé qu'Ana pût lui prêter un comportement suspect, Isaac haussa légèrement le ton.

— Mais c'est toi qui m'as décidé!

— Moi? s'étonna Ana. C'est de la drague ou quoi?

— Bien sûr que non. Hier matin, sur le parking de Siviez, tu m'as dit que t'étais là pour un stage de remise en forme dans ce refuge et que la gardienne allait venir te chercher. Je t'ai vue partir avec une femme dans le *snowcat*, rien ne m'a paru anormal. En revanche, ce matin, quand Gaétan m'a dit que Rachel Fournier était la gardienne de ce même refuge, plus rien ne collait. Parce que Rachel Fournier était déjà morte quand tu es montée dans le *snowcat* avec cette femme.

Les informations tourbillonnaient dans l'esprit d'Ana, comme la neige sur le sol de la pièce balayé par les courants d'air se faufilant par les quatre coins du bricolage de fortune qui menaçait de se détacher à chaque rafale. La température chutait rapidement.

— Il faut sortir d'ici, lâcha Ana.

Elle se dirigea vers la porte, colla son oreille contre le panneau pour écouter ce qui se passait de l'autre côté, mais n'entendit rien. Elle tenta d'actionner la poignée, sans succès. La porte était verrouillée. Elle hésita à la défoncer d'un coup d'épaule, mais renonça. Le silence de l'autre côté ne signifiait pas que les trois autres avaient quitté le réfectoire. Et Arno tenait le flingue par le bon bout.

Ana se retourna vers Isaac, il fouillait les tiroirs du bureau.

— Qu'est-ce que tu fais ? demanda-t-elle.

— Je cherche une arme, un objet, n'importe quoi qui ferait l'affaire.

Ana afficha un petit sourire ironique.

— Donc, c'est vrai... T'es monté ici pour moi ?

— T'emballe pas, répondit-il sans la regarder, en poursuivant la fouille.

— Je ne m'emballe pas, t'inquiète. Je sais que tu es marié.

— Je t'ai pourtant dit...

— ... que tu ne voulais plus jamais entendre parler de Sabine, je sais. Je t'ai écouté sur ce parking. Mais le seul fait que tu dises ça prouve le contraire.

Il releva les yeux vers elle pour la contredire, mais comprit que ça ne servait à rien. Elle disait simplement la vérité. Une vérité qu'il refusait d'entendre. Il chercha un autre endroit à fouiller, et son regard s'arrêta sur le combiné du téléphone fixe.

— T'es sûre qu'il ne fonctionne pas ? demanda-t-il.

— Il est HS, répondit-elle. Sinon, tu penses bien qu'on

aurait déjà appelé les secours. Nous n'avons aucun moyen de communiquer avec l'extérieur, plus d'électricité, et bientôt plus de chauffage ni de nourriture. C'est la cata.

Comme pour appuyer cette affirmation, une nouvelle rafale fit sauter le bricolage de fortune. La neige et le vent s'engouffrèrent aussitôt dans la pièce en sifflant. Ana se précipita vers la fenêtre brisée et tenta de recolmater la brèche en rajoutant une bonne dose de scotch. Une fois le calme revenu, elle se tourna vers Isaac et reprit :

— Qui est Gaétan ?

— Mon meilleur ami.

— Tu as confiance en lui ?

Isaac crut un instant qu'Ana faisait allusion à l'épisode de Grimisuat, mais il se rendit compte que ce n'était pas possible. Elle ne pouvait pas être au courant. Il comprit qu'Ana le testait par rapport aux décès de Rachel, d'Alix et d'Alexandre.

— Bien sûr que oui, j'ai confiance en lui, répondit-il. Une confiance aveugle. Gaétan a toujours été présent pour Sabine et moi, non seulement ces derniers temps dans le cadre de notre séparation, mais de manière générale depuis trois ans, depuis que notre fille a été tuée dans un accident d'hélicoptère.

— J'ai appris cette triste nouvelle à l'époque par un collègue de la Crim' et par les médias. Je suis désolée.

— C'est du passé.

— Ce n'est jamais du passé quand il s'agit de son enfant.

Un bref instant, Ana pensa à Paola et Luis, qui ne lui parlaient plus depuis six ans. Eux, au moins, étaient toujours en vie, même si elle n'existait plus pour eux. L'inverse était tout simplement impossible et elle sentit une vague de tristesse l'envahir. C'était un sujet dont elle avait souvent discuté avec sa psychiatre. La thérapeute l'avait toujours écoutée, sans jamais juger ses actes.

— Ce qui est dingue dans cette histoire, dit-elle, c'est

que dès le départ je n'ai ressenti aucune affinité avec les quatre autres participants à ce stage bidon. Le seul truc qui nous lie, ce sont nos problèmes psy. Qui sont d'ailleurs très différents les uns des autres. Entre une tox, un misogyne, un hypocondriaque et un complotiste, je n'ai jamais vraiment compris ce que je faisais ici. Mais j'imagine que tous ont dû se dire la même chose. Un psy ne manquerait pas de dire que je suis dans le déni, si je ne vois des problèmes que chez les autres. T'as un psy, toi ?

— Non.

Isaac claqua le dernier tiroir du bureau d'un coup rageur. Ana comprit qu'il n'avait trouvé ni arme ni objet qui leur permettrait de se défendre contre Arno. Isaac regarda Ana d'un air dépité, puis reprit :

— Quand Sabine et moi nous sommes séparés, elle m'a conseillé de me faire aider. J'ai toujours refusé. Peut-être parce que j'avais l'impression que le boulot me sauverait de la noyade. Et que j'ai un confident en or en la personne de Gaétan. Une perle, ce mec. Le seul psy valable dans ce monde de fous. Mais pour Rachel, ça n'a apparemment pas suffi.

— Gaétan était aussi son confident ?

— Oui. Depuis qu'ils ont fait leur formation ensemble il y a vingt-cinq ans, mais plus encore depuis qu'elle a perdu son mari, il y a cinq ans. Mais ça n'a toutefois pas suffi, puisqu'elle voyait quand même une psy à Sion. Une connasse qui s'est retranchée derrière le secret médical et a refusé de me donner des informations quand je lui ai téléphoné ce matin. D'ailleurs, à ce propos, j'attends des nouvelles de Martina.

Isaac sortit son téléphone, constata qu'il n'avait toujours aucun réseau et soupira.

— La proc' ? demanda Ana.

— Non, la légiste. Elle doit être sur la levée de corps à Tortin, j'imagine. Mais elle doit surtout me renseigner sur la psy de Rachel Fournier et sur l'expéditeur du SMS envoyé à Alexandre Van Dijk.

Soudain, un nouveau coup de feu retentit dans le refuge. Ana et Isaac se regardèrent, se demandant ce qui se passait et comment ils devaient réagir. Ils entendirent un homme crier, de lourds bruits de pas sur le plancher et dans l'escalier, comme si quelqu'un courait. Puis plus rien. Après une courte minute de silence entrecoupée de légers cliquetis métalliques, une clé tourna dans la serrure. La porte du bureau s'ouvrit et Gaïa apparut, nerveuse et essoufflée. Elle tenait son bras gauche à hauteur du biceps, du sang coulait sur sa chemise.

— Ce n'est rien, dit-elle. Une simple égratignure. J'ai réussi à leur échapper.

— « Leur »? s'étonna Ana.

— Arno a fini par rallier Robin à sa cause. Ils viennent de partir tous les deux dans la tempête.

Ana et Isaac suivirent Gaïa dans le réfectoire. Sur la table, bien en évidence sur les pièces du dossier Samuel Jordan, la photocopie d'une vieille coupure de presse, avec une photo du juge Étienne Trembley et un article signé Boris Melly.

36

GENÈVE, AVRIL 2001

Au palais de justice du Bourg-de-Four, le juge Trembley annonça une suspension d'audience à la fin de l'interrogatoire de Samuel Jordan. Il invita le greffier à imprimer le procès-verbal d'audition et à le remettre à l'avocat du prévenu. Maître Van Dijk et son client disposeraient de trente minutes pour le relire, puis pour indiquer les éventuelles modifications qu'ils souhaiteraient y apporter. Les membres de la cour d'assises se retirèrent en silence de la salle d'audience.

Étienne Trembley traversa un labyrinthe de couloirs, entra dans son bureau et referma la porte derrière lui. Il retira sa robe, la suspendit à un crochet mural, puis salua l'homme qui l'attendait, debout devant la fenêtre.

— Je ne me lasse jamais de contempler cette place, dit Boris Melly.

— L'âme de notre vieille ville, répondit le magistrat.

— Des nouvelles du front?

Le journaliste parlait évidemment de l'audience. Étienne regrettait déjà de lui avoir parlé de l'affaire Jordan. Il l'avait fait comme à un ami, sous le sceau de la confidentialité et d'une confiance qu'il croyait à toute épreuve, un samedi soir entre une gorgée de whisky et une bouffée de havane. Mais il se rendait compte, aujourd'hui, que le professionnalisme de Boris revenait un peu trop au galop.

— Rien de nouveau, soupira le juge. Cette affaire tourne au fiasco, mais tout le monde s'y attendait.

— Toujours aucune déclaration à la presse ?

— Aucune. La cour ne reviendra pas sur sa décision de tenir cette audience à huis clos. J'ai accepté de te recevoir dans mon bureau, parce que tu es mon ami. Mais que les choses soient claires entre nous : je prends un gros risque. Si ça venait à se savoir, je risquerais non seulement la récusation, mais probablement aussi une procédure disciplinaire, voire une poursuite pénale pour violation du secret de fonction. Donc, tout ce que je te dis à compter de cet instant est en *off*.

— C'est évident, Étienne. Au nom de notre amitié, tu sais que tu peux me faire confiance.

En journalisme, le *off* signifiait que la discussion informelle ne devrait jamais être reproduite publiquement dans les médias. S'il venait à violer cette règle déontologique, Boris savait qu'il perdrait l'amitié d'Étienne, mais qu'il prendrait surtout le risque d'être blacklisté à vie par l'ensemble des magistrats et des policiers de la Suisse romande, voire au-delà. Une perte inestimable de sources d'information.

— Comment les parties accueillent-elles le huis clos ? reprit le journaliste.

— Le procureur Charmoy sait qu'il a tout à perdre dans cette affaire, car la montagne va accoucher d'une souris. Son image est en jeu, ainsi que celles, en amont, du juge d'instruction et de la police. Même les inspecteurs genevois qui ont traité le dossier n'y croient pas, tout comme à la base les gendarmes de la section de recherches de Grenoble. Raison probable pour laquelle il n'y a jamais eu de fuite dans les médias. Les choses auraient été tellement plus simples si Samuel Jordan avait été arrêté sur sol français ou s'il avait accepté son extradition. Mais on ne va pas refaire l'histoire.

— Et l'avocat du prévenu ?

Étienne haussa les épaules.

— Que veux-tu que je te dise ? Georg est pieds et poings liés. Il fait son travail pour sauver les apparences, surtout vis-à-vis des jurés. Il bouillonne intérieurement, car il rêve d'une audience publique et de faire des effets de manche pour épater la galerie et les journalistes. Il sait que son client court à l'acquittement, faute de preuves suffisantes. Mais il sait aussi que, s'il parle de cette affaire à la presse, son fils est foutu.

Boris connaissait, en *off*, le petit arrangement conclu entre les magistrats de la cause Jordan et Maître Van Dijk. Le fils de ce dernier, Alexandre, avait violemment frappé une jeune fille, au point de l'envoyer à l'hôpital. Si cet épisode était ébruité sur la place publique, la réputation de l'avocat pénaliste serait ternie. Les magistrats avaient accepté d'étouffer l'affaire Alexandre Van Dijk, à la condition que Georg fasse profil bas et accepte de ne pas révéler celle de Samuel Jordan aux médias.

— Nous avons tous des problèmes avec nos enfants, dit Boris. Mon fils Arno rêve de devenir un grand reporter comme son père, mais il est nul.

— Tu es dur avec lui.

— Non, je suis réaliste.

Étienne pensa à son propre fils, qui cumulait les maladies infantiles depuis sa naissance. Robin avait toujours souffert de devoir se rendre à l'école avec un appareil respiratoire, qui lui valait les pires moqueries de ses camarades. Aujourd'hui, Robin volait enfin de ses propres ailes et rêvait de déménager à Paris, pour devenir un grand couturier.

Boris avait raison : élever un enfant pouvait être source de joies, mais aussi de grandes peines pour les parents. Le procureur Charmoy s'était récemment confié à lui au sujet de sa fille Rachel qui avait, selon lui à tort, accusé son frère de l'avoir violée. Toujours selon Charmoy, sa fille n'avait jamais assumé ses mensonges. Elle avait préféré déménager en Valais et couper les ponts avec sa famille.

— Tu ne crains pas qu'un des jurés parle à la presse? demanda le journaliste.

— Non, répondit le juge. La plupart des jurés sont des moutons dociles. Ils voient leur charge comme une noble cause. Certains sont plutôt flattés d'être appelés à siéger dans la cour d'assises, mais ils savent que c'est un travail de l'ombre et que leur nom n'intéresse pas les médias. D'autres préfèrent d'ailleurs que leur identité ne soit pas rendue publique, par crainte de représailles, et ils sont plutôt rassurés de ne pas apparaître dans la lumière.

Étienne regarda sa montre, l'audience reprendrait dans quinze minutes.

— Et maintenant, demanda Boris, vous allez passer au réquisitoire du procureur et à la plaidoirie de la défense?

— Pas tout de suite. D'abord, la cour va entendre le docteur Hubert de Candolle, le psychiatre qui a expertisé le prévenu.

— Celui auquel Samuel Jordan aurait fait des aveux?

— Ça, ça reste à démontrer. De toute façon, des aveux passés devant un expert et simplement relatés dans le rapport d'expertise n'ont pas la même valeur que s'ils avaient été passés devant la police, le juge d'instruction ou le tribunal. Et puis, il y a ce témoin…

— Quel témoin?

— Un témoin que la défense a sorti de son chapeau et qui serait, selon Georg, susceptible de mettre à mal le travail de l'expert. Il n'a jamais été entendu durant l'instruction. Nous verrons bien.

— Tu n'as pas peur que l'expert ou ce témoin s'exprime devant les journalistes?

— Non: de Candolle est soumis au secret de fonction, il

le sait et ce n'est pas quelqu'un qui cherche une quelconque notoriété publique. Quant au témoin, si j'en crois Georg, il ne connaît rien des faits de l'acte d'accusation. Donc, aucun risque.

— Et moi, dans tout ça? demanda Boris. Qu'est-ce que j'ai à gagner si je ne publie rien au sujet de ce procès?

— Ma reconnaissance éternelle et mon amitié. Tu sais que je vais présenter ma candidature à la prochaine élection au Conseil d'État genevois. Or, cette affaire pourrait me porter ombrage. En revanche, si je suis élu, je pourrai devenir une mine de renseignements pour toi. Je pourrai te promettre l'exclusivité à chaque fois que cela sera possible. Peut-être même plus tôt que tu ne le crois…

— À quoi fais-tu allusion?

— L'audition du témoin pourrait déboucher sur une surprise. Mais je ne peux pas t'en dire plus à ce stade.

— J'en prends note. Mais selon moi, il reste un écueil de taille pour conserver le secret de cette affaire: le prévenu lui-même.

— Que veux-tu dire?

— S'il est acquitté comme tu le pressens, il n'en demeurera pas moins que sa vie est bousillée. Sans parler de celles de sa femme et de sa fille. Ça fait tout de même dix-huit mois qu'il est en prison…

— Il recevra des indemnités pour détention injustifiée.

— De l'argent? Tu crois vraiment que de l'argent va suffire à compenser ce qu'il a perdu? On parle de quelle somme?

— Je ne sais pas exactement, je n'ai pas calculé. Selon le Tribunal fédéral, on parlerait de deux cents francs par jour de détention, ce qui ferait un peu plus de cent mille francs. Plus une éventuelle perte de gains.

— Ridicule, lâcha Boris. Jamais de l'argent ne lavera son honneur.

— Son honneur? Mais quel honneur? Même en cas

d'acquittement, il restera aux yeux des gens un sympathisant ou un membre présumé de l'OTS. Quel intérêt aurait-il à porter cette affaire devant le grand public ? Jamais son honneur ne sera lavé grâce à ça. Pour le restant de ses jours, il gardera dans l'esprit des gens la responsabilité, à tout le moins morale, d'avoir participé aux activités criminelles d'une secte nauséabonde. La seule réhabilitation qu'il peut espérer est d'ordre purement privée : obtenir le pardon de sa femme et de sa fille.

Étienne regarda à nouveau sa montre, se dirigea vers sa robe et la revêtit. Il s'apprêtait à quitter son bureau quand Boris lui posa une dernière question :

— Tu y crois, toi, à cette histoire d'ange noir et de lance-flammes ?

— Je ne sais pas. En tout cas, la justice française n'a jamais pu le prouver.

37

Vercors, le 22 décembre 1995

Après les massacres de l'automne 1994 à Morin-Heights, Cheiry et Salvan, et la mort des gourous Jo Di Mambro et Luc Jouret, le monde était à mille lieues de se douter que l'histoire de cette secte était loin, très loin d'être terminée.

À la mi-décembre, des familles signalèrent la disparition de seize personnes suspectées de connivence avec l'OTS, parmi lesquelles figurait l'expéditeur des trois cents exemplaires du testament de l'Ordre envoyés quatorze mois plus tôt, et qui avait été entendu à l'époque par la police cantonale fribourgeoise.

Le 22 décembre dans la soirée, deux chasseurs signalèrent à la police qu'ils venaient de découvrir sur le parking du Faz, dans la forêt des Coulmes au-dessus de Saint-Pierre-de-Chérennes, en Isère, quatre voitures et de nombreuses traces de pas qui montaient vers un petit sentier. L'un d'eux avait suivi la piste jusqu'à une petite cuvette, où il avait senti une forte odeur de cuir brûlé.

Cinq cents gendarmes et des hélicoptères furent mobilisés pour d'importantes recherches dans le massif du Vercors. Le ratissage dans la direction indiquée par les chasseurs les conduisit jusqu'au puits de l'Enfer, où ils découvrirent le carnage. Immédiatement, l'enquête fut confiée à la section de recherches de Grenoble.

Au cœur de la forêt, au fond de cette petite cuvette, un rond immense et calciné. Les restes d'un brasier. Seize corps à moitié ou totalement carbonisés présentaient des impacts de balles dans la tête et dans le buste. Deux cadavres la tête dans le foyer, les quatorze autres allongés sur le dos et disposés en étoile, les pieds dans le foyer et la tête à l'extérieur, recouverte d'un sac en plastique transparent. Certains sacs avaient fondu, d'autres pas, ce n'était pas joli à voir. La plupart des gendarmes présents sur les lieux avaient déjà été confrontés à un corps calciné, mais là, c'était différent : parmi les victimes se trouvaient des enfants.

Autour du brasier, les enquêteurs retrouvèrent de nombreux emballages de médicaments et des bidons ayant contenu des accélérateurs de combustion.

L'enquête confirma que la plupart des victimes avaient absorbé des sédatifs et que deux d'entre elles, le policier français Jean-Pierre Lardanchet et l'architecte vaudois André Friedli, avaient exécuté les quatorze autres avec des pistolets de calibre 22 long rifle, avant de recouvrir les corps avec du bois, de mettre le feu au bûcher, puis de se suicider d'une balle dans la tête avec des Manurhin 9 mm de la police nationale.

La question du choix des armes demeura un mystère. Pourquoi utiliser un .22 LR dont la blessure n'est pas forcément mortelle, ce qui expliquait probablement l'usage de plusieurs balles par victime, plutôt qu'un .38 Spécial dont l'impact était plus définitif?

Les enquêteurs se bornèrent à noter que les .22 LR étaient en vente libre, mais l'explication résidait plus probablement dans l'aspect psychologique du passage à l'acte. Pour les meurtres, un .22 LR ne défigurait pas les victimes et les sacs en plastique retenaient les projections de matières cérébrales. Plus propre et donc peut-être plus « acceptable » dans l'esprit des tueurs. En revanche, ces derniers auraient pris le risque non négligeable d'un suicide raté s'ils avaient retourné contre eux le même type d'armes.

Pour finir, l'enquête conclut que, dans la nuit du 15 au 16 décembre 1995, treize adeptes de la secte apocalyptique baptisée l'Ordre du Temple solaire, déçus d'avoir manqué le transit vers Sirius en octobre 1994, avaient décidé de rejoindre leurs frères et sœurs partis un an plus tôt. Et dans la nuit glaciale du Vercors isérois, ils avaient emmené avec eux trois enfants de deux, quatre et six ans.

L'enquête en serait probablement restée là, si plusieurs éléments troublants n'étaient pas venus entacher ses conclusions.

À commencer par deux témoignages recueillis par les gendarmes de l'Isère le lendemain de la découverte des corps. Ces témoins déclarèrent avoir aperçu, le dimanche 17 décembre, sur le parking du Faz à côté des quatre voitures des membres de la secte, un véhicule 4x4. Pour un témoin, de couleur marron métallisé ; pour l'autre, de couleur rouge. Le second témoin précisa avoir remarqué la présence de deux hommes habillés en noir, qui parlaient dans une radio. Malgré les appels à témoin et les recherches effectuées par les gendarmes, ces deux hommes et ce véhicule ne furent jamais identifiés.

En cours d'instruction, certaines parties civiles, membres des familles des victimes, estimèrent que le dossier présentait des incohérences. Sur les photos prises sur les lieux par les gendarmes, on observait que des matières organiques et végétales en bordure du rond de feu n'avaient pas été endommagées par les flammes, alors que les experts mentionnaient une température oscillant entre trois cent cinquante et sept cent cinquante degrés. Avec une telle chaleur, tout aurait dû brûler. Pourtant, la chaussure d'une victime était restée intacte et certains sacs en plastique sur les visages n'avaient ni brûlé ni même fondu.

Pour les enquêteurs et les spécialistes de la police scientifique, ces prétendues incohérences n'en étaient pas. On savait que du bois avait été disposé sur les victimes, qu'elles étaient vêtues d'habits d'hiver faisant effet de mèche, et que quelques litres d'essence pouvaient suffire à provoquer le résultat constaté.

Mais pour ces parties civiles, cette explication ne suffisait pas. Un truc clochait et elles voulaient en avoir le cœur net. Elles demandèrent des contre-expertises, refusées par le juge d'instruction, puis mandatèrent à titre privé un expert en incendie. Celui-ci procéda à des prélèvements de terre sur les lieux du drame, les analysa et découvrit un excès en phosphore de l'ordre de 30 à 40 %. Par ailleurs, plusieurs victimes avaient totalement perdu leurs membres inférieurs, brûlés jusqu'à l'os. Selon l'expert privé, un tel résultat n'était possible qu'à partir de mille six cents ou mille sept cents degrés et il aurait fallu un semi-remorque de bois sec pour parvenir à atteindre cette température. Pour lui, seul l'usage d'un lance-flammes permettait d'expliquer l'état de carbonisation des dépouilles et la haute teneur en phosphore retrouvée sur les lieux.

À partir de ces conclusions, certaines parties civiles acquirent la conviction profonde d'une intervention extérieure dans les évènements de la nuit du 15 au 16 décembre 1995.

Le juge d'instruction soumit les résultats de l'expertise privée aux experts judiciaires qui s'étaient déjà prononcés sur le dossier. Et au grand dam des parties civiles concernées, ces derniers campèrent sur leur position : le bois, les vêtements des victimes, l'essence et le phosphore libéré naturellement par la combustion des corps expliquaient tout et allaient dans le sens de leurs conclusions initiales.

L'instruction dura quatre longues années. Quatre ans d'interrogations, de doutes, d'expertises et de contre-expertises. Quatre ans pour tenter de pénétrer dans la vie très secrète de l'OTS et pour arpenter à tâtons les corridors de l'absurde, l'antichambre du néant et les accès fantômes à la planète Sirius. De collaboration avec les autorités québécoises et suisses aussi, pour tisser les liens entre les évènements du Vercors et les massacres de Morin-Heights, Cheiry et Salvan.

En cours d'enquête, un nom apparut dans les dossiers suisses et français : celui de Samuel Jordan, un ancien cadre de la police nationale, collègue de Jean-Pierre Lardanchet et Patrick Rostan, dont les corps avaient été découverts dans le brasier du puits de l'Enfer. Peu après les faits, Samuel avait démissionné de la police et quitté le territoire français pour s'établir à Genève, avec sa femme et sa fille.

Samuel apparaissait sur certaines vidéos retrouvées par la police fribourgeoise dans la ferme incendiée à Cheiry, prouvant sa présence lors de plusieurs cérémonies au sanctuaire de la secte, à Saconnex-d'Arve.

Et cerise sur le gâteau, en décembre 1995, Samuel possédait un 4x4 de couleur rouille. Mais les indices s'arrêtaient là.

Pour le juge d'instruction grenoblois, aucune preuve formelle n'étayait la thèse des parties civiles, ce qui ne signifiait pas, dans l'absolu, qu'elle était impossible. Intellectuellement, il existait deux thèses plausibles : soit la secte avait mis en place et exécuté son projet à partir de son idéologie ésotérique, soit l'ésotérisme masquait une autre vérité qui justifiait le massacre du Vercors. Peut-être une raison d'État ? Mais dans ce dernier cas, pourquoi tuer des enfants, une thérapeute genevoise, un architecte vaudois ou encore l'épouse et le fils d'un ancien champion de ski français ?

Le magistrat voyait, dans les familles des victimes, des gens terriblement meurtris, à la recherche d'une réalité rationnelle, et auxquels il fallait expliquer que la rationalité était totalement absente d'un tel drame.

Au moment où débutait le procès du tribunal correctionnel de Grenoble, il arrivait encore au juge d'instruction de se dire qu'il aurait peut-être dû approfondir tel ou tel aspect de l'enquête. Mais dans cette affaire sortant de l'ordinaire, chaque porte était suivie d'un couloir donnant sur soixante autres portes. Et plus on ouvrait de portes, plus on s'éloignait du cœur du dossier. Or, un juge d'instruction n'était ni un historien ni un spécialiste des sectes. Et à un moment donné, il avait dû se résoudre à clôturer l'instruction et à renvoyer l'affaire en jugement.

Le parquet de Grenoble avait toutefois ouvert discrètement un dossier disjoint de la cause initiale : celui de Samuel Jordan, le présumé ange noir. Le procureur avait fait placer l'ancien policier sous mandat d'arrêt international, dans l'espoir que la Suisse ordonnerait son extradition vers la France. Mais c'était sans compter la double nationalité de l'intéressé qui, après son arrestation à Genève, s'était opposé à sa remise aux autorités iséroises.

Le dossier français avait été transmis au juge d'instruction de Genève, pour que Jordan puisse être poursuivi et jugé en Suisse pour les faits qu'on lui reprochait en France. Mais les preuves étaient maigres et l'espoir de voir Samuel Jordan condamné réduit à peau de chagrin. C'est pourquoi les magistrats suisses et français s'étaient mis d'accord pour que ce volet de la procédure reste discret. Il avait été convenu entre eux que les parties civiles au procès de Grenoble ne seraient pas mises au courant de l'affaire Samuel Jordan.

Dans son bureau du chef-lieu de l'Isère, le juge d'instruction buvait un café en regardant par la fenêtre. Il repassait dans sa tête toutes les phases de l'enquête, mais une scène resterait à jamais gravée dans sa mémoire : celle de la nuit du 15 au 16 décembre 1995, quand treize adultes avaient garé leurs voitures dans la forêt des Coulmes pour avancer vers la mort, avec trois enfants, dans dix centimètres de neige.

Sixième partie

Le Monstre du Valais

38

Canton du Valais, aujourd'hui

Ana parcourut rapidement la vieille coupure de presse du mois de mai 2001. Son titre indiquait que le juge Étienne Trembley se lançait dans la course au Conseil d'État genevois. Le texte signé Boris Melly ne tarissait pas d'éloges sur le magistrat et relatait les principales affaires qu'il avait traitées depuis son entrée en fonction. Mais aucune mention du cas Samuel Jordan. L'élection était prévue le 11 novembre.

— Qui a mis cet article en évidence sur la table ? demanda Ana.

— Arno, répondit Gaïa. Sous la menace du pistolet, il a contraint Robin à fouiller dans le dossier et quand il est tombé sur cet article, Arno le lui a pris des mains, l'a lu, puis l'a reposé sur la pile.

— Arno a fait un commentaire ?

— Il a dit quelque chose, je ne me souviens pas des mots exacts, mais je crois qu'il voulait convaincre Robin que leurs pères étaient de grands amis.

— Et comment a réagi Robin ?

— Il m'a paru plutôt soulagé. D'ailleurs, après ça, Arno

n'a plus menacé Robin. Il l'a relâché, puis a dirigé l'arme contre moi.

— C'est là qu'il t'a tiré dessus ?

Ana désigna le bras de Gaïa. La balle avait déchiré la chemise à la hauteur du biceps. Du sang maculait le tissu, mais la blessure semblait ne plus saigner.

— Non, répondit Gaïa. D'abord, ils sont montés à l'étage pour chercher des affaires dans leur chambre. Arno m'a forcée à les accompagner, il voulait garder un œil sur moi. Il cherchait un truc, je ne sais pas quoi exactement, mais il ne le trouvait pas. Il était très nerveux. À un moment, il a détourné les yeux. J'en ai profité pour tenter de lui arracher l'arme des mains, mais le coup est parti et la balle a éraflé mon bras. Je sais que ce n'est pas très malin de ma part et que j'aurais pu y rester, mais sur le moment, je n'ai pas réfléchi. Finalement, plus de peur que de mal, une simple égratignure. Je crois qu'Arno a lui-même été très surpris par le coup de feu, il est resté tétanisé. J'ai saisi l'occasion pour m'enfuir. Au passage, j'ai bousculé Robin qui était sorti dans le couloir pour voir ce qui se passait. Il a crié. J'ai foncé vers les escaliers, j'ai descendu les marches quatre à quatre et j'ai couru vers le bureau pour vous libérer.

— Arno et Robin sont toujours à l'étage ? demanda Isaac.

— Non, je vous l'ai dit, ils sont partis. J'ai mis près d'une minute à trouver la clé du bureau, Arno l'avait retirée de la serrure et je ne savais pas où il l'avait posée. J'ai fouillé le réfectoire et j'ai fini par la trouver sur le poêle. Pendant que je fouillais, j'ai entendu la porte du refuge s'ouvrir et se refermer.

— Vous avez eu du bol qu'Arno ne repasse pas par le réfectoire avec mon flingue.

— J'avoue que, dans le stress du moment, je n'y ai même pas pensé. Je n'avais qu'une idée en tête : trouver cette foutue clé.

On entendit soudain un craquement à l'étage.

— Qu'est-ce que c'est ? s'inquiéta Ana.

— Je ne sais pas, répondit Gaïa.

Isaac se dirigea prudemment vers le vestibule et s'arrêta au pied de l'escalier. Il jeta un coup d'œil en direction de l'étage, vit de la fumée et une lueur orangée.

— Putain ! s'exclama-t-il. Ces deux tarés ont mis le feu !

Ana et Gaïa s'approchèrent, Isaac leur fit signe de rester où elles étaient.

— Je vais monter voir si on peut faire quelque chose. Vous deux, habillez-vous, au cas où on devrait sortir en urgence.

Isaac disparut dans l'escalier, sous les regards inquiets d'Ana et de Gaïa. Puis elles enfilèrent à la hâte leur combinaison et leurs bottes. Elles n'avaient pas fini de s'habiller quand Isaac redescendit précipitamment.

— On ne peut rien faire, cria-t-il, la charpente est déjà attaquée par les flammes. Toute la baraque va partir en fumée. Il faut sortir !

Le visage maculé de suie, Isaac tenait dans chaque main une statuette en bois représentant une *Tschäggättä*.

— Où as-tu trouvé ça ? demanda Ana.

— Devant les portes de deux chambres.

— Lesquelles ?

— Celles du milieu, elles se font face.

— Celles d'Arno et de Robin ! s'exclama Ana.

— Le feu a dû démarrer dans ces chambres, reprit Isaac. Finissez de vous habiller et sortez ! Je vais chercher ma combinaison dans le réfectoire et je vous rejoins.

Les craquements s'intensifiaient, la fumée commençait à se répandre dans l'escalier et à envahir le rez-de-chaussée. Les deux femmes enfilèrent leurs gants et leur bonnet, glissèrent leur capuche sur leur tête et sortirent.

Une fois à l'extérieur, elles s'éloignèrent de quelques mètres dans la tempête. Ana leva les yeux vers le premier étage ; des flammes léchaient déjà les vitres du refuge. L'une d'elles éclata sous l'effet de la chaleur. Entre les plaques d'ardoise du toit, de la fumée filtrait, aussitôt emportée par les rafales.

Gaïa s'approcha d'Ana, qui tremblait déjà de froid, et cria pour se faire entendre à cause du vent :

— Tu ne trouves pas ça étrange, cette histoire de *Tschäggättä* ? Je n'en ai pas vu, tout à l'heure, quand je me suis enfuie de la chambre. Et je ne vois pas Arno ou Robin en déposer sur les pas-de-porte avant de partir. Ça n'a pas de sens.

Ana la regarda, étonnée.

— Tu penses qu'Isaac les a déposées quand il est monté ?

— Qui d'autre ?

— Pourquoi aurait-il fait ça ?

— Je ne sais pas. Pour brouiller les pistes. Après tout, c'est assez étrange, son histoire de télésiège et de motoneige. Pourquoi vouloir absolument nous rejoindre en pleine tempête ?

— Il me l'a expliqué, tout à l'heure, dans le bureau. Et je le crois.

— Tu le connais bien ?

Ana dut admettre que ce n'était pas le cas. Gaïa venait de semer le doute dans son esprit.

Au moment où Isaac sortit du refuge, plusieurs vitres de l'étage se brisèrent et de grandes flammes se mirent à remonter le long du mur, jusque sur le toit, comme si elles cherchaient à envelopper la bâtisse. Le feu, la fumée, la neige et le vent se mélangeaient dans un étrange spectacle de lumières et de sons dissonants.

— Est-ce que vous savez par où ils sont partis ? cria Isaac.

— Aucune idée, répondit Gaïa.

— Ils ont pris le *snowcat* ?

— Non.

Gaïa indiqua une masse blanche, à quelques mètres d'eux.

L'engin était recouvert de neige et, à travers le rideau blanc, on le devinait à peine.

— S'ils l'avaient pris, ajouta-t-elle, on aurait entendu le bruit du moteur. Je crois plutôt qu'ils avaient l'intention de partir d'ici à ski.

— Vous avez des skis ? demanda Isaac.

— Oui, répondit Gaïa. Des skis de rando, dans la remise.

Bravant les éléments déchaînés, ils suivirent des traces dans la haute neige, jusqu'à la remise. Sous les yeux d'Ana et d'Isaac, Gaïa retira un gant et composa le code de la serrure : 242332. Isaac s'étonna :

— Arno et Robin connaissaient le code ?

— Arno, oui, répondit Ana. Il l'avait retenu et le savait par cœur. Ce code l'obnubilait depuis ce matin. Ça l'énervait de ne pas comprendre la logique de ces chiffres.

— Il n'y a pas de logique, dit Gaïa. C'est un code aléatoire. Du moins j'imagine. C'est Rachel qui me l'avait communiqué.

Ils entrèrent dans la remise à l'abri du vent et déneigèrent rapidement leurs vêtements. Gaïa fit alors remarquer que, dans le râtelier derrière la génératrice, il manquait deux paires de skis de randonnée.

Un affreux craquement concurrença le bruit de la tempête. Ils sursautèrent et regardèrent par la porte ouverte de la remise : le feu avait pris de l'ampleur. Il s'étendait maintenant à tout l'étage du refuge et gagnait petit à petit le rez-de-chaussée. Sous les regards médusés d'Ana et d'Isaac, Gaïa sortit et se précipita dans la haute neige. Ana lui cria :

— Qu'est-ce que tu fais ?

Gaïa s'arrêta, se retourna et cria à son tour :

— Il faut absolument éloigner le *snowcat* du refuge, sinon il risque de prendre feu à son tour. Et si c'est le cas, nous n'aurons plus aucun endroit tempéré où nous mettre à l'abri. La remise est un vrai frigo.

Elle leur tourna le dos et sa silhouette s'estompa dans le brouillard blanc.

— Qu'est-ce qu'on va devenir, si le *snowcat* ne redémarre pas ? s'inquiéta Ana en sentant le froid transpercer ses vêtements.

Isaac afficha une mine sombre, mais resta silencieux. Les secondes s'égrenaient lentement, en même temps que l'espoir s'effilochait dans l'esprit d'Ana. Perdu pour perdu, elle s'apprêtait à faire part à Isaac des soupçons de Gaïa à son encontre, quand ils entendirent un bruit de moteur diesel par-dessus les sifflements du vent. Ils sortirent de la remise et, à travers le rideau blanc, ils virent apparaître une masse sombre qui grossissait à mesure qu'elle s'approchait. Le *snowcat* s'arrêta à quelques mètres d'eux, Gaïa ouvrit la porte et leur fit signe de monter.

39

Le Monstre guidait Arno et Robin à travers le grand enfer blanc. Les deux hommes ne se parlaient pas, ils n'en ressentaient pas le besoin. Le Monstre leur parlait et c'est tout ce qui comptait. Ils écoutaient sa voix.

Le Monstre n'était pas celui qu'on leur avait décrit au refuge. Il n'avait rien du croque-mitaine, ce personnage maléfique que les parents faisaient vivre dans l'esprit de leurs enfants pour leur faire peur et les rendre obéissants. Ni d'une sorcière légendaire des vallées reculées qui, au cœur de la nuit, déversait de la cendre dans le cerveau de ses victimes endormies.

Le Monstre existait, Arno et Robin le voyaient devant eux, traçant un chemin rassurant à travers le néant. Le Monstre leur montrait la voie, leur donnait la force d'avancer, de surmonter l'épreuve physique, d'ignorer la douleur, le froid, la soif et la peur. Il ne les emmenait pas à leur perte, comme le reste de l'humanité condamnée, mais vers la lumière éternelle.

Le Monstre faisait preuve d'une grande sagesse, d'une grande douceur aussi. Il connaissait tout de la vie d'Arno et de celle de Robin. Il les avait réunis, parce qu'ils étaient semblables et qu'ils avaient oublié que, dans leur enfance, ils s'étaient déjà rencontrés. Une fois.

Arno Melly avait grandi à Lausanne, élevé principalement par sa mère, parce que son père passait son temps à parcourir la planète. Il se souvenait de ce magnifique attique proche de la gare, de la vue imprenable et apaisante sur le Léman et les Alpes savoyardes. De l'école aussi, où ses camarades se moquaient doucement de lui, parce qu'il racontait toujours des histoires incroyables, dignes des romans de Jules Verne.

Pour compenser l'absence de la figure paternelle, sa mère l'abreuvait tous les jours des récits de voyage et des enquêtes du grand reporter Boris Melly. Ce dernier avait acquis une renommée internationale après la révélation du scandale du Watergate dans les années 1970. Il avait investigué sur l'affaire du *Rainbow Warrior*, le navire amiral de Greenpeace coulé en 1985 dans le port d'Auckland par les services secrets français, révélé en 1989 le scandale suisse des fiches, couvert les affaires françaises des Mirages de Taïwan en 1992 et des écoutes de l'Élysée en 1993.

Après les tragédies de l'OTS, Boris Melly avait été victime d'une bombe artisanale à Bagdad, en 2003, alors qu'il enquêtait sur la famille Ben Laden en lien avec les attentats du 11 septembre 2001.

Robin Trembley avait passé son enfance dans une vieille maison villageoise retapée, avec tout le confort moderne de l'époque, dans la commune de Bernex, à la fois très proche de Genève et très calme, car suffisamment éloignée des perturbations du centre-ville.

Le père de Robin avait exercé successivement comme avocat, procureur, puis juge. Un parcours logique, pour des professions qui avaient accaparé la majeure partie de son temps. À la maison, les soirs de la semaine et les week-ends, Étienne travaillait sur des dossiers, dans un bureau dont il interdisait l'entrée à Robin.

Comme Arno, Robin était enfant unique. Mais lui était

né grâce à un miracle de la science : un des premiers enfants suisses issus d'une FIV, une Fécondation in vitro. Ses parents avaient essayé durant des années d'avoir un bébé, s'étaient tellement épuisés psychologiquement face aux échecs consécutifs, aux fausses couches, au pessimisme des médecins, qu'ils avaient fini par ne plus y croire. Jusqu'à cette grossesse inespérée et la naissance de Robin. Depuis, sa mère le couvait, le surprotégeait et lui répétait tous les jours qu'il était un cadeau du ciel.

Mais un cadeau fragile, qui avait valu à Robin de passer son enfance majoritairement dans des couloirs et des chambres d'hôpitaux, des salles d'attente de pédiatres et devant des comptoirs de pharmacies.

En dépit de cette fragilité, Robin avait tout de même survécu à son père. Étienne avait succombé des suites d'une cirrhose, deux ans à peine après son élection au Conseil d'État.

Contrairement à Alexandre, Arno et Robin n'avaient jamais souffert des abus d'un père autoritaire, plutôt du manque d'un père absent. Une absence physique, accompagnée d'une présence fantomatique permanente, à l'aura surdimensionnée, presque écrasante.

Arno et Robin avaient toujours regardé leur père avec beaucoup de fierté, d'estime et de fascination. Enfants, ils avaient eu envie de leur ressembler. Mais cette quête de reconnaissance connaissait un revers de la médaille : les deux pères étaient sur un tel piédestal, l'ascension pour les rejoindre si difficile, que le fort caractère des pères avait fini par étouffer les deux enfants.

Jusqu'à cette grillade de la fin des années 1980, dans le jardin de Bernex, où la famille Trembley avait invité la famille Melly. Pour la première fois de sa vie, Robin avait eu le sentiment de trouver en Arno un véritable ami, quelqu'un qui ne le jugeait pas à cause de son appareil respiratoire, qui ne prêtait même pas attention à son handicap, qui le considérait comme un enfant normal et qui lui racontait des histoires incroyables, des aventures mêlant complots d'État, espionnage et services secrets.

Arno avait un véritable don de conteur et quand, au terme de la journée, sa famille avait quitté Bernex pour rentrer à Lausanne, Robin, encore sous le charme de son nouvel ami, avait ressenti un grand vide. Le soir, il s'était endormi avec un étrange mélange de joie et de tristesse. Longtemps, Robin avait espéré revoir Arno, mais ce n'était pas arrivé. Les deux enfants avaient grandi et, avec le temps, s'étaient tout simplement oubliés.

Aujourd'hui, le Monstre les avait réunis. Au cœur du grand enfer blanc, il venait de leur rappeler à chacun ce souvenir d'enfance. Mais ni Arno ni Robin n'éprouvèrent le besoin d'en parler. Ils savaient qu'ils s'étaient enfin retrouvés et c'était la seule chose qui comptait.

L'un derrière l'autre, skis aux pieds, ils avançaient lentement dans la haute neige, souriant malgré le vent qui secouait leur combinaison et le froid qui mordait la peau de leur visage. Ils avançaient dans les traces du Monstre qui les précédait et qui venait de leur offrir l'apaisement.

Arno et Robin atteignirent une forêt et le sommet d'une percée à travers les arbres, qui ressemblait à une piste de ski. L'endroit était partiellement à l'abri de la tempête, il n'y avait plus de vent. De gros flocons tombaient à la verticale. Une couche de neige plus fine recouvrait la piste, comme si les employés de la station l'avaient damée quelques heures plus tôt.

De part et d'autre du couloir assez pentu, on voyait des piquets de balisage de couleur rouge, plantés à intervalles réguliers, qui disparaissaient plus bas dans le brouillard. Le jour blanc empêchait de distinguer les reliefs de la piste.

Le Monstre attira leur attention vers un panneau sur leur

droite. Toujours sans dire un mot, ils s'en approchèrent. C'était un panneau de signalisation, sur lequel on avait collé une sorte d'affiche plastifiée. Les deux hommes lurent le texte, mais seul Robin le comprit.

Le Parisien adressa un petit sourire à Arno, puis il retira les peaux de phoque des semelles de ses skis et, sous les yeux impassibles de son ami, s'élança sur la piste. Il traça une ligne droite, prit rapidement de la vitesse et sa silhouette disparut dans le brouillard.

Le Monstre invita Arno à suivre Robin. Le journaliste amateur obéit, retira à son tour les peaux de phoque, puis se mit à descendre plus prudemment, en opérant des visages autour des traces rectilignes laissées par les skis de Robin. Arno parcourut une bonne centaine de mètres dans le brouillard, clignant sans cesse des yeux à cause des flocons qui mouillaient ses pupilles. Peu à peu, il devina une masse sombre au milieu de la piste et s'en approcha.

La première chose qu'il vit fut le visage de Robin, immobile dans la neige. Son ami le regardait fixement et lui souriait. Arno voulut lui demander s'il avait mal, mais le Monstre l'invita à tourner la tête sur sa gauche. Arno s'exécuta et aperçut une dameuse garée en bordure de la piste.

Mais qu'est-ce que tu attends? murmura le Monstre dans sa tête. *Vas-y!*

Le journaliste amateur sentit au fond de lui qu'il n'avait pas le choix, que cet engin était son salut, le passage vers la lumière. Il traversa la piste jusqu'à la dameuse, ôta ses skis, grimpa sur les larges chenilles et ouvrit la porte de la cabine. Il s'installa sur le siège du conducteur et trouva une feuille de papier avec des directives. Arno les lut. Puis, comme si le Monstre lui avait enseigné les commandes de la machine, il alluma le moteur et enclencha la marche arrière. Le gyrophare de la dameuse lança des éclairs jaunes à travers le brouillard et un avertisseur sonore se mit à siffler.

Comme un robot, Arno descendit de la cabine et ses pieds furent aussitôt happés par la rotation des chenilles.

40

Le *snowcat* démarra. Ana et Isaac étaient assis à la droite de Gaïa, qui regardait le gigantesque brasier dans le rétroviseur. Dans le décor blanc, le refuge ne formait plus qu'une grosse boule de feu, dont les flammes étaient attisées par les vents violents.

L'engin attaqua la descente. Quand il parvint au niveau de la plaine et au pied du glacier du Grand Désert, son moteur commença à émettre des claquements.

— Je vous ai prévenus, annonça Gaïa. Problème de pression ou d'huile. Le sabotage d'Alix a causé plus de dégâts que je ne le pensais. Même si j'arrive à éviter l'embourbement dans la haute neige ou la chute dans une combe, je ne peux pas vous garantir que ce tas de ferraille nous conduise à bon port.

— Combien de temps jusqu'à Siviez? demanda Isaac.

— Impossible à dire, répondit Gaïa. Avec ces conditions météorologiques, je dirais une à deux heures, dans le meilleur des cas.

— Et si nous tombons en panne? s'inquiéta Ana.

— Dans ce cas, nous serons toujours mieux à l'intérieur de cet engin que dehors. Mais si la tempête se prolonge, la température risque de chuter drastiquement, parce que sans moteur, pas de chauffage. Et d'ici une heure ou deux, la nuit va tomber.

Par endroits, la neige fraîche recouvrait totalement les chenilles du *snowcat*. Gaïa tentait de se repérer grâce à la configuration du terrain, mais les congères déformaient les reliefs et la visibilité restait très mauvaise au-delà de cinq ou six mètres.

— J'espère que je suis toujours sur le chemin, dit-elle. Sinon, je risque de choper un rocher. Et là, bonjour les dégâts...

Peu rassurés par la remarque, Ana et Isaac commencèrent à scruter le chemin imaginaire, à quelques mètres devant le nez de l'engin qui progressait à la vitesse d'un homme au pas, mais ils ne distinguaient rien d'autre que les ondulations à la surface de la neige. Le grand enfer blanc dissimulait habilement ses pièges sous une cape d'invisibilité.

Ils arrivèrent enfin sur un premier replat. Ana imagina que c'était de là que, la veille au matin, elle avait aperçu la falaise et sa cascade de glace, entre le refuge sur son promontoire rocheux et le glacier. Elle pensa à Alix et tourna la tête, mais se rendit très vite compte qu'à travers la vitre arrière et le grand rideau blanc qui masquait le paysage, elle ne verrait rien.

Soudain, un choc se produisit et le *snowcat* fut stoppé net. Gaïa lâcha un juron et enclencha aussitôt la marche arrière, mais les chenilles de la machine se mirent à patiner.

— C'est quoi ? demanda Isaac.

— Je ne sais pas, probablement un rocher, une souche d'arbre ou un monticule de terre.

— Ou ma motoneige, dit-il. J'ai dû l'abandonner quand je me suis renversé, je ne saurais pas dire où.

— Peu importe, pesta Gaïa, mais il y a une grosse merde, là-dessous.

— On est coincés ?

— Je le crains.

— J'imagine qu'il est inutile de sortir pour pousser? plaisanta-t-il à moitié.

— Personne ne sort, dit Gaïa.

— Y a pas des pelles à neige, dans ce truc? demanda Ana. Ça pourrait nous servir.

— Personne ne sort, répéta Gaïa. C'est trop dangereux. Je vais essayer de manœuvrer.

Elle mit un bon quart d'heure à dégager la machine, à coups de fines manœuvres dans un sens et dans l'autre, jusqu'à ce que les chenilles retrouvent enfin une emprise suffisante. Quand le *snowcat* reprit la direction du lac de Cleuson, les claquements du moteur diesel s'intensifièrent et de la fumée commença à s'échapper du capot.

— Tiens bon, ma belle, murmura Gaïa. Tiens bon!

Ils parcoururent encore un bon kilomètre quand Isaac cria soudain, en pointant un index droit devant lui.

— Là! Regardez!

Dans la neige, on devinait deux traces de skis parallèles, déjà à moitié recouvertes.

— Tu crois que ce sont eux? demanda Ana.

— Qui d'autre? répondit Gaïa. Je ne vois pas quel débile ferait de la rando par un temps pareil. On gagne du terrain, on devrait bientôt les rattraper.

Ils suivirent les traces jusqu'à la hauteur du barrage de Cleuson. De là, elles partaient sur la gauche et contournaient la montagne en direction d'une forêt.

— Je me demande si ce n'est pas par là que je suis monté tout à l'heure, dit Isaac.

— Peut-être en partie, répondit Gaïa. Il y a plusieurs chemins dans cette forêt et tous se croisent. Certains conduisent à Tortin, d'autres à Siviez. Mais celui-ci mène à une piste nouvellement créée.

À mesure qu'ils contournaient la montagne sur un chemin bordé de sapins recouverts de neige, le vent se calmait et la visibilité s'améliorait. Plus la forêt s'intensifiait, plus les traces de skis devenaient nettes. Après quelques centaines de mètres, le chemin à flanc de coteau se terminait en cul-de-sac. Sur la droite, une large piste descendait assez abruptement dans la forêt.

Gaïa stoppa le *snowcat* et coupa le moteur. Ils sortirent de la machine et marchèrent jusqu'au sommet de la piste de ski. Grâce aux arbres qui faisaient office de coupe-vent, la température était nettement plus soutenable qu'en haute altitude. Il neigeait encore, mais les gros flocons tombaient paisiblement à la verticale. Et surtout, le bruit du vent avait disparu, seul dominait le silence de la montagne.

Gaïa, Ana et Isaac regardèrent en contrebas. Deux traces parallèles partaient en ligne droite dans la pente, tandis que deux autres décrivaient des courbes. Le brouillard remontait en épaisses couches successives et il était impossible de voir où la piste menait.

— On dirait qu'un des deux avait le diable à ses trousses, constata Isaac.

— Peut-être que Robin n'était finalement pas si libre de ses mouvements, suggéra Ana, et qu'il a trouvé ici le moyen de fausser compagnie à Arno.

— Peut-être... mais la pente est assez raide et pour un skieur non aguerri, descendre ici en *schuss*, c'est du suicide.

— Je doute qu'on réfléchisse à ce genre de danger quand on a un flingue sur la tempe.

Gaïa s'était éloignée de quelques mètres du *snowcat.* Elle se pencha, ramassa quelque chose puis revint vers eux en tenant dans ses mains deux paires de peaux de phoque.

— Ce sont bien eux, dit-elle. Je reconnais la marque de ces peaux. Ça doit faire très peu de temps qu'ils sont descendus, mais nous ne pouvons plus les suivre. Sans treuil, jamais le *snowcat* ne pourra emprunter cette pente. Nous devons faire marche arrière et tenter de redescendre à Siviez depuis le barrage, pour autant que le moteur tienne encore le choc.

Tandis que Gaïa parlait, Ana avait repéré, à droite du départ de la piste, un panneau de signalisation sur lequel était collée une feuille de papier protégée dans une enveloppe transparente plastifiée. Elle s'en approcha et reconnut aussitôt l'écriture manuscrite. Elle se tourna vers les deux autres et cria :

— Nom de Dieu ! Venez voir !

Gaïa et Isaac la rejoignirent, et lurent le texte à leur tour.

> *Dieu dit : Qu'il y ait des luminaires dans l'étendue du ciel, pour séparer le jour d'avec la nuit ; que ce soient des signes pour marquer les époques, les jours et les années ; et qu'ils servent de luminaires dans l'étendue du ciel, pour éclairer la terre. Et cela fut ainsi.*
>
> *Dieu fit les deux grands luminaires, le plus grand luminaire pour présider au jour, et le plus petit luminaire pour présider à la nuit ; il fit aussi les étoiles.*
>
> *Dieu les plaça dans l'étendue du ciel, pour éclairer la terre, pour présider au jour et à la nuit, et pour séparer la lumière d'avec les ténèbres. Dieu vit que cela était bon.*
>
> *Ainsi, il y eut un soir, et il y eut un matin : ce fut le quatrième jour.*

Ana regardait la piste qui s'enfonçait au milieu de la forêt en contrebas et une épaisse couche de brouillard qui remontait vers eux.

— Je crains, dit-elle, que ce texte annonce un quatrième mort.

— Lequel des deux, selon toi ? demanda Isaac. Robin ? Arno serait l'auteur de ces textes ?

— Non… Ça ne tient pas la route. Rien ne tient la route dans cette histoire. Arno n'est pas un meurtrier. Il a piqué ton flingue parce qu'il avait peur de figurer parmi les victimes.

— Robin, alors ?

— Ça n'a aucun sens non plus.

Ils se tournèrent vers Gaïa, qui les écoutait. Elle les fixa dans les yeux l'un après l'autre, puis leva les mains comme si elle cherchait à montrer qu'elle ne représentait aucun danger et déclara, sur la défensive mais avec conviction :

— Hé là ! Pourquoi vous me regardez comme ça ? Je n'ai rien à voir avec tout ça, moi.

— Nous ne t'accusons de rien, la rassura Ana. Nous cherchons juste à comprendre.

La couche de brouillard les enveloppa, puis remonta plus haut. Soudain, Isaac annonça :

— Je vois quelque chose, là en bas.

Ana et Gaïa s'approchèrent du bord de la piste et regardèrent. Une centaine de mètres plus bas, le brouillard s'était dissipé et on apercevait la forme d'une dameuse. Son gyrophare tournait, mais l'engin était immobile.

— Ce sont eux, tu crois ? demanda Ana.

— Je ne sais pas, répondit Isaac.

— Qu'est-ce qu'on fait ?

— On y va, décida Gaïa.

41

Ils descendirent en direction de la dameuse, à pied dans la neige fraîche qui recouvrait la piste balisée. À cause de son surpoids, Ana eut du mal à suivre les deux Valaisans, plus habitués qu'elle à la montagne. *De vraies chèvres*, pesta-t-elle intérieurement. Gaïa et Isaac venaient de s'arrêter au milieu de la piste, légèrement en amont de la machine, et ne bougeaient plus.

— Hé, leur cria-t-elle d'un peu plus haut, qu'est-ce qui se passe ?

Ils ne répondirent pas, ne se retournèrent même pas. Ils se tenaient immobiles, comme pétrifiés. À bout de souffle, Ana les rejoignit et comprit.

Juste devant eux, dans la neige écarlate, reposait la tête de Robin, les yeux grands ouverts et la bouche qui semblait esquisser un dernier sourire. Son corps se trouvait quelques mètres plus bas. Entre les deux, des giclures de sang sur la piste et, à bonne hauteur, un câble d'acier d'un centimètre de diamètre environ, tendu entre un crochet de la dameuse d'un côté de la piste et la base d'un tronc d'arbre de l'autre côté. Le treuil de la machine.

Ana avait déjà entendu parler de ce genre d'accident, l'un des pires dangers pour les amateurs de randonnées nocturnes. Le « fil à beurre », comme l'appelait le personnel d'entretien des pistes, parce qu'il pouvait couper un skieur en deux aussi facilement qu'une motte de beurre.

Sur la gauche de la piste, le gyrophare de la dameuse tournait encore, mais le moteur de l'engin était arrêté et la porte de la cabine ouverte. Tout autour de la fraise arrière, un véritable carnage : des éclaboussures de sang sur plusieurs mètres, dans toutes les directions, et partout, des lambeaux de chair et de vêtements. D'Arno Melly, il ne restait presque rien, juste une dispersion de matières organiques.

— Putain, mais qu'est-ce qui s'est passé ? s'exclama Ana, le cœur au bord des lèvres.

— Il est passé dans la fraise, murmura Gaïa en portant ses mains devant sa bouche.

Isaac se dirigea vers l'engin, contourna le périmètre souillé par les restes humains et monta à bord du monstre d'acier. Il arrêta le gyrophare, resta quelques secondes dans la cabine, puis revint vers les deux femmes, une feuille de papier dans une main.

— La marche arrière est enclenchée et le tableau de bord allumé, annonça-t-il. L'écran de contrôle mentionne une alerte de sécurité et un arrêt automatique du système. C'est ce qui arrive lorsque la dameuse rencontre un obstacle ou qu'un objet quelconque passe dans la fraise. Selon moi, Arno – si c'est bien lui, mais il n'y a pas de raison d'en douter à ce stade – est descendu de la cabine alors qu'elle était en marche et la chenille l'a entraîné vers l'arrière de la machine, où il a été happé par la fraise.

— Quel horrible accident ! s'exclama Gaïa.

— Ça ressemble effectivement à un accident, répondit Isaac, mais j'ai trouvé ça sur le siège passager.

Il tendit aux deux femmes la feuille de papier, à l'écriture manuscrite ancienne, mais élégante.

Dieu dit : Que les eaux produisent en abondance des animaux vivants, et que des oiseaux volent sur la terre vers l'étendue du ciel.

Dieu créa les grands poissons et tous les animaux vivants qui se meuvent, et que les eaux produisirent en abondance selon leur espèce ; il créa aussi tout oiseau ailé selon son espèce. Dieu vit que cela était bon.

Dieu les bénit, en disant : Soyez féconds, multipliez, et remplissez les eaux des mers ; et que les oiseaux multiplient sur la terre.

Ainsi, il y eut un soir, et il y eut un matin : ce fut le cinquième jour.

— Cinquième suicide, commenta Ana.

— Ou cinquième meurtre maquillé en suicide, corrigea Isaac.

— Alix s'est clairement suicidée, je l'ai vue.

— Peut-être, mais pour les quatre autres, les choses ne paraissent pas aussi évidentes.

— Je te l'accorde…

Ana relut le texte biblique, puis reprit :

— Quelqu'un peut m'expliquer la signification des premiers versets de la Genèse ?

Gaïa ne parvenait pas à détacher son regard des restes du corps passé dans la fraise. La question d'Ana la tira d'une sorte de léthargie et elle finit par répondre sur un ton mécanique, comme si elle récitait une leçon apprise par cœur :

— Dieu a créé le monde en six jours. Le premier jour, il a créé la lumière et les ténèbres ; le deuxième jour, le ciel et la mer ; le troisième jour, la terre ; le quatrième jour, le Soleil et la Lune ; le cinquième jour, les oiseaux et les poissons ; le sixième jour, les animaux terrestres, l'homme et la femme. Et le septième jour, comme te l'a déjà dit Isaac au refuge,

Dieu s'est reposé. C'est sur cette base biblique que l'homme a décidé que les semaines compteraient sept jours et que le dimanche serait consacré au repos.

— Isaac a donc raison, dit Ana. Il faut s'attendre à une sixième victime.

L'inspecteur valaisan s'était approché du câble de la dameuse, tendu en travers de la piste, et l'observait pensivement, comme il l'aurait fait d'une arme retrouvée sur les lieux du crime et qu'il aurait imaginée dans les mains d'un tueur au moment du passage à l'acte.

— Voire à une septième, ajouta-t-il.

Les deux femmes le regardèrent, incrédules.

— Tu peux préciser le fond de ta pensée ? demanda Ana.

Isaac revint vers les deux femmes, se plaça devant Ana, leva une main, les cinq doigts écartés, puis les plia les uns après les autres.

— Première victime : Rachel Fournier, la fille du procureur Noël Charmoy ; deuxième victime : Alix Jordan, la fille du prévenu Samuel Jordan ; troisième victime : Alexandre Van Dijk, le fils de l'avocat Georg Van Dijk ; quatrième victime : Robin Trembley, le fils du juge Étienne Trembley ; et cinquième victime : Arno Melly, le fils du journaliste Boris Melly. Nul besoin d'être sorcier pour deviner que quelqu'un s'en prend aux enfants des protagonistes du dossier Samuel Jordan.

— Jusque-là, je te suis, dit Ana. Mais il demeure des zones d'ombre. Premièrement, Boris Melly n'a pas couvert le procès de Samuel Jordan.

— Peut-être qu'il aurait dû le faire, répondit Isaac. Ce qui aurait semblé logique pour un journaliste d'investigation de sa trempe, qui suivait l'affaire de l'OTS depuis le début.

— Comment le sais-tu ?

— Parce que tout le monde connaît le nom de Boris Melly. En tout cas, moi, je me rappelle qu'il a couvert les évènements de Salvan.

— Perso, je ne m'en souviens pas, intervint Gaïa. Et pourtant, je suis aussi valaisanne.

— Peu importe, coupa Ana. Mais si on part de cette hypothèse, pourquoi un journaliste aurait accepté de taire l'existence du procès Jordan ?

— Ça, je l'ignore, répondit Isaac.

— Admettons que tu aies raison, reprit Ana. Pourquoi s'en prendre aux enfants des protagonistes et non aux protagonistes eux-mêmes, si on leur reproche quelque chose ?

— Tu me l'as dit toi-même au refuge, quand tu m'as résumé l'affaire : Maître Van Dijk est décédé d'un infarctus, le juge Trembley d'une cirrhose et Boris Melly dans un attentat à Bagdad. Quant au procureur Charmoy et à Samuel Jordan, je ne sais pas. Peut-être qu'ils sont morts, eux aussi. Si c'est le cas, on ne peut pas accomplir une vengeance contre des morts, alors on la retourne contre les descendants. Ce ne serait pas la première fois que ça arrive.

— Et cette vengeance profiterait à qui ? demanda Gaïa.

Isaac marqua un geste d'impatience, comme si les deux femmes refusaient de voir ce qu'elles avaient sous les yeux.

— Mais réfléchissez, bon sang ! Qui sont les victimes du procès Jordan ?

— Les seize victimes du Vercors, répondit Ana.

— Et à supposer que Jordan ait été accusé à tort ?

— La victime de ce procès serait alors Samuel Jordan lui-même. Mais dans ce cas, pourquoi sa fille… ?

Une lumière venait de s'allumer dans l'esprit d'Ana.

— Alix était la première victime…, murmura Ana.

— La seconde, corrigea Isaac.

— D'accord, dit Ana. La seconde victime dans l'ordre chronologique des décès, mais la première victime au refuge et…

— … la seule victime dont on n'a pas retrouvé le corps, compléta Isaac. Ce n'est pas toi qui m'as dit que les dignitaires de l'OTS avaient fabriqué de toutes pièces des visions, avec des hologrammes ou je ne sais quoi?

Gaïa semblait un peu perdue. Elle regardait tour à tour les deux policiers, mais peinait à suivre leur logique.

— Attends, coupa Ana. Au bord de la falaise, Alix n'était pas un hologramme. Ses pas dans la neige étaient bien réels, je te le jure.

— Mais es-tu sûre à cent pour cent de l'avoir vue tomber?

Isaac venait de semer le trouble dans l'esprit d'Ana.

— Je..., balbutia-t-elle. Oui... enfin, j'en suis quasi certaine. Je n'étais pas en train de rêver. Elle a sauté. Sous mes yeux.

Ana s'énerva soudain, ne supportant pas qu'on puisse mettre sa parole en doute.

— Enfin, poursuivit-elle, tu me fais quoi, là? Tu essaies de me dire qu'Alix aurait simulé son suicide? Mais elle était malade, cette fille! C'était une tox, avec le cerveau grillé. Et je peux te dire que, cette nuit-là, elle était toujours dépendante à la dope. Elle n'avait pas les idées à leur place, jamais elle n'aurait eu l'intelligence de monter le scénario que tu imagines, un pâle remake des *Dix petits nègres* d'Agatha Christie.

— Les *Dix petits nègre*s? s'étonna Gaïa.

— Oui, continua Ana, excédée. Un polar où la première victime simule sa mort et s'avère en réalité l'auteur des meurtres. Je viens de comprendre pourquoi Isaac imagine qu'il pourrait y avoir encore deux autres victimes. Sept au total. Ou plutôt six, si on retire Alix de l'équation.

Isaac fit signe à Ana de se calmer, puis reprit:

— Nous allons trouver le fin mot de toute cette histoire, je te le promets. En attendant, toi qui as lu une partie du dossier Jordan, réponds à cette simple question: combien de jours a duré le procès?

Ana réfléchit, se concentra pour retrouver dans sa mémoire les différentes phases du procès, puis répondit:

— Un jour pour l'interrogatoire du prévenu, l'audition de l'expert et l'audition d'un témoin. Un jour pour le réquisitoire du procureur. Un jour pour la plaidoirie de l'avocat de la défense. Deux jours de délibération. Et un jour pour la lecture du jugement. Six jours au total.

— Et le septième jour, conclut Isaac, tout ce petit monde s'est reposé.

42

Gaïa avait de la peine à détacher son regard du corps décapité de Robin et des restes dispersés du corps d'Arno. Elle avait tout de même suivi l'échange des deux policiers dans les grandes lignes. L'air intrigué, elle demanda :

— Mais au final, qui serait la sixième victime ? Et si Alix a simulé son suicide, comme vous l'imaginez, qui seraient donc les deux prochaines victimes ?

— Aucune idée, répondit Ana.

— Moi non plus, dit Isaac. Mais une chose est sûre…

Il fut interrompu par une voix lointaine, qui provenait de la poche de sa veste.

Papa, je t'en supplie, aide-moi…

Papa, je t'aime…

Papa, j'ai peur…

Papa…

Isaac sortit son téléphone, mais ne put empêcher le hurlement d'Éléa de se déclencher, ce qui glaça le sang des deux femmes. Ana et Gaïa échangèrent un regard abasourdi. Isaac décrocha.

— Martina ?… Oui… Je t'entends très mal, je n'ai pratiquement pas de réseau. Qu'est-ce que tu dis ?

Il retira le téléphone de son oreille, regarda l'écran, pressa une touche, puis reprit :

— Martina, tu m'entends ?
— Oui, répondit la légiste.
— OK, je t'ai mise sur haut-parleur pour que ma collègue entende.
— Tu n'es pas seul ?
— Non. Nous sommes trois. Sur une nouvelle scène de crime. T'es toujours à Tortin ?
— Non, je...
Nouvelle coupure de la communication.
— ... à Sion, termina la légiste.
— Eh bien, faudra remonter avec la SIJ. Ou envoyer un de tes collègues. Je t'indiquerai l'endroit dès que j'aurai plus de réseau. Qu'est-ce que tu essayais de me dire, à l'instant ?
— Je disais que...
— Je t'entends très mal. Ça coupe.
— ...
— Tu m'entends ?
— Oui, mais la connexion n'est pas terrible. Je ne comprends que deux mots sur trois.
— OK, va à l'essentiel.
— D'accord, répondit la légiste. Tes collègues ont obtenu les données rétractives du téléphone d'Alexandre Van Dijk et figure-toi que...
La communication fut coupée. Isaac regarda l'écran, qui n'affichait qu'une barre de réseau. Il rappela Martina, qui décrocha.
— Qui a envoyé le SMS à Alexandre Van Dijk ?
— Raphaëlle Bertrand.
Isaac ouvrit de grands yeux étonnés.
— La psychiatre de Rachel Fournier ?
— Elle-même.
— Mes collègues l'ont interpellée ?
— Non.
— Pourquoi ?
— Parce qu'elle n'est pas à son cabinet. Et de toute façon...
Nouvelle friture sur la ligne.

— De toute façon quoi ? insista Isaac.

— Elle n'existe pas.

— Quoi ?

— Il n'y a jamais eu de doctoresse Bertrand, ni à Sion, ni ailleurs. Raphaëlle Bertrand est une fausse identité.

— Comment s'appelle-t-elle, alors ?

— Aucune idée. Nous ne savons pas qui elle est.

— Mais... son cabinet... ?

— Il est au nom d'une fondation fantôme à Genève, la FARC. Une simple case postale. Son numéro de téléphone est aussi enregistré au nom de cette fondation. Mais c'est bien ce numéro que toi et moi avons appelé pour parler à cette psychiatre fantôme. Tes collègues ont aussi demandé la liste des appels rétroactifs du numéro qui a envoyé le SMS à Alexandre Van Dijk. Et nos numéros y figurent.

— OK, répondit Isaac, qui ne comprenait plus rien à la situation. Je... je vais t'envoyer une liste de psychiatres. J'aimerais que tu fasses le même genre de recherches à leur sujet.

— Pourquoi ?

— Trop long à expliquer. Fais-le, c'est très urgent. C'est tout ce que je te demande. Rappelle-moi quand tu as les résultats. Je t'envoie les coordonnées de l'endroit où nous nous trouvons actuellement, avec deux autres cadavres.

Il hésita, puis ajouta :

— Ah, un dernier truc. Toi qui aimes résoudre des casse-tête improbables, est-ce que le nombre 242332 t'évoque quelque chose ?

— Rien du tout dans l'immédiat. Pourquoi ?

— Je ne sais pas. Une vague intuition. C'est un code que Rachel Fournier utilisait au refuge du Grand Désert. Six chiffres, six victimes.

— Six victimes ? s'étonna Martina.

— Je t'expliquerai. Essaie simplement de voir si tu trouves quelque chose en lien avec ces chiffres.

Et il raccrocha.

— Qu'est-ce que tu fais ? demanda Ana tandis qu'Isaac préparait un message WhatsApp pour la légiste.

— Je lui envoie la photographie de la liste des participants au stage que Gaïa nous a montrée tout à l'heure.

— Pourquoi ?

Isaac envoya le message à Martina et rangea son téléphone dans la poche de sa veste. Puis il répondit :

— Une intuition.

— Quelle intuition ? insista Ana.

— Tu as entendu la légiste. La psychiatre de Rachel Fournier n'existe pas. Son cabinet de Sion et son numéro de téléphone sont inscrits sous le nom de la fondation qui a organisé ce stage au refuge. Je veux vérifier ce qu'il en est des autres psys qui ont envoyé leur patient là-haut.

— Je peux te dire que ma psy existe bien, lui fit remarquer Ana. Et je doute que, dans le cas d'Alexandre, la justice genevoise ait confié une expertise à une psychiatre qui n'existe pas.

— Je n'ai jamais dit que ces thérapeutes n'existaient pas. On sait que Rachel Fournier s'est rendue à des rendez-vous dans ce cabinet à Sion. Gaétan l'a confirmé et Rachel ne lui a jamais laissé entendre que ces séances étaient inutiles. On a même retrouvé une facture de la doctoresse Bertrand dans la voiture de Rachel. Je pense donc qu'il est nécessaire de vérifier ce qu'il en est des autres psys de cette liste, y compris la tienne.

— Tu seras déçu, dit Ana. La doctoresse Humair est une perle et je t'en veux déjà de la soupçonner de quelque chose.

— Je ne la soupçonne pas, je vérifie.

— C'est la même chose.

— Et maintenant, demanda Gaïa, qu'est-ce qu'on fait ?

— Dès qu'elle aura une réponse, la légiste me rappellera. Et il faudrait aussi que je téléphone à Gaétan. Mais pas d'ici, la communication est trop mauvaise. On pourrait essayer de descendre à Tortin ? Là-bas, il y avait du réseau.

Gaïa regarda la piste en contrebas.

— À pied depuis ici, nous en aurions pour une bonne heure au moins. Avec le *snowcat*, c'est impossible de descendre par ici. Il faudrait revenir au barrage, puis contourner la montagne. Dans ce cas, autant descendre directement jusqu'à Siviez. Mais vous avez entendu comme moi les bruits du moteur et vu la fumée. Je ne suis même pas sûre qu'il redémarre. En revanche, j'ai peut-être une idée.

— On t'écoute, dit Ana.

— On remonte vers le *snowcat* et on va jusqu'au barrage. Je sais comment entrer dans le complexe hydroélectrique. Si le réseau mobile ne passe pas à l'extérieur, il y a un téléphone fixe dans le bureau des techniciens.

Ils remontèrent sur la piste à pied jusqu'au *snowcat*. Ana y parvint difficilement, essoufflée et en sueur. Isaac l'aida sur les derniers mètres. Gaïa remit le moteur en marche, les claquements devinrent infernaux, la fumée se fit plus dense. Gaïa avait raison: jamais l'engin ne tiendrait jusqu'à Tortin ou Siviez. Il rendrait l'âme en cours de trajet.

Ils parvinrent néanmoins à retourner jusqu'au barrage. Gaïa arrêta le *snowcat* à côté d'une petite chapelle, située à l'ouest du sommet de la grande voûte de béton. Ils descendirent de l'engin et commencèrent à marcher en direction de la route qui traversait le barrage.

Plus ils avançaient dans l'axe de la vallée du Grand Désert, plus le vent s'intensifiait. Les rafales de neige fouettaient leur visage et ils devaient lutter pour progresser. La température était beaucoup plus basse que celle qu'ils venaient de connaître dans la forêt. Comme si, d'un coup, ils étaient revenus en arrière, au refuge.

Ana marchait à côté d'Isaac. Soudain, son téléphone sonna.

Papa, je t'en supplie, aide-moi…

Papa, je t'aime…

Papa, j'ai peur…

Papa…

Il sortit l'appareil avant que les suppliques ne se transforment en un hurlement et décrocha. C'était Martina, il avait du réseau, mais avec le bruit du vent, impossible de se parler.

— Je te rappelle, lui dit-il avant de raccrocher.

Puis il se tourna vers Ana et Gaïa, et décida :

— On retourne vers la chapelle.

Ils rebroussèrent chemin et, alors qu'ils marchaient, Ana demanda à Isaac :

— C'est quoi, cette sonnerie ?

— La voix de ma fille.

— C'est effrayant.

— Le dernier souvenir que j'ai d'Éléa.

— Mais c'est quoi, exactement, ces mots ?

Tout en continuant de marcher vers la chapelle, Isaac répondit sas sourciller :

— Pour son anniversaire, j'avais offert à ma fille un vol en hélicoptère, mais l'engin s'est écrasé. Contrairement aux pilotes, elle était encore en vie, mais bloquée dans la carcasse. Elle m'a appelé au secours, elle est tombée sur ma messagerie et a enregistré ce message. Gaétan était sur place, il essayait d'ouvrir la porte du cockpit, mais elle était coincée. Il voyait Éléa au moment où elle me téléphonait. Et l'épave a pris feu. Gaétan a réussi à s'éloigner juste à temps. Éléa est morte brûlée vive sous ses yeux. C'est son dernier cri…

Ana resta abasourdie par ce récit. Elle ne sut que répondre.

Ils entrèrent dans la chapelle de Cleuson et se mirent à l'abri des intempéries. Le décor était d'une grande sobriété. Une simple chapelle de montagne, des murs blancs, aucun vitrail. Deux rangées de bancs en bois et, au fond dans la nef, un autel surmonté d'une croix. Pas d'électricité. Avec la tempête, la luminosité de fin d'après-midi traversait à peine les carreaux des petites fenêtres. Il faisait très sombre.

Isaac rappela Martina. Cette fois, il ne la mit pas sur haut-parleur. La conversation dura de très longues minutes. Ana et Gaïa ne purent entendre les explications de la légiste. Elles devraient se contenter d'attendre un résumé. Quand il eut fini ce premier appel, Isaac enchaîna aussitôt par un second, à Gaétan.

Dans la discussion, Isaac posa une question à Gaétan au sujet de Rachel Fournier et de Gaïa Glassey. Ana n'entendit pas la réponse, mais Isaac demanda à son ami :

— Tu en es absolument certain ?

Visiblement, Isaac fut convaincu par la réponse. Il fixait Gaïa d'un air suspicieux.

Et dans la pénombre de la chapelle de Cleuson, un coup de feu éclata.

43

Saint-Casimir, le 22 mars 1997

Quinze mois après les évènements du Vercors, la secte de l'Ordre du Temple solaire connut un dernier soubresaut, dans une petite bourgade située au sud de la ville de Québec, au bord de la rivière Sainte-Anne.

Dans la soirée, un voisin alerta les pompiers, un incendie venait de se déclarer dans une maison individuelle en marge de la ville. Propriétaire de la seule station-service du coin et chef des pompiers volontaires de Saint-Casimir, Clément rejoignit ses hommes sur les lieux du sinistre. Le feu fut assez vite maîtrisé.

Quand, au cœur de la nuit, les pompiers purent investir la bâtisse partiellement brûlée, ils découvrirent, au rez-de-chaussée, une femme d'un certain âge avec un sac en plastique sur la tête. À l'étage, dans une petite chambre aux boiseries claires et aux rideaux blancs légèrement noircis par la fumée, quatre autres corps à moitié calcinés, deux hommes et deux femmes. On aurait pu penser, au premier regard, qu'ils gisaient de façon désordonnée sur un grand lit. Mais Clément remarqua tout de suite les pétales de roses rouges éparpillés dans la pièce, ainsi que la présence d'une épée et de vêtements de style médiéval. Il comprit alors que les corps étaient disposés pour former un crucifix. Dans la maison, les pompiers trouvèrent aussi une lettre manuscrite signée par Didier, le propriétaire des lieux.

> *Nous partons de notre propre volonté, sans souffrance. Nous savons ce que nous faisons. Ce n'est pas une fuite, bien au contraire. Combien furent nombreux les gens qui nous demandaient pourquoi des gens se retirent. Eh bien tout simplement parce que la vie se retire. Bien sincèrement, tous les gens de l'Ordre étaient extraordinaires et loin d'être les salauds décrits dans les journaux. Nous avons été traqués comme des chiens, parce que ce que nous disons dérange à un très haut niveau. Gardez de nous l'image d'êtres heureux, qui n'avaient pas choisi la vie la plus simple et la plus facile, mais au moins nous avions un but dans la vie, celui d'enrichir et d'ennoblir la parcelle de lumière et de conscience que nous portions. Puissiez-vous nous pardonner de vous faire du mal humainement, mais nous sommes heureux d'avoir accompli notre travail. Pensez que nous avons simplement déménagé une fois de plus, mais cette fois bien plus loin encore.*

À peine sa lecture terminée, Clément appela la Sûreté du Québec. Mais avant l'arrivée des enquêteurs sur les lieux, les pompiers découvrirent encore, dans un hangar situé tout près de la maison sur une parcelle recouverte de neige, trois adolescents rescapés, les enfants de deux des victimes. Ces derniers expliquèrent qu'ils avaient réussi, *in extremis*, à négocier avec les adultes le droit de rester en vie et de ne pas transiter vers Sirius. Avant que l'incendie ne se déclare au moyen d'un dispositif automatique d'allumage similaire à ceux utilisés à Morin-Heights, Cheiry et Salvan, les trois ados étaient sortis de la maison en emportant des effets personnels et quelques souvenirs de leurs parents.

Grâce au témoignage de ces enfants, les évènements de Saint-Casimir furent élucidés de façon très claire. Comme l'avait déjà fait Joseph Di Mambro en 1994, un testament tapé à la machine parvint aux médias. Mais cette fois, l'écrit contenait une étrange menace : *Quant au pseudo 54e, qu'il sache que le comité d'accueil l'attend.* Destinée à l'un des membres de l'OTS qui avait échappé au massacre de Cheiry, cette phrase relança la crainte d'un tueur mandaté par la secte pour faire le ménage.

Grenoble, avril 2001

L'un des enfants de Saint-Casimir témoigna dans le cadre du procès qui s'ouvrit à Grenoble le 13 avril 2001. Le procès ne se tint pas au palais de justice, mais dans un ancien musée réaménagé pour l'occasion. Entre la presse, le procureur, le prévenu, les parties civiles et les avocats, il fut suivi par près de cinq cents personnes, se déroula sur deux semaines et en deux parties, car ce fut à la fois le procès de l'OTS et celui de Michel Tabachnik.

Entre deux allers-retours à Genève pour s'enquérir auprès de son ami, le juge Étienne Trembley, de l'avancement du procès secret de Samuel Jordan devant la cour d'assises, Boris Melly ne manqua pas une miette des débats devant le tribunal correctionnel de Grenoble. Durant une brève suspension d'audience, il relut ses notes sur la genèse de la procédure française.

Au journal de 13 heures de TF1 du 23 décembre 1995, le jour même de la découverte du brasier de la forêt des Coulmes dans le Vercors isérois, le présentateur Gilles Bouleau a ouvertement désigné Michel Tabachnik comme le numéro trois de la secte, derrière ses gourous Joseph Di Mambro et Luc Jouret, alors que la responsabilité du chef d'orchestre franco-suisse a pourtant été écartée par le juge d'instruction fribourgeois dans les évènements de Cheiry et Salvan. Cette annonce a fait l'effet d'une bombe et Michel Tabachnik a été jeté en pâture aux médias. Les journalistes du monde entier se sont emparés de l'accusation. La pression de l'opinion publique, qui a besoin d'un coupable dans les exactions de la secte, est devenue telle que le juge d'instruction français a été contraint de mettre le chef d'orchestre en examen pour association de malfaiteurs.

La première semaine du procès fut consacrée aux évènements du Vercors, à la thèse d'une intervention extérieure dans le décès des victimes et à celle de l'utilisation d'un lance-flammes. On parla d'un ange noir ou d'un ange exterminateur, dont l'existence même était remise en cause par les enquêteurs. Et sous les yeux ébahis de Boris Melly, seul dans le public à connaître l'existence de Samuel Jordan, le procès prit une tournure des plus surréalistes. Les avocats des parties civiles s'affrontèrent et se déchirèrent entre eux, sous le regard amusé de l'avocat du prévenu, plutôt satisfait de ce pugilat verbal qui amenait de l'eau à son moulin. Certaines parties civiles estimaient que le procès ne devait porter que sur la doctrine professée par Michel Tabachnik au sein de l'OTS, ainsi que sur la manipulation mentale et l'endoctrinement des membres de la secte. Ces parties civiles qualifiaient la thèse d'une intervention extérieure dans les évènements du Vercors de fantasme parasitaire, alléguant qu'elle ne visait qu'à déculpabiliser les victimes et les membres de leurs familles. Excédé, le président du tribunal correctionnel en vint lui-même à qualifier cette thèse de « propos de café de commerce ».

L'interrogatoire de Michel Tabachnik ne débuta que le sixième jour. Selon l'acte d'accusation, on reprochait au seul prévenu du procès d'avoir, par ses écrits et son enseignement au sein de l'Ordre entre 1985 et 1992, incité les adeptes à se suicider. Tant au cours de son procès que devant les médias, le chef d'orchestre se défendit toujours bec et ongles d'une telle intention criminelle. Quand Boris Melly l'interpella dans un couloir de l'ancien musée à la fin d'une journée d'audience, Tabachnik lui répondit simplement que, selon lui, ses textes intitulés *Les Archées*, qui désignaient dans le jargon des alchimistes le « feu central de la Terre », n'enseignaient qu'une philosophie de vie, inspirée de l'œuvre métapsychologique du psychiatre suisse Carl Jung. Il n'en demeurait pas moins qu'aux yeux des experts qui les avaient examinés, les écrits de Tabachnik ne représentaient rien de moins qu'une grenade dégoupillée dans les mains des adeptes. L'arme morbide du message hypnotique transmis au sein de la secte, selon lequel « mort = vie ». En gros, on comprenait au travers de ces textes qu'on ne pouvait pas transiter vers Sirius si on n'avait pas transmuté les cellules de son corps, si on n'avait pas modifié le carbone du corps, qui ne pouvait être transformé en énergie que par le biais du feu.

D'anciens adeptes de la secte vinrent aussi témoigner devant le tribunal et contredirent cette interprétation, tout en regardant parfois le prévenu avec une certaine dévotion.

Quand vint enfin le temps du réquisitoire et des plaidoiries, le procureur demanda cinq ans de prison ferme contre Michel Tabachnik. La défense, elle, plaida sans surprise l'acquittement. En marge de l'audience, l'avocat du prévenu avait déclaré à Boris Melly qu'il estimait détenir, sur le plan pénal, un dossier solide, parce qu'on ne pouvait pas condamner un homme pour la mort d'autres hommes simplement parce qu'il avait écrit des textes.

— Sinon, ça reviendrait à ouvrir la boîte de Pandore, avait-il conclu.

En revanche, l'avocat du prévenu avait confessé au journaliste suisse que, sur le plan médiatique, il plaidait un mauvais dossier.

— Parce qu'il y a eu des morts, qu'il faut que quelqu'un paie et que mon client est le seul survivant qui bénéficie d'une certaine notoriété.

Au final, Michel Tabachnik fut acquitté par le tribunal correctionnel de Grenoble le 25 juin 2001, puis rejugé en appel et acquitté une seconde fois le 20 décembre 2006. Boris Melly mourut à Bagdad en 2003 et ne put couvrir le procès en appel. Mais la conclusion de son article de 2001 fut reprise par de nombreux médias :

> *Si la question de la culpabilité demeure purement juridique, restera éternellement celle de la responsabilité morale. Le chef d'orchestre a été blanchi deux fois par les juges suisse et français, sans équivoque, mais parfois, l'opinion publique n'a que faire des verdicts de la justice. Et un acquittement judiciaire peut à jamais résonner dans l'esprit des gens comme une condamnation morale, que le prévenu devra porter comme une croix jusqu'à sa mort.*

Entre les jugements de première instance et d'appel, les parties civiles défendant la thèse d'une intervention extérieure dans les évènements du Vercors mirent en œuvre une nouvelle expertise privée, qui impliquait l'exhumation des corps des victimes. Après ouverture des cercueils et des sacs mortuaires, on procéda à des prélèvements sur les dépouilles, qui confirmèrent un excès en phosphore.

Le juge d'instruction de Grenoble rouvrit le dossier et demanda une nouvelle fois aux experts en incendie qui avaient examiné l'affaire depuis le début d'évaluer la légitimité de cette nouvelle expertise privée.

Au final, les experts considérèrent, comme la première fois, que ce rapport n'apportait rien de nouveau et que l'excès en phosphore pouvait s'expliquer autrement que par l'utilisation d'un lance-flammes.

L'affaire s'arrêta là, renvoyant la thèse de ces parties civiles dans l'oubli. Resterait au fond du puits de l'Enfer cette plaque commémorative :

C'est ici que la folie humaine
a fait 16 victimes
dans la nuit du 15 au 16 décembre 1995

44

GENÈVE, AVRIL 2001

Au palais de justice du Bourg-de-Four, l'audience de la cour d'assises reprit avec l'audition de l'expert psychiatre. Le docteur Hubert de Candolle s'approcha de la barre. Le médecin se tenait droit dans son costume trois pièces, avec ses petites lunettes sur le nez. Il était coutumier de ce genre d'exercice et pourtant, il avait le trac. Probablement, se disait-il, comme tous ces acteurs de théâtre ou ces musiciens chevronnés qui, à chaque fois qu'ils montaient sur scène, passaient par ce stade incontrôlable, mais salutaire. Le juge vérifia son identité, simple formalité, puis lui rappela ses droits et obligations. L'expert connaissait par cœur les dispositions pénales qui régissaient son mandat. Vint enfin le temps des questions.

— Docteur de Candolle, commença le président, votre audition a été principalement requise par la défense. Avant de passer la parole à Maître Van Dijk, je vais tout de même vous demander si vous confirmez la teneur et les conclusions de votre rapport.

— Je les confirme.

— Quel diagnostic avez-vous posé concernant le prévenu Samuel Jordan ?

— Légère schizophrénie paranoïde. Pour procéder à l'évaluation psychopathologique, je vous renvoie à la documentation indiquée dans mon rapport, qui répond aux exigences du Tribunal fédéral en la matière.

— Votre rapport n'est pas remis en cause sur ce point, dit le juge. Ce diagnostic vous conduit-il, dans l'hypothèse où le prévenu a bien commis les faits qu'on lui reproche, à conclure à une diminution, voire une absence totale de responsabilité pénale au moment du passage à l'acte ?

— Non, monsieur le président. Selon moi, le prévenu disposait de sa pleine capacité de discernement au moment des faits. Il a agi en pleine connaissance de cause, sans altération aucune de sa conscience ni de sa volonté.

— M. Jordan déclare qu'il n'était pas membre, mais sympathisant de l'OTS. Même si la nuance peut sembler abstraite, d'autant plus qu'on le voit clairement sur des vidéos en train de participer à des cérémonies dans le sanctuaire de Saconnex-d'Arve, est-ce que l'enseignement dispensé aux adeptes de la secte aurait pu altérer ses capacités cognitives ?

— Non. Et j'explique très clairement pourquoi dans mon rapport.

— En cas de condamnation du prévenu, préconisez-vous une mesure thérapeutique en lieu et place de la prison, comme un internement, un placement dans un établissement spécialisé, voire un traitement ambulatoire ?

— Non, monsieur le président. Une mesure est inutile dans le cas de l'expertisé. Dès l'instant où sa pathologie paraît sous contrôle et qu'elle n'a joué aucun rôle dans la commission des faits, je n'en vois pas l'utilité.

— Est-ce que d'autres motifs médicaux feraient obstacle à l'exécution d'une peine de prison ferme ?

— Non plus.

— Selon vous, le prévenu présente-t-il un risque de récidive ?

L'expert réajusta discrètement ses lunettes sur son nez.

— Le risque zéro n'existe pas, mais je ne pense pas qu'il soit très élevé. À mon avis, tout dépend d'un facteur essentiel: s'il existe encore des adeptes en vie de cette secte et si un membre faisait appel au prévenu pour prêter main-forte en vue d'un nouveau transit vers Sirius, alors oui, le risque de récidive existerait.

— Très bien. Dernière question de la cour: confirmez-vous que le prévenu vous a fait des aveux au sujet des faits et que ses aveux ont été fidèlement retranscrits dans votre rapport?

— Je le confirme.

Le juge remercia l'expert, puis s'adressa au procureur, qui répondit qu'il n'avait pas de questions à poser. Le juge passa ensuite la parole à l'avocat de la défense.

— Docteur de Candolle, commença Maître Van Dijk, à quelle occasion mon client vous a-t-il fait ces prétendus aveux?

— C'est indiqué dans mon rapport, répondit l'expert.

— Je lis qu'ils seraient intervenus lors d'une de vos visites à la prison de Champ-Dollon. Or, la veille de cette visite, mon client a contesté les faits devant la police. Et le lendemain encore, il a continué de clamer son innocence devant le juge d'instruction. Comment expliquez-vous cette incohérence?

— Il n'y a rien d'incohérent à mes yeux. L'expertisé a peut-être eu un moment de faiblesse ou de lucidité devant moi, je ne sais pas.

— Ce n'est pas une explication très scientifique, pour un expert psychiatre. Mais bref, passons. Qui a rédigé le rapport d'expertise?

— Moi-même, évidemment. Enfin, je veux dire: je l'ai dicté, ma secrétaire l'a tapé, puis l'a imprimé. Je l'ai relu et fait corriger. Puis je l'ai signé et envoyé au juge d'instruction.

— N'avez-vous jamais demandé à votre secrétaire

d'ajouter les aveux du prévenu après votre première relecture du rapport ?

— Bien sûr que non ! s'offusqua l'expert.

— J'imagine que votre secrétaire vous est fidèle et qu'elle ne viendrait pas témoigner du contraire, n'est-ce pas ?

— Elle travaille depuis vingt ans pour moi et j'ai pleine confiance en elle.

— Je n'en doute pas, sourit l'avocat. Et c'est la raison pour laquelle nous n'allons pas l'appeler à la barre pour témoigner. En revanche, un témoin est prêt à affirmer sous serment, devant cette cour, que vous avez demandé à votre secrétaire de faire figurer les aveux de mon client dans votre rapport et qu'elle s'est étonnée d'un tel oubli. Qu'avez-vous à dire à ce sujet ?

— C'est parfaitement ridicule.

Après toute une série d'autres questions plus incisives les unes que les autres, le docteur Hubert de Candolle se retira de la salle d'audience, un peu décontenancé. C'était la première fois de sa carrière de psychiatre qu'il était confronté à une telle accusation.

Le juge demanda ensuite au greffier de faire entrer le témoin. Celui-ci s'avança à la barre d'un pas hésitant, visiblement peu coutumier de la justice et très impressionné par tous ces regards tournés vers lui.

Le juge vérifia son identité.

— Monsieur, vous vous appelez Esteban Bartomeu et vous êtes domicilié à Onex, c'est bien exact ?

— C'est juste, répondit l'homme en bleu de travail et à l'accent portugais prononcé.

— Bien. Je vous rappelle que vous êtes entendu devant ce tribunal comme témoin. Avez-vous un lien de parenté ou d'alliance avec le prévenu Samuel Jordan ?

— Non. Je le connais pas.

— Dans ce cas, je vous rappelle que vous êtes tenu de

répondre aux questions conformément à la vérité et que le faux témoignage est une infraction sévèrement punie par la loi. Avez-vous compris cet avertissement ?

— Oui, oui. Je vais dire la vérité, rien que la vérité, toute la vérité. Je le jure.

— Très bien, dit le juge. Dans ce cas, je passe la parole à l'avocat du prévenu, qui a sollicité votre témoignage.

— Je vous remercie, monsieur le président, répondit Maître Van Dijk, qui se tourna vers le témoin et reprit : monsieur Bartomeu, connaissez-vous le docteur Hubert de Candolle ?

— Pas vraiment. Enfin… je veux dire… je l'ai vu deux ou trois fois.

— À quelles occasions ?

— J'ai fait des travaux de peinture dans son cabinet, en ville. C'est mon patron qui m'a confié cette tâche. J'ai passé plusieurs heures dans ce cabinet.

— Quand était-ce ?

— L'année passée, en janvier. Je le sais parce que, durant l'hiver, les chantiers extérieurs tournent au ralenti et mon patron en profite pour nous envoyer chez les privés.

— Pourriez-vous répéter à la cour ce que vous m'avez raconté ?

Esteban Bartomeu parut hésitant, puis il répondit :

Ce jour-là, je repeignais un mur de la salle d'attente, juste à côté du secrétariat. La porte était ouverte et j'entendais tout. Le docteur est arrivé et il a demandé à sa secrétaire de corriger le rapport de M. Jordan. Il lui a dit de rajouter des aveux que M. Jordan lui aurait faits à la prison. Je me souviens qu'il a parlé d'un lance-flammes. La secrétaire a eu l'air surprise, mais le docteur a insisté.

— Êtes-vous sûr d'avoir entendu le nom de M. Jordan ?

— Oui. Je suis fan de basket-ball et Michael Jordan est mon idole. Ça m'a marqué. Je ne pensais pas que ce nom de famille existait ailleurs qu'aux États-Unis.

— Monsieur Bartomeu, vous êtes d'origine portugaise,

Votre langue maternelle est le portugais. Êtes-vous sûr d'avoir bien compris la discussion entre le docteur de Candolle et sa secrétaire ?

— Bien sûr que oui. Mon français n'est pas excellent, mais je comprends parfaitement.

— Je vous remercie. Ce sera tout.

Cinq jours plus tard, au terme du réquisitoire du procureur, de la plaidoirie de la défense et des délibérations, la cour d'assises du canton de Genève acquitta le prévenu Samuel Jordan au bénéfice du doute et ordonna sa libération immédiate. Le procureur annonça au juge qu'il ne ferait pas appel et une copie du jugement fut aussitôt transmise, pour information, au parquet de Grenoble.

Après le verdict, les parties se retrouvèrent dans le bureau du juge Trembley. Ce dernier annonça au procureur Charmoy qu'il n'avait pas le choix et qu'il allait lui adresser une dénonciation pénale contre le docteur Hubert de Candolle. Le procureur répondit qu'il se chargerait lui-même du dossier et dénoncerait à son tour le psychiatre à l'Ordre des médecins, tout en veillant à filtrer l'information et à donner le moins de renseignements possible sur la cause Samuel Jordan. Maître Van Dijk appuya la démarche, indiquant que son client se porterait partie plaignante contre l'expert.

Quand les parties quittèrent son bureau, le juge Étienne Trembley téléphona discrètement à son ami Boris Melly, qui assistait au procès de l'OTS et de Michel Tabachnik à Grenoble. Le magistrat communiqua en *off* au journaliste le verdict Samuel Jordan, puis il l'informa, toujours en *off*, d'un potentiel scandale concernant un psychiatre réputé de Genève. Quelques jours plus tard, le docteur Hubert de Candolle fit la une de la *Tribune de Genève*. Et dans la semaine qui suivit, son nom fut traîné dans la boue et placardé sur toutes les manchettes des journaux de la Suisse romande.

Septième partie

La morsure des flammes

45

Canton du Valais, aujourd'hui

Le coup de feu résonnait encore dans la chapelle de Cleuson. La balle avait atteint Isaac. Sous les yeux d'Ana, il s'écroula au pied de l'autel et lâcha son téléphone. L'appareil émit un cliquetis métallique en rebondissant sur le sol.

Par réflexe et sans réfléchir au danger, Ana se précipita vers son collègue valaisan et s'agenouilla à côté de lui. Tremblante, elle passa une main sous sa nuque et redressa un peu sa tête. Il cligna des yeux.

Les lèvres d'Isaac remuèrent, Ana comprit qu'il cherchait à lui dire quelque chose. Elle se pencha pour approcher une oreille de sa bouche et Isaac lui murmura :

— 2… 4… 2… 3… 3… 2…

Au ralenti et d'une voix très faible, il répéta deux fois la série de chiffres. Ana ne comprenait pas où il voulait en venir. Elle finit par prononcer elle-même les chiffres à haute voix.

— 242332 ? C'est ça que tu veux me dire ? 242332 ?

Et là, Ana reconnut le code du refuge, celui de la porte de la remise et du déverrouillage du téléphone fixe.

Isaac murmura :

— Gaïa…

Ana tourna la tête. Debout entre les deux rangées de bancs, Gaïa tenait à deux mains un pistolet dont le canon fumait encore et qu'elle braquait sur Ana. Malgré la pénombre, cette dernière reconnut l'arme de service d'Isaac.

— Gaïa…, murmura Ana. Pourquoi ?

Isaac, qui tremblait à présent, était sur le point de perdre connaissance. Ses vêtements amples empêchaient Ana de savoir où il avait été touché et si la blessure était grave. Elle ne voyait pas de sang.

À côté de lui, son téléphone reposait sur le sol. On entendait encore la voix lointaine de Gaétan.

— Isaac ?… T'es là ?… C'était quoi, ce bruit ?… Tu m'entends ?… Isaac ?… T'as entendu ce que je t'ai dit ?…

— Éteins ça ! ordonna Gaïa à Ana. Éteins ce putain de téléphone !

Au ton autoritaire de la fausse gardienne, Ana comprit qu'elle n'avait pas le choix. Elle reposa délicatement la tête d'Isaac sur le sol de la nef, se pencha par-dessus le corps de son collègue, tendit un bras vers le téléphone et coupa la communication.

— Bien, dit Gaïa plus calmement. Maintenant, relève-toi. Sans geste brusque.

Ana s'exécuta lentement.

— Pourquoi tu lui as tiré dessus ? demanda-t-elle.

Gaïa esquissa un étrange sourire.

— Parce que son pote venait probablement de lui apprendre que Rachel Fournier n'avait pas d'amie du nom de Gaïa Glassey, ni de remplaçante pour tenir le refuge.

— Alors, t'es qui, putain ?

— Gaïa est mon second prénom, répondit-elle. Mais je ne m'appelle pas Glassey. Mon vrai nom de famille est de Candolle. Urielle Gaïa de Candolle.

Cherchant dans sa mémoire, Ana revit ce nom dans le dossier d'Alix.

— Comme le psychiatre qui a expertisé Samuel Jordan ?
— Hubert de Candolle était mon père.

Gaïa résuma à Ana les dernières pièces du dossier, celles qu'elle n'avait pas eu le temps de lire au refuge, en particulier le témoignage accablant de son père Esteban Bartomeu devant la cour d'assises, puis elle ajouta :
— Quand Samuel Jordan a été libéré en avril 2001, j'avais quinze ans. Je vivais encore chez mes parents, évidemment, et nous formions une famille heureuse. À la maison, mon père ne parlait jamais de ses patients, ni des prévenus qu'il expertisait pour le compte de la justice. Il respectait scrupuleusement le secret médical et le secret de fonction, même avec ma mère. Alors quand il a été pris dans la tourmente judiciaire et médiatique, ça a fait l'effet d'une tornade, qui a tout balayé sur son passage. De notre famille, il n'est resté que des ruines. Et le comble de l'ironie dans tout ça, c'est que Samuel Jordan a osé se porter partie plaignante contre mon père. Ceci avec la bénédiction ou sur les conseils avisés de son avocat, ce brave Maître Van Dijk, frustré de ne pas avoir connu son heure de gloire dans les médias avec le procès de son client, mais tellement heureux de pouvoir se rattraper sur le dos de mon père.
Mais si j'en crois ton récit, dit Ana, encore sous le choc de ces révélations, ton père a fauté.
— Ou pas ! aboya Gaïa. Et très franchement, je n'en ai rien à foutre. Quoi qu'il ait pu faire ou ne pas faire, il ne méritait pas ça.
— Pourquoi ne pas avoir répondu en attaquant Jordan et mon père en diffamation ?
— Parce que Jordan est mort quelques mois après sa libération, répondit Gaïa avec amertume. On ne saura jamais s'il a commis ou non les actes que la justice lui reprochait dans le Vercors, ni s'il est réellement ou non passé aux aveux devant mon père à la prison. Et de ça aussi, je me

fous royalement. Jordan avait sa conscience pour lui. Mais une fois en liberté, il n'a pas supporté le regard des autres, à commencer par ceux de sa femme et de sa fille. Et il s'est suicidé en se jetant du pont Butin. Mais c'était déjà trop tard pour ma famille. Quant à Georg Van Dijk, son cœur a lâché trop tôt. Un infarctus… tu connais ça, n'est-ce pas, Ana ?

Instinctivement, Ana porta les mains à sa poitrine. Un réflexe psychologique, car depuis une année, elle n'avait plus de problèmes cardiaques.

— Et le procureur Charmoy ?

— Mort, lui aussi. Il s'est endormi dans son sommeil, comme on dit. Une trop belle mort pour le pourri qu'il était.

— Pourri ?

— Il s'est quand même débrouillé pour traiter lui-même la dénonciation du juge Trembley contre mon père, afin de s'assurer que rien ne fuite au sujet du procès Samuel Jordan. Mon père aurait pu tenter de se défendre en y faisant référence, mais Charmoy s'est arrangé pour que la police perquisitionne rapidement son cabinet et notre domicile. Résultat : toutes les notes que mon père avait prises pour l'expertise ont disparu. Il n'est resté que des copies du rapport d'expertise, qui était loin d'être exhaustif sur les détails du procès Jordan.

— J'entends, répondit Ana. Mais pourquoi s'en prendre aux enfants de ces personnes ?

Gaïa ricana.

— Mais parce que c'est comme ça ! Parce que, quoi qu'on en dise, les enfants sont parfois responsables des erreurs de leurs parents. Le juge Trembley est mort d'une cirrhose, tant mieux. Mais sans ses relations et ses multiples violations du secret de fonction avec son grand pote Boris Melly, tout ça sous couvert du *off* pour arriver à ses fins et entrer au Conseil d'État, jamais il n'y aurait eu tous ces articles de presse au sujet de mon père. Sans le torchon initial de Boris

Melly qui a mis le feu aux poudres, mes parents seraient encore en vie.

Tout en tenant le pistolet d'une seule main, Gaïa pointa un index accusateur vers Ana et reprit :

— Et sans le témoignage de ton père, lui aussi mort d'un cancer sans avoir pu répondre de ses actes, jamais il n'y aurait eu d'affaire Hubert de Candolle. *Le scandale Hubert de Candolle*, comme l'a titré Melly. Il savait y faire, celui-là, pour vendre ses papiers de merde.

— Tu crois que mon père a menti au tribunal ? demanda Ana.

— Je ne sais pas et je m'en fous. Peut-être qu'il était de bonne foi, peut-être qu'il a tout simplement mal compris ou mal interprété le dialogue entre mon père et sa secrétaire dans le cabinet, ou peut-être qu'il a été soudoyé pour fournir un faux témoignage contre une somme d'argent ou autre chose.

— Mais par qui ?

— Je ne sais pas, répondit Gaïa en haussant la voix. Peut-être qu'il a été payé par Jordan ou Van Dijk. Mais au final, qu'est-ce que ça change, aujourd'hui ?

Tout en essayant de comprendre la logique de Gaïa qu'elle peinait à suivre, Ana se faisait du souci pour Isaac. À ses pieds, le policier valaisan était inanimé. Mort ou simplement inconscient. Dans la seconde hypothèse, elle devait trouver un moyen rapide d'appeler les secours. Pour le moment, elle ne pouvait rien faire. Gaïa restait sur ses gardes et continuait de braquer sur elle le pistolet d'Isaac.

— Comment as-tu récupéré ce flingue ? demanda Ana. Tu l'as arraché des mains d'Arno avant qu'il s'enfuie du refuge avec Robin ?

Gaïa éclata de rire.

— Mais je n'ai pas eu besoin de le lui arracher des mains, répondit-elle. Arno et Robin sont devenus dociles comme des moutons quand je leur ai présenté le Monstre. Arno m'a gentiment remis l'arme et, pour donner le change, je me suis tiré une balle dans le bras, en prenant garde à limiter la blessure à une simple éraflure.

— Le Monstre ? s'étonna Ana. Mais quel monstre ? Le Monstre du Valais ? Celui de la légende ?

Gaïa cessa soudain de rire et afficha un visage et des yeux d'une telle noirceur qu'Ana sentit son sang se glacer.

— Je te parle du monstre qui est en moi, de celui qui sommeille en chacun de nous, de celui qui est en toi et qui n'attend qu'une chose : se réveiller et t'emmener vers la lumière.

Gaïa plongea sa main libre dans une poche de sa veste et en sortit une statuette de *Tschäggättä*, qu'elle tendit en évidence devant elle. La poupée en bois était la sixième qu'elle avait confectionnée spécialement pour l'occasion. La dernière des six.

Quand les yeux d'Ana entrèrent en contact avec ceux du Monstre, elle se sentit happée dans le néant.

46

Ana flottait dans une dimension parallèle. Le décor restait exactement le même, mais il était apaisant. Ana était dans la maison de Dieu et Dieu l'appelait dans la lumière.

Aux pieds d'Ana, un homme qu'elle ne connaissait pas dormait comme un bienheureux. Douce et bienveillante, la voix du Monstre qui résonnait dans la tête d'Ana lui susurrait qu'il ne fallait surtout pas le réveiller.

Le Monstre invita Ana à regarder la femme qui se tenait devant elle, entre les travées. Elle non plus, Ana ne la connaissait pas. Elle était belle comme un cœur et lui rappelait un peu Lucille, qu'elle avait aimée six ans plus tôt. Ana en vint presque à ressentir du désir pour cette femme, qui lui souriait tendrement et tenait, dans chaque main, un étrange objet.

Le Monstre commanda à Ana de suivre cette femme et de faire tout ce qu'elle lui demanderait. Il s'inclina devant Ana comme si elle était une princesse, lui dit enfin qu'il la retrouverait de l'autre côté du miroir, puis il se retira, ne laissant derrière lui qu'un halo de brume.

Comme un robot, Ana fit quelques pas dans la chapelle, en direction de cette femme lumineuse. Elle s'arrêta devant elle et la regarda droit dans les yeux. La femme lui dit qu'elle s'appelait Gaïa. C'était joli, comme nom, Gaïa.

— Je me nomme Ana, répondit-elle.

— Je sais qui tu es, Ana.

— Qu'attends-tu de moi?

Gaïa lui sourit.

— Ne sois pas impatiente, petite fille.

— Je ne le suis pas.

— Alors, tant mieux.

Gaïa jeta un coup d'œil à l'homme qui dormait. Elle parut satisfaite. Puis elle regarda les objets qu'elle tenait dans ses mains et les déposa, l'un à côté de l'autre, sur un banc.

— Je n'en ai plus besoin, dit-elle. Maintenant, viens avec moi, petite fille. Suis-moi.

Gaïa l'emmena vers la sortie de la chapelle. À l'extérieur, Ana eut l'impression de se retrouver sur une plage de sable blanc, baignée d'une intense lumière. La température était agréable, une petite bise caressait ses joues. Ana se sentait légère, comme si elle avait soudain perdu la moitié de son poids. Elle marchait si aisément, comme si chacun de ses mouvements ne lui soutirait aucune énergie. Elle se sentait libre et heureuse, des sensations qu'elle n'avait plus connues depuis bien longtemps.

Les deux femmes s'arrêtèrent vers un curieux véhicule. On aurait dit une camionnette à la forme cubique, avec des chenilles à la place des roues. Gaïa dit à Ana de l'attendre, car elle avait quelque chose à prendre dans le coffre. Et Ana resta là, immobile, sans poser de questions.

— C'est bien, petite fille, la félicita Gaïa à son retour. Tu es très obéissante. Ce n'était pourtant pas gagné avec toi, car depuis le départ, tu étais la moins réceptive des six pour le transit. Mais aujourd'hui, je suis fière de toi, car tu as enfin trouvé la voie vers le tunnel. Et au bout de ce tunnel se trouve la lumière. Elle t'attend.

— J'ai vraiment hâte de la voir, dit Ana d'une voix monocorde.

— Alors, allons-y!

Depuis qu'elle était revenue du coffre de la machine, Gaïa portait au dos un sac étrange. On aurait dit de grosses bouteilles en métal, un peu comme celles d'un plongeur, avec un tuyau et un long bec au bout.

— Qu'est-ce que c'est? demanda Ana.

— Ton carrosse, petite fille. C'est grâce à lui que tu pourras traverser le tunnel et atteindre la dimension supérieure.

— Mais ça ne ressemble pas à une voiture, se plaignit Ana.

— C'est parce que tu vois déjà les choses de manière différente. Ça signifie que tu es prête pour le voyage.

Ana précédait Gaïa et avançait vers une grande digue en béton, qui séparait la mer de la terre. Devant ses yeux, elle voyait presque se matérialiser ses enfants, Paola et Luis. Elle ne savait pas s'ils étaient là pour lui dire au revoir ou l'accompagner de l'autre côté.

Dans le dos d'Ana, tout en marchant, Gaïa se mit à réciter un texte à haute voix.

> *Dieu dit: Que la terre produise des animaux vivants selon leur espèce, du bétail, des reptiles et des animaux terrestres, selon leur espèce. Et cela fut ainsi.*
>
> *Dieu fit les animaux de la terre selon leur espèce, le bétail selon son espèce, et tous les reptiles de la terre selon leur espèce. Dieu vit que cela était bon.*
>
> *Puis Dieu dit: Faisons l'homme à notre image, selon notre ressemblance, et qu'il domine sur les poissons de la mer, sur les oiseaux du ciel, sur le bétail, sur toute la terre, et sur tous les reptiles qui rampent sur la terre.*

Dieu créa l'homme à son image, il le créa à l'image de Dieu, il créa l'homme et la femme.

Dieu les bénit, et Dieu leur dit : Soyez féconds, multipliez, remplissez la terre, et l'assujettissez ; et dominez sur les poissons de la mer, sur les oiseaux du ciel, et sur tout animal qui se meut sur la terre.

Et Dieu dit : Voici, je vous donne toute herbe portant de la semence et qui est à la surface de toute la terre, et tout arbre ayant en lui du fruit d'arbre et portant de la semence : ce sera votre nourriture.

Et à tout animal de la terre, à tout oiseau du ciel, et à tout ce qui se meut sur la terre, ayant en soi un souffle de vie, je donne toute herbe verte pour nourriture. Et cela fut ainsi.

Dieu vit tout ce qu'il avait fait et voici, cela était très bon. Ainsi, il y eut un soir, et il y eut un matin : ce fut le sixième jour.

Quand Gaïa se tut, Ana sut exactement ce qu'elle devait faire, ce que le Monstre attendait d'elle. Elle se dirigea vers le point central de la digue et monta sur un petit escabeau, appuyé contre la barrière de la digue, côté terre. Le tunnel était droit devant elle. Et Ana savait que, derrière elle, Gaïa terminait les préparatifs du carrosse.

Soudain, un coup de tonnerre éclata. Ana sursauta et se retourna. Elle ne savait plus où elle était et se sentait complètement perdue, comme si elle venait de se réveiller d'un cauchemar.

Très lentement, malmenée par le vent, la neige et le froid, les bras écartés pour tenter de garder l'équilibre, Ana fit un tour sur elle-même et constata avec effroi qu'elle se trouvait au bord du vide. Un pas de plus en avant et c'était le grand plongeon depuis le barrage de Cleuson. D'abord un rebond contre la voûte de béton, puis l'écrasement de son corps quatre-vingts mètres plus bas, sur la roche à peine recouverte de neige.

Tremblant comme une feuille, Ana redescendit les marches de l'escabeau et regagna la route qui traversait le barrage. Du côté de la chapelle, elle vit Isaac tituber vers elle, l'air mal en point, son pistolet dans une main, l'autre appuyée contre son flanc gauche. Du sang coulait entre ses doigts. Un bruit attira l'attention d'Ana de l'autre côté du barrage, où elle vit Gaïa disparaître par une trappe dans le sol. Elle se tourna vers Isaac et cria :

— Putain ! Mais qu'est-ce qui se passe ? Tu m'expliques ?

Son collègue valaisan la rejoignit, le visage blanc comme neige.

— Tu étais sur le point de te suicider, bordel !

— Me suicider ?

— Oui. De te jeter dans le vide ! Et l'autre folle, là, derrière toi, je ne sais pas ce qu'elle traficotait. Elle manipulait un truc, mais j'étais trop loin pour voir ce que c'était.

— Quel truc ?

— J'en sais rien. Mais nom de Dieu, Ana, qu'est-ce qui t'a pris ?

— J'en sais rien. C'était comme…

— Comme quoi ?

Comme si je n'étais plus moi-même, comme si je ne maîtrisais plus rien, comme si quelqu'un avait pris le contrôle de mon corps et de mon esprit.

Isaac perdit l'équilibre, Ana le retint.

— Ça ne va pas ? lui demanda-t-elle.

— Ça pourrait aller mieux, répondit-il entre un sourire et une grimace de douleur. J'ai quand même pris une bastos. Mais ça pourrait être pire. Je ne crois pas qu'un de mes organes est touché.

— T'es médecin ?

— Non, mais je me dis que si ma blessure était grave, je n'aurais pas pu marcher jusqu'ici.

Ils regardèrent la trappe par laquelle Gaïa était descendue dans la structure du barrage.

— Qu'est-ce qu'on fait ? demanda Ana.

— On y va, répondit Isaac sans hésiter.

— Mais on ne sait pas ce qu'elle nous réserve là-dessous. On devrait retourner au *snowcat* et tenter de descendre jusqu'à Siviez. Tu as besoin de soins et on pourrait appeler des renforts.

— Pour que cette folle en profite pour s'évanouir dans la nature ? Il n'en est pas question. En plus, maintenant, c'est moi qui tiens le flingue. Alors, on y va.

47

Ana et Isaac s'approchèrent de la trappe que Gaïa avait dégagée à la hâte de la neige qui la recouvrait. Ana se pencha et ouvrit le panneau métallique. Une courte échelle incrustée dans le béton conduisait au sommet d'un escalier en colimaçon. Isaac descendit en premier, Ana le suivit jusque sur la plateforme grillagée, à travers laquelle on devinait les premières spirales de l'escalier qui s'enfonçait dans la pénombre. À différents niveaux, un tube néon diffusait une pâle lueur jaunâtre qui éclairait à peine les murs gris du puits circulaire.

Ana ressentit aussitôt une intense oppression. Elle n'avait pourtant jamais souffert de claustrophobie, mais cet état contrastait avec l'impression de liberté et de légèreté qu'elle avait éprouvée en sortant de la chapelle avec Gaïa.

— Isaac, gémit-elle, qu'est-ce qu'elle m'a fait ?

— Je crois qu'elle t'a hypnotisée, comme les cinq autres.

— Hypnotisée ? Mais ce n'est pas possible. Je… je ne crois pas à ce genre de truc. Et puis je ne connais Gaïa que depuis hier, je ne me suis retrouvée seule avec elle qu'à de rares moments. De ce que j'en sais, l'hypnose requiert une relation de confiance, une ouverture d'esprit, plusieurs séances. C'est un travail de longue haleine entre un thérapeute et son patient.

Isaac lui sourit un peu tristement.

— Je crains que Gaïa et ta psychiatre ne soient qu'une seule et même personne.

Ana n'en crut pas ses oreilles.

— Mais non... je... enfin... je l'aurais reconnue. Non, ce n'est pas possible.

Elle fit un effort de mémoire, mais curieusement, elle ne parvenait pas à visualiser le visage de la doctoresse Humair.

— C'est probablement parce qu'elle est entrée très profondément dans ton cerveau. Une hypnose à plusieurs niveaux, plusieurs couches, un peu comme un rêve dans un rêve, si tu vois ce que je veux dire. J'avais déjà entendu parler de ce genre de truc et, tout à l'heure au téléphone, dans la chapelle, Martina m'a confirmé que c'était possible. Comme elle m'a aussi confirmé qu'aucune des psychiatres figurant sur la liste des participants au stage n'existait officiellement, hormis celle d'Alexandre Van Dijk, la doctoresse Urielle Candaux. Martina a poussé ses investigations auprès de l'autorité de surveillance genevoise des professions de la santé et on lui a appris qu'Urielle Candaux était en réalité la fille d'un ancien psychiatre, le docteur Hubert de Candolle.

Urielle Gaïa de Candolle. Les mots de Gaïa résonnaient encore dans l'esprit d'Ana. Urielle Candaux. Premier prénom de Gaïa, légère modification de son nom de famille. Gaïa avait trouvé une manière d'ouvrir son propre cabinet de psychiatrie sans remuer le passé ni porter le poids du scandale Hubert de Candolle de 2001.

— Mais..., balbutia Ana, c'est insensé.

Isaac sortit son téléphone, afficha sur l'écran la photo de la liste qu'il avait prise au refuge et la montra à Ana.

— Nous savons déjà, commenta-t-il, que Raphaëlle Bertrand, la psychiatre de Rachel Fournier, n'existe pas. Son cabinet à Sion est vide et le bail enregistré au nom d'une fondation genevoise bidon. Idem pour ses numéros de téléphone fixe et mobile, et c'est avec ce dernier raccordement qu'elle a envoyé le SMS contenant le message biblique à Alexandre Van Dijk.

Ana comprit et murmura :

— Une statuette pour déclencher l'obéissance, un texte de la Genèse pour inciter au suicide… Continue !

Isaac fit défiler un doigt sur la liste à l'écran.

— Martina a appelé chacun des cinq autres cabinets. À chaque fois, y compris sur le raccordement fixe de la doctoresse Candaux, un répondeur automatique lui indiquait un numéro de mobile : toujours le même, correspondant à celui donné par la doctoresse Bertrand.

— La fondation FARC ?

— Exactement. Martina a ensuite fait des recherches, avec toujours le même résultat. Il n'y a pas de doctoresse Gabriële De La Fuente au Locle concernant Alix, ni de doctoresse Samaëlle Doleyres à Lausanne concernant Arno ou encore de doctoresse Azraëlle Levy à Paris concernant Robin, pas plus qu'il n'y a de doctoresse Michèle Humair à Genève te concernant.

— Pourtant je l'ai vue…, gémit Ana. Plusieurs fois.

— C'est Gaïa que tu as vue, sous les traits de ta psychiatre. Mais à cause des couches d'hypnose, tu ne t'en souviens pas encore. Par ailleurs, outre ses compétences médico-légales, Martina adore les énigmes et les puzzles, sans mauvais jeu de mots. Elle a poussé ses investigations plus loin. La première chose qui l'a frappée, ce sont les prénoms de ces six psychiatres : Michèle, Raphaëlle, Gabriële, Urielle, Samaëlle et Azraëlle. Ces deux derniers sont peu courants et c'est ce qui a mis la puce à l'oreille de Martina. Six prénoms féminins, les prénoms des six archanges de la Bible.

— Je n'arrive pas à y croire…, murmura Ana.

— Pourtant, c'est la vérité. Et Martina a encore trouvé autre chose : 242332.

— Le code ?

— Un code qui rend hommage au père de Gaïa, Hubert de Candolle.

Isaac effaça la photo de l'écran, puis il ouvrit WhatsApp et montra à Ana un message qu'il avait reçu de Martina.

Humair (2)
Bertrand (4)
De La Fuente (2)
Candaux (3)
Doleyres (3)
Levy (2)

Isaac poursuivit :

— Un code à six chiffres, six prénoms apocalyptiques et six noms de famille bidon, pour une fondation genevoise bidon.

— Mais une thérapeute psychopathe bien réelle, conclut Ana.

Et pour achever de s'en convaincre, Ana sortit son téléphone. Elle chercha dans la liste de ses contacts le nom de sa psychiatre et l'appela. Après trois sonneries, la voix de Gaïa répondit :

— Alors, petite fille, tu as enfin compris ?

— J'ai tout compris, espèce de tarée, répondit Ana. Et je viens te chercher.

L'escalier en colimaçon descendait de plusieurs niveaux dans la structure du barrage. À chaque marche, les chaussures d'Ana et d'Isaac provoquaient sur les grilles métalliques des cliquetis qui résonnaient dans le puits.

À mesure qu'ils s'enfonçaient à pas prudents dans les entrailles de béton, Ana sentait les battements de son cœur s'accélérer et le sang cogner à ses tympans. Sur ses gardes, Isaac la précédait, pistolet pointé devant lui. De temps à autre, il marquait un temps d'arrêt et appuyait une main sur sa blessure.

— Ça va ? demanda Ana.

— Je tiens le coup.

L'escalier aboutit dans un tunnel ovale horizontal, à taille humaine. Le boyau qui traversait le barrage était trop étroit pour que deux personnes puissent y marcher côte à côte. Au mur et au plafond courait toute une série de tuyaux qui devaient servir soit à l'amenée d'eau, soit de gaines pour des câbles électriques. Et toujours, à intervalles réguliers, cette alternance de pénombre et de zones vaguement éclairées par les néons.

— Je me suis bien planté au sujet d'Alix, murmura Isaac comme s'il cherchait à soulager sa conscience d'avoir injustement soupçonné la toxicomane.

— Oui, confirma Ana à voix basse. Elle était vraiment une victime, la deuxième. Et la sixième, c'était moi.

— Et moi, dans tout ça ?

— Toi ? Tu n'es qu'un accident de parcours. Pour Gaïa, le cheveu sur la soupe, une mouche dans le lait, celle qu'on écrase du plat de la main parce qu'elle gâche la fête. Ceci dit, heureusement pour moi que ton instinct t'a conduit au refuge. Sinon, je ne serais plus de ce monde.

Ils progressaient prudemment dans le tunnel ovale, Isaac toujours devant avec son arme, prêt à faire feu à la moindre alerte.

Après quelques dizaines de mètres, ils parvinrent à un embranchement. Au sol, une grille permettait de discerner les galeries des niveaux inférieurs. Les mètres cubes de béton qui les entouraient étaient truffés d'un véritable dédale de couloirs. Contre les murs, des lettres indiquaient des secteurs et des chiffres, une altitude, sûrement pour permettre aux ouvriers et aux techniciens de se repérer.

Isaac s'avança au milieu de l'embranchement. Un mouvement dans le tunnel de gauche attira son attention. Il aperçut une silhouette qui tenait un tube rigide dans ses mains. Au bout du bec, une flamme. Isaac sentit le danger et comprit qu'il n'aurait pas le temps de tirer. Précipitamment, il fit demi-tour et se rua vers Ana, qu'il poussa violemment en arrière dans le tunnel. Ils tombèrent tous les deux sur le sol de béton.

Dans un sifflement strident, un déluge de feu inonda le couloir de traverse et l'embranchement, les flammes se dispersèrent des deux côtés du tunnel et léchèrent le béton sur plusieurs mètres. Ana et Isaac sentirent une intense chaleur, mais par chance, les flammes ne les atteignirent pas. Un tube néon éclata. Puis les flammes se retirèrent et disparurent, ne laissant qu'une odeur âcre de combustible brûlé.

Isaac se releva. Malgré sa douleur à l'abdomen, il se baissa, agrippa Ana par un bras et l'aida à se relever. Puis il la poussa dans le tunnel, dans la direction d'où ils étaient arrivés.

— Cours ! cria-t-il.

— C'était quoi, ce truc? cria-t-elle à son tour, tout en courant aussi vite que sa forme physique le lui permettait.

Isaac la poussa une nouvelle fois dans le dos pour la presser d'avancer et hurla :

— Un lance-flammes, nom de Dieu ! Cette folle a un lance-flammes !

48

Ana et Isaac aperçurent une ouverture sur leur droite et s'y précipitèrent au moment où un nouveau jet de flammes inondait le tunnel dans un sifflement strident. Ils fermèrent les yeux à cause de la lumière aveuglante et sentirent une nouvelle vague de chaleur qui se dissipa aussi vite qu'elle était venue.

Quand ils rouvrirent les yeux, ils constatèrent qu'ils étaient pris au piège dans une petite pièce borgne. D'étranges appareils étaient posés sur une petite table.

— Qu'est-ce qu'on fait? demanda Ana.

Isaac s'approcha de l'ouverture. Il tendit son bras armé, pivota son poignet et orienta le canon de son pistolet dans l'axe du tunnel. Puis il tira cinq coups de feu rapides à l'aveugle. Si aucun n'atteignait sa cible, il espérait au moins que la menace tiendrait Gaïa à distance. La voix de cette dernière résonna dans le couloir.

— Bien essayé, inspecteur. Mais vous gaspillez vos munitions. Si je ne me trompe pas, il ne vous reste que dix balles.

— Suffisamment pour te faire la peau, murmura Isaac entre ses dents.

— C'est quoi, ces appareils? demanda Ana qui s'était approchée de la table.

— Rien qui puisse nous venir en aide, répondit son collègue. Des oscillateurs de mouvement qui mesurent la déviation du mur du barrage sous la pression de l'eau. Tout ce qu'il y a de plus normal. On ne peut pas appeler des renforts grâce à ce genre de truc.

Appuyé contre le mur, Isaac avait ouvert sa veste et regardait son abdomen. La course avait dû aggraver sa blessure, il saignait abondamment.

La voix de Gaïa retentit à nouveau dans le tunnel :

— Alors Ana, comment trouves-tu mon petit jouet ? À sa mort, mon père m'a laissé trois cadeaux : sa fortune, les secrets de l'hypnose et ce lance-flammes.

Isaac tendit une nouvelle fois le bras vers l'ouverture, l'effort le fit grimacer de douleur, et il tira trois autres coups de feu, toujours à l'aveugle, dans le couloir.

— Plus que sept, jubila Gaïa.

Les jambes d'Isaac fléchirent, il se laissa glisser contre le mur et s'assit. Ana s'accroupit face à lui et le regarda, inquiète. Ses forces le quittaient.

— Tu vas t'en sortir, murmura-t-il, les yeux mi-clos. Pour moi, il est trop tard, je le crains.

— Arrête tes conneries, répondit Ana. On va s'en sortir tous les deux. Et si ce n'est pas le cas, si toi seul sors d'ici vivant, je veux que tu me fasses une promesse.

— Laquelle ?

— Je veux que tu dises à Paola et Luis, mes enfants, que leur mère les a toujours aimés et qu'elle leur demande pardon.

Isaac afficha un sourire fatigué.

— Tu le leur diras toi-même.

Ana jeta un coup d'œil aux vêtements tachés de sang de son collègue.

— Et toi, tu as un message pour Sabine ?

— Dis-lui simplement qu'elle est dispensée de venir à mon enterrement.

Ana n'en crut pas ses oreilles.

— Mais bon sang, qu'est-ce qu'elle t'a fait pour que tu lui en veuilles à ce point ?

Isaac se pencha, tira préventivement un nouveau coup de feu dans le tunnel, puis se redressa avec difficulté.

— Tu dois te ménager, lui dit Ana en l'aidant à s'appuyer contre le mur. Donne-moi le flingue, je vais te relayer.

Isaac refusa d'un geste vif du menton, resserrant sa prise sur le pistolet. Après un bref instant, il leva son regard vers Ana et lui dit :

— Au cours de ta vie, tu n'as jamais connu une espèce d'élan mortifère ? Une sorte de pulsion morbide et incontrôlable qui te pousse à détruire tout ce que tu as construit, comme ton couple ?

— C'est exactement ce que j'ai fait il y a six ans, répondit-elle. Et je le paie encore aujourd'hui, puisque mes enfants ne me parlent plus depuis que j'ai quitté leur père. C'est ce qui t'est arrivé ?

— Depuis la mort d'Éléa, ma vie s'est désagrégée, mon couple aussi. J'ai fini par tromper Sabine. Et je ne sais même pas pourquoi je l'ai fait.

— Dans ce cas, pourquoi tu lui en veux ?

— Parce qu'elle refuse de comprendre que, malgré tout ce qui s'est passé, je n'ai jamais cessé de l'aimer. Parce qu'elle m'a toujours reproché à demi-mot la mort d'Éléa, parce qu'elle refuse de me pardonner de l'avoir trompée sur un coup de tête. Et parce que moi, je refuse de lui pardonner de ne pas me pardonner.

— Non mais je rêve, dit Ana. T'es sûr que tu l'aimes encore, ou t'es juste frustré de l'avoir perdue par ta faute ? Si c'est ça, c'est pas de l'amour, c'est de la possession. Et on dirait bien que la psychologie féminine n'est pas ton fort.

— Va te faire foutre, répondit-il en grimaçant de douleur.

Il se pencha, lâcha un nouveau coup de feu dans le tunnel,

puis se redressa. Ana voulut lui prendre l'arme des mains, mais il la repoussa, puis conclut au sujet de Sabine :

— Tu sais ce qui est le plus étrange, dans tout ça ? C'est que dans les moments les plus pénibles qu'elle a traversés après que je lui ai tout avoué, elle a toujours gardé la tête sur les épaules. Elle tenait des discours sensés, mais c'était en réalité les mots d'autres personnes qui sortaient de sa bouche, les mots de celles et ceux qui l'aidaient, comme Gaétan. Des personnes sûrement bienveillantes dans leurs intentions, mais qui n'ont jamais traversé une telle épreuve, un tel déchirement, une telle douleur, et qui croyaient bien faire en lui servant les clichés de notre société.

— Du genre ?

— Un chien qui a mordu remordra, sous-entendu un homme qui a trompé trompera à nouveau. Et d'autres conneries de ce genre ! Comment veux-tu qu'elle retrouve confiance en moi, si les autres lui retournent le cerveau sans même savoir combien je l'aime et combien je regrette ? Alors quand les forces s'unissent contre toi et que tu ne peux plus lutter contre le destin, il faut laisser le destin décider pour toi.

Sur ces derniers mots, Isaac se releva dans un ultime effort et, sous les yeux d'Ana médusée, sortit à découvert dans le tunnel. Ana voulut crier, mais elle n'en eut pas le temps. Isaac tira deux coups de feu en direction de Gaïa, mais la manqua. Les balles croisèrent un jet de liquide enflammé. Le policier se transforma instantanément en torche humaine.

Et dans les flammes qui l'enveloppaient et commençaient à le dévorer, Isaac vit le visage de sa fille, qui lui souriait.

Isaac n'essaya même pas de lutter contre la mort qui lui tendait les bras. Il fit un pas de côté, puis un autre et s'écroula dans le local, aux pieds d'Ana qui fit un bond en arrière pour éviter les flammes. Par réflexe, elle retira précipitamment sa veste et chercha à étouffer le feu qui rongeait le corps de son collègue. Mais à chaque fois qu'elle soulevait sa veste, les restes de combustibles l'obligeaient à recommencer et recommencer encore.

Quand la dernière flamme mourut, le corps d'Isaac n'était plus qu'une grande plaie fumante, carbonisée de la tête aux pieds. Ses vêtements avaient fondu et des lambeaux de tissus noircis étaient incrustés dans ses chairs à vif, entre peau calcinée et sang coagulé par la chaleur. Une puissante odeur de cuir brûlé régnait dans la pièce.

Horrifiée, Ana ne savait pas quoi faire. Au bord des larmes, elle regarda autour d'elle et vit l'arme de service d'Isaac sur le sol. Il avait dû la lâcher au moment où il était retombé dans le local. À quatre pattes, elle se précipita vers le pistolet et le prit. Il n'était pas brûlant et semblait en état de fonctionner.

Les réflexes professionnels d'Ana prirent le dessus. Elle retira le chargeur et constata qu'il restait trois cartouches. Puis elle le réinséra dans la crosse de l'arme.

Alors qu'Ana se relevait, se demandant comment elle allait sortir du local, le corps d'Isaac émit un soubresaut. Il bougea la tête et Ana se précipita au sol, face à lui. Il avait ouvert les yeux, deux billes blanches presque intactes au milieu d'un visage et d'un crâne horriblement brûlés. Il n'avait plus un seul cheveu. Ses lèvres remuèrent, il voulait dire quelque chose. Ana approcha une oreille de sa bouche à moitié fondue.

Elle comprit le sens de ses mots déformés par la douleur. Même si le feu s'en était déjà probablement chargé, Isaac lui demanda de détruire son téléphone : il allait bientôt retrouver sa fille et n'avait plus besoin de cet enregistrement pour entendre sa voix. Puis, juste avant de mourir, il lui demanda encore un dernier service.

49

Ana avait pris sa décision : d'une manière ou d'une autre, elle devait sortir de ce local, et le plus vite serait le mieux. Tremblante, elle se releva et se positionna dans l'angle de l'ouverture. Comme Isaac un peu plus tôt, elle passa sa main armée dans le couloir et tira une balle au hasard. Tout ce qu'elle entendit en retour fut un rire lointain, comme si Gaïa s'était éloignée.

Ana prit alors le risque de jeter un coup d'œil dans le tunnel. Les murs et le plafond étaient noircis par des traces de suie. Il n'y avait plus personne.

Ana aurait pu retourner vers l'escalier en colimaçon et sortir de cet enfer de béton. À l'extérieur, elle aurait probablement eu plus de chances de survivre. Mais une force invisible, qui n'avait plus rien à voir avec son état hypnotique, la guidait ailleurs. Elle devait mettre un terme à toute cette folie humaine.

Ana suivit le tunnel jusqu'au sommet d'un autre escalier, en béton celui-ci, qui descendait en ligne droite vers le niveau inférieur. Les marches étaient humides, probablement en raison de la proximité des eaux de ruissellement du barrage.

Ana aperçut Gaïa au pied de l'escalier. Par réflexe, elle pointa son pistolet vers le bas des marches et tira. Mais elle manqua sa cible, la balle ricocha sur le sol et se perdit dans le néant.

— Plus qu'une ! cria Gaïa, qui avait déjà disparu dans le tunnel inférieur.

Sans hésiter, Ana la suivit.

Au bout d'un autre tunnel, Ana parvint dans une grande salle, bétonnée elle aussi, pourvue de hauts plafonds et, un peu partout, de grosses conduites et canalisations de couleurs vives. L'installation hydroélectrique du barrage avec ses pompes, ses turbines, ses alternateurs et ses écrans de contrôle du vannage.

Soudain, la voix de Gaïa résonna dans la grande salle :

— Sais-tu ce que ces gens ont fait, Ana ? Sais-tu seulement quel séisme ton père a provoqué avec son témoignage ?

Ana devina que Gaïa s'était cachée derrière le tube d'aspiration d'une turbine hydraulique, au centre du complexe.

— Tu me l'as déjà expliqué, répondit-elle.

— Mais je ne t'ai pas dit ce qui est arrivé à mes parents.

Par sécurité, Ana resta suffisamment éloignée de Gaïa, vers l'entrée de la grande salle, afin de conserver une position de repli en cas d'attaque.

— Je t'écoute, dit-elle, tout en restant sur ses gardes.

— Suite à la dénonciation pénale contre lui et à la déferlante médiatique qui l'a traîné dans la boue, mon père est devenu fou. Il a d'abord perdu son emploi, car l'Ordre des médecins et l'autorité de surveillance des professions de la santé lui ont retiré son autorisation de pratiquer. Puis il s'est mis à boire, à tel point que ma mère a envisagé de le quitter. La chute sociale a été si soudaine et si violente qu'il ne l'a pas supportée. Chaque soir, il relisait le rapport d'expertise de Samuel Jordan et tentait de se persuader qu'il n'avait commis aucune erreur. Et puis, au fil du temps, il s'est mis à voir au-delà du simple cas Jordan. Je crois qu'à force de chercher à entrer dans la tête du prévenu, ce sont les dogmes de la secte qui sont entrés dans sa tête à lui. Et un beau jour, dans un stock militaire obscur, il a acheté un lance-flammes. Il est rentré à la maison avec et nous a menacées, ma mère et moi, de tout brûler. Il avait perdu la raison, il disait que nous allions rejoindre Sirius.

Gaïa marqua une pause, Ana la relança :

— Et ensuite ?

— Je n'ai eu droit à la vie sauve que parce que j'ai réussi à négocier avec lui. Encore aujourd'hui, je ne sais pas comment j'y suis arrivée. Comme les enfants de Saint-Casimir, j'ai dû trouver les bons mots. Mais ma mère, elle, n'a pas eu cette chance.

— Ton père l'a tuée ?

— Sous mes yeux, il lui a ordonné de se coucher sur le lit et il l'a brûlée vive. Chaque nuit, j'entends les hurlements de ma mère dans mon sommeil. Puis mon père a posé l'arme à l'entrée de la chambre et il a rejoint ma mère dans les flammes. Mais lui, il n'a pas crié.

— Ce lance-flammes, tu as dit tout à l'heure que c'était un cadeau de ton père…

— Un héritage, plutôt. Je l'ai récupéré et je l'ai caché. Notre maison a complètement brûlé, j'ai témoigné mais je n'ai jamais parlé de l'arme, et les enquêteurs ont conclu à un accident dramatique sans approfondir les investigations.

— Tout ceci est très triste, reconnut Ana, je te l'accorde. Mais ce n'était pas une raison valable pour t'en prendre aux enfants de ceux que tu jugeais responsables de la mort de tes parents.

— Et pourtant, je te l'ai dit, il arrive que les enfants soient responsables des actes de leurs parents. En l'occurrence, vois-tu, c'est un peu Alix qui a guidé mes choix.

— Alix ?

— Oui, c'est elle qui a mis le feu aux poudres quand, à la mort de son père Samuel, elle a décidé de reprendre à son compte la plainte pénale contre mon père. Je crois que c'est Maître Van Dijk qui l'a encouragée à le faire et lui a expliqué qu'en tant qu'héritière, elle en avait le droit. Il a dû lui faire miroiter d'importants dommages et intérêts. Alix a tout de suite compris ce qu'elle avait à gagner. Grâce à cette plainte, elle a trouvé le moyen de se faire un maximum de fric sur le dos de mon père, uniquement pour acheter sa dope. Ce n'est donc pas un hasard si, au refuge, j'ai choisi sa chambre pour y déposer le dossier judiciaire de Samuel Jordan.

— T'es complètement malade, dit Ana.

— Peut-être, répondit Gaïa. En attendant, il ne te reste qu'une seule balle. Alors, vise bien !

Ana comprit l'avertissement comme une invitation à la confrontation. Une sorte de duel à l'ancienne, comme au Far West ou ailleurs dans le monde, au cours des derniers siècles, quand une personne exigeait d'une autre la réparation d'une offense par les armes, en présence de témoins. Sauf qu'ici, au cœur de ce monstre de béton, il n'y aurait pas de témoins. Et que l'égalité des armes laissait à désirer.

Un pistolet contre un lance-flammes, David contre Goliath, la rapidité et la maniabilité contre la puissance des ténèbres.

Toujours sur ses gardes, tenant fermement le pistolet d'Isaac au bout ses bras tendus, Ana s'avança lentement vers le centre de l'usine hydroélectrique.

Gaïa fit un pas de côté, mais elle resta partiellement cachée derrière le tube d'aspiration de la turbine. Dirigé vers le sol, le bec en acier du lance-flammes dépassait, Ana pouvait le voir. Une flammèche léchait son extrémité, indiquant que l'arme était prête à l'emploi.

Ana savait que la portée d'un tel engin pouvait atteindre trente à quarante mètres. La distance entre les deux femmes était beaucoup plus courte. Ana n'avait pas le droit à l'erreur.

— Il y aurait une manière beaucoup plus simple de régler tout ça, tenta-t-elle.

— Laquelle? demanda Gaïa.
— Tu me laisses t'arrêter...
— ... et je plaide l'irresponsabilité pénale, c'est ça?
— Pourquoi pas?
— Parce que je suis psychiatre et que je connais les ficelles du métier. Les experts du monde entier diront que j'étais pleinement responsable de mes actes.
— Peut-être, mais tu as des circonstances atténuantes. Et surtout, tu as besoin d'être soignée.
— Je ne suis ni malade, ni folle, ni tarée. Mes actes, je ne les assumerai pas devant un tribunal des hommes, seulement devant Dieu.

Sur ces derniers mots, Gaïa sortit de sa cachette et s'exposa. D'un geste rapide, elle leva le bec de son arme en direction d'Ana, mais cette dernière tira avant qu'elle n'ait le temps de presser la gâchette du lance-flammes. La balle atteignit Gaïa à la cuisse droite.

Gaïa perdit l'équilibre et tomba. Elle lâcha son arme pour tenter de se rattraper, y parvint *in extremis* et se retrouva avec un genou à terre, sa jambe blessée sur le côté.

Les deux femmes se regardèrent un bref instant, puis Gaïa annonça d'un air triomphant, un sourire glaçant aux lèvres:
— Tu as presque réussi, petite fille. Mais maintenant, tu n'as plus de balle.

Le visage de Gaïa était éclairé par un spot. Dans la lumière, Ana se rendit compte qu'elle venait de vaincre le dernier stade de l'hypnose. Sous les traits de Gaïa, elle reconnaissait maintenant la doctoresse Humair, qu'elle avait rencontrée plusieurs fois dans son cabinet à Genève et qui avait su la convaincre de participer à ce stage en haute montagne. Les douces paroles de sa psychiatre lui revenaient en mémoire les unes après les autres, quand elle lui avait dit qu'elle allait fouiller dans son inconscient, qu'Ana pouvait laisser son esprit voyager, mais qu'elle devait tout ressentir, qu'elle devait tout déconnecter en elle, tout débrancher et se lâcher.

Lors de ces séances, Ana avait toujours eu l'impression de tout entendre, qu'elle aurait pu bouger quand elle le voulait, mais qu'elle n'en avait pas envie parce qu'elle se sentait apaisée. Aujourd'hui, Ana prenait la mesure de l'étendue de la manipulation mentale de sa thérapeute. Sauf que Gaïa venait de se tromper sur un point crucial.

— Plus de balle ? dit Ana. Tu te trompes. Tu n'as compté que celles qui étaient dans le chargeur, mais tu n'as pas pris en compte celle qui était engagée dans la chambre depuis le début. Les armes des policiers sont non seulement toujours chargées, mais toujours prêtes à l'emploi.

Gaïa comprit son erreur et chercha des yeux le bec du lance-flammes. Il était à portée de ses mains, sur le sol, mais la policière serait plus rapide, elle le savait. Elle adressa un dernier sourire à Ana, qui devina son intention. Jamais Gaïa ne se rendrait. Alors, Ana lui dit :

— Pour Isaac, pour Alix et tous les autres, tu diras bonjour à Sirius de ma part.

Ana fit deux pas sur le côté, elle ne visa ni la tête de Gaïa, ni son corps, mais les bouteilles de gaz et de combustible dans son dos. Elle appuya sur la détente, le coup de feu résonna dans la grande salle et la balle atteignit sa cible. Le réservoir du lance-flammes s'embrasa et Gaïa disparut dans une boule de feu.

Épilogue

Le lendemain, Ana Bartomeu quitta les locaux de la police judiciaire à Sion et prit un taxi pour se rendre à Grimisuat.

La tempête des deux derniers jours avait laissé place à un temps maussade, entre pluie dans la plaine du Rhône et giboulées de neige mouillée à mi-hauteur. La température était remontée, presque trop haut pour la saison. Des variations auxquelles les Valaisans s'étaient habitués depuis quelques années et que l'on mettait sur le compte du changement climatique.

En chemin, Ana revécut dans son esprit les évènements des dernières quarante-huit heures. Après avoir alerté la police, elle avait passé toute la soirée avec ses collègues valaisans dans le barrage, puis le reste de la nuit en audition au poste à Sion. Le procureur, les inspecteurs scientifiques de la SIJ et la médecin légiste s'étaient aussi déplacés sur les lieux.

La doctoresse Martina Scherer avait fait preuve du professionnalisme et du détachement que l'on attendait de tout légiste dans de telles circonstances. Mais Ana avait tout de même cru deviner un léger trouble chez elle, quand elle avait examiné le corps d'Isaac. Ana avait mis ça sur le compte de la proximité professionnelle. Il ne devait pas être évident pour un médecin légiste d'autopsier le corps d'un policier avec qui elle avait travaillé sur de nombreuses enquêtes.

Ana n'avait pas dormi. Durant les rares moments d'attente, au poste de police, elle avait parcouru un certain nombre d'articles de presse au sujet de l'OTS, mais, sans surprise, n'en avait trouvé aucun concernant le procès de Samuel Jordan. De ces publications se dégageait l'impression générale que les enquêteurs de l'époque, québécois, suisses et français, avaient tout donné pour faire la lumière sur la secte et ses dérives. Parmi les rares zones d'ombre figurait l'énigme de l'ange noir du Vercors et de son lance-flammes. Avait-il seulement existé ? Le cas échéant, sous les traits du père d'Alix ? Et le docteur de Candolle avait-il menti au sujet des aveux de ce dernier ? Nul ne le saurait probablement jamais.

Il en résultait, dans l'esprit d'Ana, un terrible gâchis. Des vies détruites et d'autres en cascade, à cause de la violence de traumatismes occultes et de l'incapacité de lâcher prise face aux assauts parfois absurdes du destin. Pour Gaïa, comme pour Isaac d'ailleurs.

Quand le taxi la déposa devant une villa de la rue de l'École à Grimisuat, Ana demanda au chauffeur de l'attendre. Elle n'en aurait pas pour longtemps. Il devrait ensuite la reconduire à la gare de Sion, où elle prendrait un train pour Genève.

Un pick-up Ford Ranger était garé devant le garage de la villa. Ana marcha jusqu'à la porte d'entrée et sonna. L'homme qui vint lui ouvrir portait une tenue des employés des remontées mécaniques du secteur Nendaz-Veysonnaz. Il affichait une mine grave et demeura silencieux.

— Bonjour, le salua Ana. Je voudrais parler à Sabine Moret. La police a dû la prévenir de mon arrivée.

Une femme s'avança vers la porte d'entrée et resta debout à côté de l'homme. À ses yeux, on voyait qu'elle avait beaucoup pleuré.

Ana reconnut Sabine, mais pas l'inverse. Six ans s'étaient écoulés depuis leur unique rencontre, cette soirée organisée par Isaac pour fêter la fin de l'opération Nitrox. Depuis, Ana avait pris beaucoup de poids. Sabine, elle, avait plutôt maigri. Ses joues et son cou étaient creusés. Ana mit ça sur le compte d'un deuil de trois ans, suivi d'une séparation brutale.

Ana ne chercha pas que Sabine la reconnaisse. Elle n'était pas là pour ça et tout ce qu'elle voulait, c'était quitter la région au plus vite et rentrer chez elle, à Versoix. Elle échangea quelques mots avec Sabine au sujet d'Isaac, puis conclut :

— Vous savez, il vous aimait, à sa manière, mais profondément et sincèrement.

— Peut-être, répondit Sabine qui luttait pour ne pas pleurer. Mais moi, j'avais tourné la page.

Ana n'en crut pas un mot.

— Juste avant de mourir, ajouta-t-elle, il m'a demandé de vous dire qu'au cœur de la tempête qui a secoué votre couple, il a finalement trouvé la force de sourire à la vie.

Sabine ravala un sanglot, parvint à peine à remercier et à dire au revoir à Ana, puis elle retourna dans la villa.

Ana s'adressa alors à l'homme en tenue noir et rouge.

— Vous êtes Gaétan, je présume.

Il hocha la tête, Ana comprit que c'était un taiseux.

— Pour vous aussi, Isaac m'a laissé un message. Il m'a demandé de vous dire qu'il vous aimait comme un frère et que vous deviez prendre soin de Sabine. Parce qu'elle en aura besoin, c'est évident.

Des larmes montèrent aux yeux de Gaétan, qui remercia à son tour Ana et la salua. Quand il referma la porte et qu'elle retourna vers le taxi, Ana sut qu'elle laissait derrière elle deux êtres effondrés.

Cet ouvrage a été achevé d'imprimer en septembre 2025
dans les ateliers de Normandie Roto Impression s.a.s.
61250 Lonrai (Orne)
N° d'imprimeur : 2503325

#lisez! engagé
www.lisez.com
Pour plus d'information :
Imprimé sur du papier issu de forêts gérées durablement.

Dépôt légal : octobre 2025
N° d'édition : 25
Impression n° 1

Imprimé en France